恐怖の金曜日

西村京太郎

目次

金曜日の男

1

九月の声を聞き、夏が終りを告げると、都会に若者たちが戻って来た。

今年は、例年になく気温が低く、東京都内のプールは、軒並み閑散としていたというが、戻って来た若者の多くは、美しく陽焼けしていた。

若者たちの行動範囲が広がって、日本の大部分が冷夏にふるえていても、沖縄や、グアムやハワイに遊び、時には、タヒチあたりにまで足を延ばして、さんさんと降り注ぐ豊かな太陽を浴びて来たからだろう。

OL三年生の橋田由美子《はしだゆみこ》も、その一人だった。

短大を卒業したあと、中堅商社のRS商事に入社して三年、月給は、まだ十二万円ぐらいだが、夏、冬には合計五か月分のボーナスが出るし、何よりも、両親と同居だから、部屋代が要らなかった。給料のほとんどを、自分の楽しみのために使える独身貴族である。

今年の夏、由美子は、五日間の休みをとって、ひとりで、フィリッピンのセブ島に遊んだ。

マニラからジェット機で更に一時間南に飛ぶセブ島は、最近、急に注目されてきたリゾート地で、サンゴ礁の海が美しい。

由美子は、セブ島のリゾート・ホテルで、逞《たくま》しいフィリッピンの若者や、観光に来ていた日本の青年と、アバンチュールを楽しんだ。

肌をこんがりと焼いて帰国したのが、八月末である。若くて、大柄で、スタイルもいい方だから、陽焼けがよく似合う。タンクトップで、広く開いた胸元に、金のネックレスが光るのも、肌が小麦色に焼けていると、彼女の若さを一層、引き立たせて見える。

「独身貴族はいいねえ」

と、同じ課の中年男たちが羨《うらや》ましがった。

由美子の他に、独身の女子社員が、六人ばかりいたが、全員が、グアムやハワイに遊んで、同じように、陽焼けして帰国したからだろう。

両親、特に母親の方は、由美子に早く結婚しろとすすめているが、彼女は、あと、二、三年は、独身生活を楽しみたいと思っていた。

結婚するとすれば、相手の男も、多分、サラリーマンだろうと、由美子は、考えている。友だち同士のお喋《しゃべ》りの時には、結婚するなら、お金持の二男坊あたりが一番いいわ、一年に一回ぐらいは、海外旅行へ行けるぐらいの生活でなければ結婚はしたくないなどと、勝手なことをいっているが、実際に結婚する相手は、平凡なサラリーマンの青年になるだろうと思っている。そうなれば、海外旅行など、思いもよらなくなる。

だから、あと、二、三年は、独身でいて、来年は、タヒチへでも行ってみたいと、思っていた。

由美子は、お酒も少しは飲む。気心の知れた仲間と、わいわい騒ぎながら飲むのが好きだった。

九月五日の退社後、由美子は、短大時代の友人三人と銀座《ぎんざ》で待ち合せし、小さなスナックでお喋りしながら飲んだ。その中の一人が、結婚することになったので、そのお祝いだった。

終ったのは十時を過ぎていた。由美子の家は、京王《けいおう》線の芦花公園《ろかこうえん》駅から、歩いて十二、三分のところにある。嘗《かつ》て、徳富蘆花《とくとみろか》が愛したという土地である。

新宿《しんじゅく》で、友人と別れて、京王線に乗り、芦花公園に着いたのは、十一時を少し回っていた。

最近、この辺りも住宅の造成が盛んで、公団住宅も建ち並ぶようになったが、それでも、急行の止まらない小さな駅だし、この時間になると、駅前の商店街も、店を閉め、灯《あかり》も消えてしまっている。

遅くなったら、駅の近くから電話をしろ、駅まで迎えに行ってやるからと、父はいっていたが、二十四歳にもなって、何となく照れ臭い気がして、由美子は、電話をせずに歩き出した。

改札口を出た時は、十二、三人が、ひとかたまりになっていたが、一人、二人と姿を消し、由美子の家の近くに来た時には、二人だけになってしまった。

もう一人は、サラリーマン風の中年男だったが、その男も、右の路地に消えてしまった。

この辺りは、昔の農家が多く、長い板塀が続いたり、空地があったりして、街灯も、まばらである。

向うに、自分の家の灯が見えて、由美子が、ほっとした時だった。

ふいに、物かげから、黒い人影が飛び出した。

「あッ」

小さく叫び声をあげたとたん、背後から、羽がいじめにされた。

悲鳴をあげようとした口が、手で塞《ふさ》がれた。そのまま、強い力で、ずるずると、暗がりに引きずられていく。由美子は、必死に、手足をばたつかせた。

「暴れると殺すぞ」

相手は、押し殺した声でいった。

2

翌六日の午前六時過ぎ、世田谷《せたがや》署の刑事たちは、事件の第一報を受けた。

正確にいえば、六時七分。曇り空なので、まだ、薄暗かった。

芦花公園近くの雑木林で、若い女が殺されているという。安井《やすい》と田島《たじま》の二人の刑事が、まず、飛び出して行った。

安井は、三日前に四十二歳の誕生日を迎えた。男の厄年である。別に、どうということはないのだが、他人《ひと》から、それをいわれると、ああ、おれも中年になってしまったと思って嫌になる。

安井とコンビを組む田島は、まだ三十代である。長身で、なかなか美男子だから、時々、女性問題を起こし、去年、とうとう五年間連れそった妻と離婚してしまった。慰謝料の五百万円は、ローンで借りて払った。その後、上司から、再婚の話を持ち込まれていたが、田島は、しばらくは、独身生活を楽しみたいと思っていた。

現場は、芦花公園から歩いて五、六分のところだった。

昔は、武蔵野《むさしの》の面影を色濃く残していた場所だが、最近は、住宅がところどころに建ち始めて、まるで、虫が食ったように、緑が消えて来ている。

死体のあった雑木林は、その数少くなった緑の一つだった。

まだ、紅葉は始っていない。ほんの僅《わず》かばかり黄ばんだ樹々の下に、その死体は、俯《うつ》伏《ぶ》せに横たえられていた。

全裸なのに、安井が、一瞬、ビキニをつけているのかなと思ったのは、死体の若い女が、見事に陽焼けしていたからである。そのために、水着の痕《あと》が、鮮明すぎ、まるで、白いビキニの水着をつけているように見えたのだ。

ただの全裸よりも、一層、セクシーに見えた。

田島が、地面に膝《ひざ》をつき、死体を仰向《あおむ》けにした。

若い顔が、現われた。全身に土が付着している。

「二十四、五ってところかな」

安井が、呟《つぶ》やいた。

「もったいないよ。こんな若い娘《こ》を殺すなんて」

田島が、いかにも、この男らしいいい方をした。

検死官が、死体を調べにかかった。その間に、安井は、死体の発見者に会った。

ジョギング好きの老人だった。今朝も、五時半に家を出て、走っている中《うち》に、尿意を覚えて、雑木林の中に入って、死体を発見したのだという。

「あんな若さで、可哀そうに」

と、七十歳になるという老人はいい、腰に下げていた手拭《てぬぐい》で、音を立てて、はなをかんだ。

「彼女を知っていますか？」

「どこかで見た顔だと思って、さっきから考えているんですよ。駅の辺りで、二、三回会ったような気がするんだが——」

「この近くの人だということですか？」

「そう思うんですがね」

老人は、首をかしげながらいった。

鑑識が来て、現場写真を撮り始めた。検死を終った小倉《おぐら》検死官に、

「どうでした？」

と、安井は、声をかけた。

小倉は、度の強い眼鏡を、指先で押さえるようにしながら、

「明らかに絞殺だね。頸部《けいぶ》に強い鬱血《うっけつ》の痕があったよ。死んだのは、昨夜おそくだろうね。それから、暴行されてるよ」

「そうですか」

「典型的な暴行殺人だね」

「そうですか――」

「何か不満なのかい？」

小倉が、眉《まゆ》を寄せた。

「いや。別に」

と、安井は、いった。小倉は、口癖なのだろうが、ありふれたとか、典型的なという形容詞を使う。時には、「どうってことはないね」などともいう。安井には、そんな言葉が引っかかるのだ。多分、それだけ、安井が、感傷的だということだろう。

「ヤスさん」

と、雑木林の奥で、田島が呼んだ。

安井は、落葉を踏みしめるようにして、歩いて行った。足元で、かさかさと音がする。

その音は、夏の終りを告げているようだった。

死体のあった場所から十二、三メートルほど奥だった。この雑木林の持主が、焚火《たきび》のために浅く掘った穴の中に、被害者のものと思われる衣服や、靴や、ハンドバッグが放り込まれていた。

田島は、手袋をはめた手で、ハンドバッグの中身を調べていたが、

「身分証明書が入ってるよ。RS商事の会計課勤務で、名前は橋田由美子。年齢は二十四歳だね。住所は世田谷区粕谷《かすや》二丁目だから、この近くだね」

「すると、会社の帰りに待ち伏せされて襲われたということかな」

「多分、そうだろうね。この辺りは、痴漢が出やすいのかも知れないよ。新興住宅地で、空地や、雑木林なんかがあるからね。おい、君」

と、田島は、近くにいた警官を呼んで、

「ここへ行って、家族がいたら呼んで来てくれ」

と、身分証明書を渡した。

「財布は？」

と、安井が、田島にきく。田島は、ハンドバッグをのぞき込んで、

「ないね。暴行した揚句、行きがけの駄賃に、金を奪《と》ったんだろうね」

「それとも、金が目的で襲い、その揚句、暴行殺人にまで及んでしまったのか」

「どっちにしろ、同じことじゃないかな」

「いや、大変な違いだよ」

と、安井は、いった。最初の目的が、暴行か、物盗《ものと》りかでは、結果が同じでも、犯罪者のタイプが違うのだ。

3

被害者の両親が駈《か》けつけて来た。

五十三歳の父親は、昨夜、娘が帰宅しなかったので、今朝は、会社に出ずに、近くを探し廻《まわ》っていたといった。

小柄な母親は、死体を見たとたんに、わッと、すがりついて、激しく嗚咽《おえつ》し始めた。

安井は、黙って、それを眺めていた。彼等の痛みがわかればわかるほど、すぐに、事情をきく気になれなくなってくるのだ。

だから、事情聴取は、もっぱら、田島がやった。田島は、どんな時でも冷静だった。安井は、時々、田島の方が、自分よりよほど刑事に向いているのだと思うことがある。

昨夜は、七時に由美子から電話があって、これから銀座で、短大時代の友だちと会うのだといって来た。

更に、午後十時には、これから帰ると銀座から電話連絡があったと、父親はいった。

「遅くなったときは、迎えに行くから、芦花公園の駅から電話しろといっておいたんですが――」

父親は、口惜《くや》しそうにいった。

泣きじゃくっていた母親が、やっと、眼鏡を押さえて立ち上った。

死体は、毛布にくるまれ、解剖のために運ばれて行った。

「お子さんは、ひとりですか?」

と、安井は、はじめて、両親にきいた。

「いえ、姉が一人います。もう嫁ぎましたが」

母親が、低い声でいった。

「殺された由美子さんは、ずいぶん陽焼けしていましたが、今年の夏、どこかへ行かれたんですか?」

「五日間、休暇をとって、フィリッピンのセブ島へ行ったようですが」

と、父親は答えてから、

「そんなことが、あれが殺されたことと、何か関係があるんですか?」

軽い非難のひびきをこめてきいた。呑気《のんき》なことをきく刑事だと思ったのかも知れない。

「わかりませんが——」

と、安井は、語尾を濁した。

しかし、死体が運び去られてしまった今も、安井の眼には、陽焼けした肌と、真っ白な水着の痕の鮮やかな対比が焼きついていた。

特に、仰向けにしたとき、下腹部の白さは、エロチックでさえあった。全身くまなく陽焼けしていたら、ただ健康的にしか見えないだろうに、水着の痕があるために、ひどく、エロチックなのだ。

問題は、それを、犯人が、どう感じたかということだが。

両親には、被害者の所持品も検《あらた》めて貰《もら》った。その結果、盗まれたのは、現金の入った財布だけらしいとなった。買ったばかりの国産の腕時計は、衣服やハンドバッグと一緒に、穴の中に埋めてあった。18金の細いネックレスもである。

「どうもわからんな」

と、安井は、首をひねった。

田島が、きいた。

「腕時計のことかい？」

「そうだよ。ネックレスもだ」

「それなら、理由は簡単さ。現金は足がつきにくいが、腕時計やネックレスは、足がつきやすい。だから盗っていかなかったのさ。敵さんも、なかなか考えてるよ」

「そうじゃないんだ」

「じゃあ、何のことだい？」

「犯人は、被害者を襲って、真っ裸にした。ただ物盗りが目的なら、裸にはしないだろう。暴行が目的だ。しかも、ご丁寧に、腕時計や、ネックレスまで外している。まるで、紐《ひも》一本、身につけさせるものかと主張しているみたいに見えるんだがね。ここは雑木林だが、周囲には人家がある。犯人は、手早くすませたいと思う筈《はず》だ。それなのに、悠々と、ブラジャーまで剝《は》ぎ取っている」

「そりゃあ、犯人が、若い女のヌードを拝みたかったんだろう。昨日は、月夜で、明るかったからね。あれだけいい身体をしている仏さんだ。犯人が、裸にしたい気持もわかるじゃないか」

「しかし、腕時計や、ネックレスまで外すというのは、どういうのかな?」

「だからさ。それは、殺しちまってから、盗むつもりで外したんだろう。だが、今いったように、腕時計やネックレスは、足がつくと思って、捨てていったんだ。犯人は、したたかな奴さ」

果して、そうだろうか。

腕時計は、婦人用だから、質入れしにくいということはあるだろう。しかし、ネックレスは違う。最近は、男も、よく、金のネックレスをしているし、金は高騰しているから、換金は楽な筈である。それに、ありふれたネックレスで、これといった特徴もない。

それなのに、なぜ、犯人は、捨てていったのだろうか?

4

解剖の結果、やはり、死因は、頸部《けいぶ》圧迫による窒息死だった。

死亡推定時刻は、九月五日の午後十一時から十二時までの間と報告された。

被害者の膣《ちつ》内には、男の精液が残溜《ざんりゅう》しており、その血液型は、Ｂ型だった。駅周辺の聞き込みから、午後十一時六分着の電車で降りたことが確認された。同時に、現場周辺に住む変質者の洗い直しも行われた。

世田谷署の管内だけでも、常に問題を起こす男が、十五、六人はいる。痴漢の常習者、下着泥棒、のぞき見の常連。彼等は、何度逮捕しても、また始めることが多い。下着泥棒を捕えたところ、大会社の課長だったことがある。年齢も分別盛りの四十三歳で、美しい妻と、可愛い子供まであるのに、干してある女性の下着を見ると、むらむらとして、自分をおさえられなくなるのだといった。この男は、結局、会社を馘《くび》になり、妻とも離婚してしまった。

変質者は、次々に、捜査本部の設けられた世田谷署に連れて来られ、そのアリバイが調べられた。

しかし、血液型Ｂ型の者は、アリバイが成立し、アリバイの不確かな者は、血液型が違っていたりして、全員がシロになった。

安井たちは、変質者の犯行と断定したわけではなかった。変質者の犯行に見せかけたということも考えられるからである。

彼女が勤めていたＲＳ商事には、親しくしていた男が二人いた。恋人ではなく、ボーイフレンドということだったが、それでも、警察は、二人のアリバイを調べた。特に、三十歳で、Ｂ型の血液型を持つ係長の方は、徹底的に調べられた。

だが、問題の時刻に、この係長は、友人と麻雀《マージャン》をしていたことが証明された。

残るのは、被害者が、ひとりでセブ島へ行った時、向うで知り合った男のことだった。彼女の女友だちの話によれば、被害者は、セブ島で、二人の男と素敵なアバンチュールを楽しんだと、自慢していたという。一人はフィリッピンの青年、もう一人は日本人である。

被害者の部屋を調べたところ、セブ島で遊んだ時の写真が出て来た。

それには、二人の男も写っていた。

被害者の方は、ビキニ姿で笑っている。フィリッピン青年の方は、問題ではないだろう。問題は、日本人青年の方である。

ビキニ姿の被害者と肩を並べている男は、背が高く、髪が長かった。

年齢は二十七、八歳だろうか。痩《や》せているが、筋肉質の身体をしている。海水パンツ姿だから、わかるのは、それだけだった。

セブ島のホテルに、当時の宿泊者を問い合せている中に、一週間がたってしまった。

九月十二日である。

捜査本部の安井も、田島も、特別な日という意識は、まだなかった。

5

通産省に勤める三木《みき》伸介《しんすけ》にとっても、この日、九月十二日は、特別に意味のある日ではなかった。

三木の誕生日でもないし、二十五歳の彼は、まだ特定の恋人もいなかったから、デイトの約束もなかった。

ただ、勤務を終っての帰り道、池袋《いけぶくろ》で、ふと、映画を見たくなり、アメリカのSF映画を見た。

そのために、自宅のある西武《せいぶ》池袋線の東長崎《ひがしながさき》駅でおりた時は、十時半を過ぎていた。

しかし、独身のアパート暮しの気安さで、遅くなったことは、別に気にならなかった。酒を飲んで遅くなることもあるし、麻雀で徹夜することもあるからだ。

途中に、N大のグラウンドがある。そこを突っ切ると早いので、夜遅くなった時には、時々、無断で中に入ることがあった。

一応、グラウンドの周囲には金網が張ってあるのだが、ところどころ、錆《さ》びて、人がくぐり抜けられるくらいの穴があいている。別に、盗まれるものもないので、そのままにしてあるのだろう。

この日も、三木は、金網の隙き間からグラウンドに入り、月明りの中を歩いて行った。

外野の辺りから入って、ホームプレートの方へ歩いて行く。ホームプレートの横に、選手たちの着換えや、用具を置いておくためのプレハブが建っている。

その近くまで来て、立ち止って煙草に火をつけた時、突然、プレハブのかげから、黒い人影が飛び出して来た。

「あッ」

と、三木が声をあげたが、次の瞬間、相手に突き飛ばされていた。

くわえていた煙草が吹っ飛んだ。

「この野郎！」

と、叫んで、起きあがったとき、左腕に、鋭い痛みを感じた。

右手で触ると、血が、指先へしたたり落ちてくるのがわかった。

（切られたんだ――）

と、思ったとたん、三木は、背筋を冷たいものが走るのを感じた。

6

近くの交番に駈《か》け込み、止血の包帯をして貰《もら》ってから、中年の警察官と一緒に、現場に戻った。

警官は、大きな懐中電灯を持って来た。

それで、三木が転倒したあたりを照らしながら、

「それで、相手の顔を見ましたか？」

「いえ。立ち止まって、煙草に火をつけたんですからね。風があったんで、手で囲って、下を向いて火をつけていましたからね。いきなり体当りされたんで、相手の顔を見るどころじゃなかったですよ」

「犯人は、ぶつかった瞬間に、ナイフで切ったんですね？」

「そうです」

「大きな男でしたか？　それとも、小柄？」

「よくはわからないけど、僕と同じくらいじゃなかったかな」

「あなたの身長は？」

「一七〇センチです」

「若いか、年とっていたかということはどうですか？」

「凄《すご》い勢いで、ぶつかられましたからね。年よりじゃないと思いますよ。僕だって、これでも、六十五キロあるんですから」

「犯人は、プレハブのかげから飛び出して来たといいましたね？」

「そうです」

「こんな時間に、犯人は、プレハブで何をしてたのかな」

警官は、懐中電灯で照らしながら、プレハブの建物に近寄って行った。三木も、成り行きで、その後に続いた。

細長い、十二、三坪のプレハブである。

錠はこわれて、地面に落ちていて、戸が、五十センチばかり開いていた。

二人は、中に入った。

懐中電灯の光の中に、最初に見えたのは、ベース板や、整地のためのトンボと呼ばれる器具だった。

「何もないな」

と、呟《つぶや》きながら、奥へ進んだ警官は、突然、「あッ」と、叫び声をあげた。

床の上に、裸の女が、大の字に横たわっていたからだった。

若い女だ。文字どおりの真っ裸で、陽焼けした肌に、ビキニの水着の白い痕《あと》が、やけに鮮明だった。

三木も、警官の背後から、息を呑《の》んで見守った。

警官は、屈《かが》み込んで、手首の脈をみ、それから、胸に耳を当てた。

「死んでいるんですか？」

と、三木は、ふるえる声できいた。

警官は、彼の声が聞こえなかったみたいに、なおも、死体を調べていたが、立ち上って、

「あんたは、ここにいて下さい」

と、懐中電灯を、三木に渡した。

「どうするんです？」

「これは、殺人事件《ころし》だ。署に連絡して来なければならんのです」

警官は、それだけいって、プレハブを飛び出して行った。

三木は、仕方なく、持たされた懐中電灯の明りを、死体に向けた。

怖さが消えると、身体全体を照らし出して、

(いい身体をしてやがる)

と、思ったりする余裕も出てきた。

水着の痕が鮮明なので、乳房の大きさが誇張されている。それに、下腹部も白いので、黒い豊かな草むらが、妙にエロチックな感じだった。

両足を大の字に広げているのは、強姦《ごうかん》されたのだろうか。

そんなことを考えている中に、パトカーのサイレンの音が聞こえてきた。

7

池袋署の白石《しらいし》刑事は、明りのスイッチを入れてから、死体を見て、一週間前、世田谷で起きた殺人事件を思い出した。

絞殺らしいということより、被害者の見事に陽焼けした肌と、白い水着の痕のためだった。

「ひどいな」

と、同僚の青木《あおき》刑事が呟いた。

のどを絞められた時の苦痛が、そのまま、死顔を歪《ゆが》んだものにしている。眼をむき、舌が飛び出しているのだ。

部屋の隅に、脱がされた衣服や、ショルダーバッグなどが散乱していた。

白石は、ショルダーバッグの中身を調べてみた。

化粧道具や、ハンカチ、小銭入れに混って、定期入れが見つかった。

東長崎から、池袋経由で、御茶《おちゃ》ノ水《みず》までの学生定期だった。

名前は、谷本清美《たにもときよみ》。二十歳。定期入れには、学生証も入っていた。それによれば、S大英文科の三年生だった。

住所は、この近くの福寿荘《ふくじゅ》というアパートである。

青木が、被害者を確認させるために、アパートの管理人を呼びに行った。

その間にも、検死が進み、鑑識は、現場写真を撮り、指紋の検出に励んだ。

犯人は、手袋をしていたとみえて、これはと思える指紋は検出されなかった。

ただ、床には、ナイフを突き立てたと思える傷口があり、被害者のパンティは、切り裂かれていた。脱がすのが面倒くさくて、ナイフで、切り裂いたのだろうか。

管理人が、青い顔でやって来て、谷本清美本人と確認した。彼の話によれば、被害者は、福井《ふくい》市から上京して、ひとりでアパート生活をしているのだという。

「福井のおうちは、大きな旅館をやっているとかで、毎月十五、六万の仕送りがあったみたいですよ」

と、管理人は、いった。

毎月それだけの仕送りがあれば、優雅な学生生活が送れただろうと、白石は思った。

それなのに、ショルダーバッグの中に、小銭しか入っていなかったのは、犯人が、財布を盗《と》って行ったのだろう。

死体の解剖は、大塚《おおつか》の監察医務院で行われた。

結果が報告されたのは、翌十三日の午後になってからである。

死因は、やはり絞殺。

死亡推定時刻は、十二日の午後十時から十一時。

そして、被害者は暴行され、膣《ちつ》内に残っていた精液から、犯人の血液型はB型と判明した時点で、世田谷区芦花公園で起きた殺人事件との類似が指摘され、警視庁捜査一課に、合同捜査本部が設けられた。

8

捜査一課の十津川《とつがわ》警部が指揮をとることになり、その下に、ベテランの亀井《かめい》刑事。それから、世田谷署から、安井、田島の二人の刑事、池袋署から白石、青木の二人が参加した。

一日目。十津川は、まず、五人を集めて、捜査会議を開いた。

「二つの事件の共通点を、確認しておこうじゃないか」

と、黒板を前に、十津川はいった。それが、犯人像を浮び上らせることにもなるからである。

「第一は、犯人の血液型です」

と、安井がいった。

〈犯人の血液型　B〉

と、十津川は、黒板に書いた。

「これは、偶然かも知れませんが、二つの事件は、どちらも、金曜日に起きています」

池袋署の白石がいう。

「それは、私も気がついていたよ」

と、十津川は、いってから、

「われわれは、今度の犯人を、金曜日の男と呼ぼうじゃないか。金曜日ということに、何か意味があるかも知れないからね。他には、何かないかね？」

「二件とも、犯人は、被害者を裸にしています」

と、安井が、いった。

「最近起きた別の暴行殺人では、犯人は、下半身だけを裸にして強姦しています。ところが、今度の犯人は、女を完全に裸にしています。腕時計まで外しているのです。田島君は、盗もうとして、殺したあと、外したのだろうといいますが、私には、そうは思えないのです」

「君は、それが、犯人の性格を示していると思うのかね？」

十津川は、興味を持って、安井にきいた。

見栄えのしない中年の刑事だが、なかなか面白い見方をすると思ったのだ。

「そこまでは考えていませんが、気になるんです。第一の事件では、田島君がいうように、殺したあと、盗む気で腕時計を外したのかも知れないと思いました。外したが、女物なので、足がつくのを嫌って置いていったのではないかと考えたのです。しかし、第二の事件でも、腕時計を外した、しかも捨てていったとなると、盗るつもりでとは思えなくなるのです。犯人は、女を完全に裸にすることに、異常な熱意を持っていると、私は思うのです」

「なぜ、犯人は、そうしたんだろう？」

「わかりません」

と、安井は、正直にいった。

「わからないか」

「申しわけありません」

「そんなことはないさ。変に判ったふりをするより、ずっといい。他に、犯人について何か気がついたことはないかね？」

「これは、被害者の方ですが、二人とも、見事に陽焼けして、水着の痕《あと》が眩《まぶ》しかったんですが」

と、池袋署の白石が、遠慮がちにいった。

「そうらしいね」

「二人とも若い女性ですから、夏の海で肌を焼いたのは、当り前のことかも知れません。

だから、犯人の好みとは関係ないかもわかりませんが」

「第二の被害者、谷本清美も、夏は海へ出かけているのかね？」

「友人たちと、二週間、与論島《よろん》で過ごしています。沖縄の傍の島で、熱帯魚が泳ぐ若者たちの憧《あこが》れの島です」

若い青木刑事が、メモを見ながら報告した。

「君は、行ったことがあるのかね？」

「旅行雑誌のグラビアで見て、いつか行きたいと思っているだけのことです」

と、青木は、笑った。

「二週間もというのは、豪華ですな」

亀井が、羨《うらや》ましげに、溜息《ためいき》をついた。

ここにいる六人の刑事たちは、だれも、二週間はおろか、三日間の休みだって、とれそうになかった。どの顔も、陽焼けしているが、それは、捜査のために、太陽に焼かれながら歩き廻《まわ》ったせいである。

「与論島へ一緒に行った友だちというのは、女かね？」

と、十津川は、青木にきいた。

「女三人に、男三人のグループです。いずれも大学生です」

「その中に、被害者の恋人はいなかったのかね？」

「足立純一《あだちじゅんいち》という同じS大の学生が、親しくしていたようで、この男のことを調べましたが、血液型はＡＢで、その上、アリバイもあります」

「他の二人の男子学生については？」

「念のために調べてみました。血液型は、ＡとＢです。問題のＢ型の学生ですが、彼は、九月十日に、女性を乗せて車を走らせて事故を起こし、現在も、目黒《めぐろ》の病院に入院しています。つまり、アリバイは、しっかりしています。Ａ型の方は、他の大学の学生で、九月十二日の十時から十一時までの間は、自宅でテレビを見ていたといっています。アリバイは不確かですが、血液型が違っていますし、なかなか女の子にもてるようですから、わざわざ、強姦《ごうかん》する必要はないんじゃないかと――」

「かも知れんな」

と、十津川は、いった。

犯人は、女友だちのいない孤独な男なのだろうか？　それとも、若い女に対して、特別の憎しみを持つ男なのだろうか？

9

十津川は、机の上に、東京の地図を広げ、事件の起きた二か所に、丸をつけた。

亀井たち五人の刑事が、それをのぞき込んだ。

「まず、犯人は同一人と考えていいだろう。今、聞いたところでは、二人の被害者の恋人や、ボーイフレンドは、いずれもアリバイがあり、また血液型が違っていたりするから、まず、シロと見ていい」

十津川は、地図を見ながらいった。

「二人に関係のあった男が、行きずりの犯行に見せかけて殺したとは考えられないということですね」

と、田島が、やや、甲高い声でいった。

「その通りだ。ただ、二つの現場が、かなり離れているのが気になるね」

直線距離にしても、二十キロ近い。京王線—山手線《やまのて》—西武池袋線と乗りついだとすると、一時間半近くかかるだろう。

第一の暴行殺人だけなら、現場近くに住む変質者を、まずマークするのだが。

「世田谷署の管内の変質者は、一応、全員調べましたが、いずれもシロでした」

と、安井がいった。

「前に事件を起こしている連中ですが」

「犯人が第一現場近くに住んでいるとすると、前科のない変質者か、或《あ》いは、普通の人間ということになるんだが、なぜ、第二の事件では、東長崎まで出かけて行ったのかな？」

十津川が、首をかしげると、亀井も、

「他にも、疑問はありますね。二人の被害者と、犯人の関係です。全く無関係な女を、行きずりに暴行し、絞殺したのか、それとも、何等かの関係があったのかも問題だと思いますね」

「カメさんは、どんな関係を考えているんだい？」

「恋愛関係でないことは確かですね。二人の恋人やボーイフレンドは、全て、シロだということですから。となると、一方的な関係ということが考えられます。例えば、被害者がよく行っていた店の従業員が犯人かも知れません。スーパー、美容院、喫茶店、いろいろと考えられます。駅の改札口にいる駅員かも知れない。男の方は、被害者の顔を何度も見ている中に、好きになったが、被害者は、完全に無視した。男は、無視された口惜《くや》しさが次第に怒りになって、暴行殺人にまで発展したというのは、どうでしょうか？」

「男の休日が金曜日なら、ぴったりだな」

「そうです」

「しかし、二つの現場が離れ過ぎているのが弱いね。芦花公園と東長崎と、二つの場所に、同時に勤めていることは、不可能だよ」

結局、謎だけが残った。

なぜ、金曜日に事件が起きるのか。

被害者と犯人は顔見知りだったのか、それとも、全くの行きずりの殺人で、犯人にとって、若い女なら誰でもよかったのか。

犯人が、なぜ、二人の女を暴行の上殺したのか、そんな、根本的な理由もわからないのだ。

今、わかっているのは、犯人がB型の血液型の男で、身長一七〇センチぐらいということだけだった。

十津川たちは、そうしたいくつかの謎を抱えながら、地道に、現場付近の聞き込みを続けるより仕方がなかった。

だが、マスコミは、地道には報道しなかった。

十津川たちが、犯人を、「金曜日の男」と名付けたのにならって、「金曜日の悪魔」と書いたり、二度とも、相手を真っ裸にしているのは、そうしないと性的興奮を感じない異常者ではないかと解説したりした。

新聞も、テレビも、週刊誌も、派手に報道したあと、決って次のように付け加えた。

(犯人は、次の金曜日九月十九日にも、新しい犠牲者を選ぶだろうか?)

十津川は、苦い思いで、派手な報道合戦を見守った。浮かれた馬鹿な男が、犯人の真似をしかねないからである。

幸い、類似の事件が起きない中に、週が変った。

九月十七日、水曜日の午後二時過ぎに、捜査本部宛に、一通の封書が舞い込んだ。

中身は、便箋《びんせん》一枚だった。

〈九月十九日　金曜日の男〉

便箋には、たったそれだけの文字しか書かれていなかった。

十津川は、じっと、その短い言葉を睨《にら》んだ。

これは、無責任な人間の単なるいたずらなのだろうか？

それとも、犯人の警察に対する挑戦だろうか？

10

やや右上りの、どちらかといえば、下手な字である。

筆圧が強い。ボールペンをかたく握り、力をこめて書いたに違いない。

もちろん、差出人の名前はなかった。消印は、中央郵便局になっていた。消印から足がつくのを恐れて、わざわざ、東京駅横の中央郵便局まで出しに来たのか、或いは、差出人が、東京駅近くの会社に勤めるサラリーマンかのどちらかだろう。

「君の意見を聞きたいな」

十津川は、その手紙を、亀井刑事に見せた。他の四人は、聞き込みに出ていた。

「九月十九日というと、次の金曜日ですね」

亀井は、壁にかかっているカレンダーに眼をやり、確認するようにいった。

「そうだよ」

「犯人からの挑戦状とすれば、次の金曜日に、三人目の若い女を殺すという予告になりますね」

「いたずらとは考えられないかね」

「いたずらなら、警察へ出すよりも、新聞社へ出すんじゃありませんか？　その方が、騒ぎになって、面白いですからね」

「新聞社へも出しているかも知れんよ」

十津川は、電話を取ると、中央新聞社会部にいる友人の原田《はらだ》を呼び出した。

何気ない調子できいてみると、

「そんな投書は、来てないねえ」

と、原田はいった。

「そうか、来ていないか」

「妙ないい方だが、警察に、犯人が何かいって来ているのか？」

原田は、社会部のデスクらしく、食いさがって来た。

「いや。何もないさ。それで、困っているんだ」

十津川は、そういって、電話を切った。

警察だけに出した手紙となると、亀井のいうように、犯人からの挑戦状と考えた方がよさそうだ。

それに、余分なことを全く書かず、九月十九日とだけ書いてあるところが、一層、不気味である。

自ら「金曜日の男」と書いてあるのは、新聞が、そう書いたからだろう。

「これを、犯人からの予告と考えて、君は、どんな男だと思うね？」

十津川にきかれて、亀井は、ちょっと考えてから、

「正直にいいますと、私の血液型もB型なんです」

「ほう。それは知らなかったね」

「血液型が同じ者は、性格も似ていると聞いたことがあります。もし、そうだとすると、この犯人は、私に似た性格ということになりますが――」

「そうなら、生真面目で、粘り強く勇気がある男ということになる」

十津川がいうと、亀井は、頭をかいて、

「逆にいえば、野暮で、融通がきかず、しつこくて、無茶なことをやる男ということになります」

「しかし、君は、人殺しはしないだろう？」

「それが、自信がありません。警察官になりたての頃は、自分を正義の味方と思い込み、使命感に燃えていました。もちろん、今でも使命感は持っていますが、事件を重ねるにつれて、同情すべき犯人もいることがわかって来ましてね。自分がもし、犯人の立場だったらと考えたとき、自信が持てなくなって来ました。去年の夏、新宿で起きた殺人事

件があったでしょう。中年男が、サラ金の社長を出刃包丁で刺し殺した事件です」

「ああ、覚えているよ。細君が借りていて、そのために、彼女が自殺し、男の妹が、犯されて発狂した事件だったね」

「あの時、私は、自分があの男でも、相手を殺すだろうと思いましたね。それに、犯人と自分との間には、何の違いもないのだ、自分が、犯人ではなく、それを逮捕する側にいるのは、ただ単に、運がいいだけのことだとも思いました」

「私も、同じことを考えたことがあるよ。だが、今度の事件は、別だ。この犯人には、同情すべき余地は、全くないんじゃないかね。これから結婚し、子供を作り、楽しい家庭を持つことの出来たに違いない娘二人を、自分の欲望のために、強姦《ごうかん》し、殺した犯人だからね」

と、十津川がいった時、第一現場付近の聞き込みに行っていた安井と、田島の二人の刑事が帰って来た。

11

十津川は、本多《ほんだ》捜査一課長に呼ばれた。

「どうだね？　犯人について、何か手がかりをつかんだかね？」

本多は、太った身体を、回転椅子の中で小さく揺するようにしながら、十津川にきいた。

「残念ながら、まだ、何もつかめません。今、安井君と田島君が世田谷の第一現場付近の聞き込みから、帰って来ましたが、収穫はありませんでした」

「犯人の目撃者なしか」

「今のところ、目撃者は、東長崎のサラリーマンだけですが、この目撃者の証言は、身長一七〇センチぐらいの男というだけで、これでは、犯人を限定できません」

「金曜日の男からの手紙についてはどうだね？」

「まず、犯人からと見ていいと思います」

「犯人からの挑戦というわけだな」

「そうです」

「問題は、その手紙を、新聞に発表するかどうかだがね。君の意見は？」

「発表すれば、マスコミの協力を得られやすくなるでしょう」

「しかし、三人目の犠牲者を出したら、間違いなく、警察は叩《たた》かれるな。犯人の挑戦に負けたことになるからね。犯人に予告されていながら、それを防ぐことが出来ないとなれば、新聞は、警察の無能を非難するに決っている。部長は、それを心配して、手紙の件は、しばらく、内密にしておくようにいわれた。君はどう思うね？」

「私も、それに賛成です。今の段階では、第三の事件を防ぐ自信が、私にありませんから」

「ないかね？」

「ありません」

と、十津川は、冷静にいった。

「次に狙われるのも、若い女でしょうが、われわれにわかっているのは、それと、九月十九日という日付けだけです。場所もわからず、女の名前もわからないのでは、防ぎょうがありません」

「被害者二人と、犯人との関係も出て来ないかね?」

「出て来ません」

「というと、行きずりの殺人か?」

「その可能性が強いと思います」

「若い女なら誰でもいいのだとすると、犯人は、東京以外で、第三の事件を引き起こすことだって考えられるわけだな」

「そうです。しかし、犯人は、手紙で挑戦して来ました。となると、少くとも、東京都内の女性を狙うと、私は思っています。もちろん、東京都内といっても、絶望的な広さですが」

東京都内の人口は、約一千万人。今度の犯人が狙いそうな年頃の女だけでも、何万人といるだろう。その一人一人を守ることは、不可能だ。

「どうしたらいいと思うね?」

と、本多がきいた。十津川は、笑って、

「新聞、テレビで、東京中の人間に呼びかけて貰《もら》って、九月十九日には、年頃の娘は、一人残らず、明るい中《うち》に家に帰って、カギをかけるようにしたら、何とかなるかも知れませんが」

「無理だな。たった二人の女が殺されたぐらいで、そんな大げさなことをするなと批判されるに決っている。そのくせ、三人目の犠牲者が出れば、警察は何をしているのかと、非難されるんだがね」

「市民の警察に対する態度なんて、そんなものですよ。事件でもない限り、市民にとって、警察は、ただ、目ざわりなんじゃないですか？　制服に、拳銃《けんじゅう》と警棒をぶら下げた姿は、あんまり楽しい風景じゃありませんからね。夏は暑苦しいねといわれたことがありますよ。それなら、いざという時、警察をあまりあてにしてくれなければいいんですが、それが、逆で、捜査で少しでもミスすれば、クソミソにやられます。私は、別に苦情をいってるんじゃありません。警察官の宿命だと思って、あきらめています」

「しかし、何かいいたいんだろう？」

「三人目の犠牲者が出たときのことを考えているんですが、防ぐことが、どんなに難しいかを考えてはくれない。ただ、警察は無能だと、叩かれるに違いないと思って、憂鬱《ゆううつ》なのです。足を棒にして歩き廻《まわ》っている刑事たちが可哀そうですから」

「今日は、十七日だったな」

「そうです。今日を入れて、あと三日あります。その三日間、全力をあげて、一歩でも、犯人に近づくように努力するつもりでいますが、甘い期待はもっていません」

「とにかく、頼むよ。若い娘さんを、死なせたくないからね。特に、部長には、年頃の娘さんがいるので、余計、気にしておられるんだ」

「わかりました」

と、十津川がいって、帰りかけると、本多は、呼び止めて、

「確か、今度の捜査に、田島刑事が加わっていたね？」

「はあ。田島君が、どうかしましたか？」

「芦花公園で殺された被害者の両親から苦情が来ているんだ。何でも、聞き込みの時に、田島刑事が、『いい身体をしてやがった』と仏さんのことをいったのが、両親の耳に入ったらしい」

「わかりました。注意しておきます」

と、十津川は、いった。

12

三十二歳の田島が、浮気がもとで離婚したことは、十津川も知っていた。

だが、そのことで、とやかくいう気はなかった。確かに、警察官は、素行について、他の職業の人間よりも、厳しく見られる。普通のサラリーマンなら、酔って、若い奴に絡んだぐらいでは、どうということもないだろうが、警察官の場合は違う。新聞に叩か

れ、下手をすれば、辞職も覚悟しなければならない。

十津川も、それはわかっていたが、彼自身は、多少、女にだらしがなくても、仕事が出来ればよいと考えていた。警察官も人間なのだ。

しかし、課長から聞いた田島の言動は、気になった。

部屋に戻ると、東長崎周辺の聞き込みから、白石、青木の二人の刑事も帰って来ていた。この二人も、犯人について、何の情報もつかめなかったといった。

十津川は、その報告を聞いてから、

「田島君。ちょっと」

と、相手を、部屋の隅に引っ張って行った。

背の高い田島は、十津川を見下ろすように見て、

「何ですか？」

「被害者の両親から、君のことで苦情が来ている。君が、被害者のことを、『いい身体をしてやがった』といったのが、両親の耳に入ったんだ」

十津川がいうと、田島は、他人事《ひとごと》みたいに、

「そうですか」

「被害者の両親が、苦情をいってくるのも、もっともだと思わないかね？」

「被害者は、真っ裸で殺されていたんです。いやでも、若い女の身体が眼に入りますよ。いい身体をしていたから、そういっただけのことで、仏さんを侮辱したなんて思ってい

ませんが」

「しかし、向うは、怒っているんだ。今度、訪ねるときには、謝りたまえ」

「謝らなきゃいけませんか？」

田島は、不服そうに、頬をふくらませた。

「今度のような事件では、いつも以上に、市民の協力が必要なんだ。被害者の両親に煙たがられたら、何も出来なくなる。君一人が、困るだけじゃない。捜査に関係している全捜査員が困るんだ。それとも、君一人で、今度の事件を解決できるとでも思っているのかね？」

「やらせてくれれば、私一人で解決して見せますよ」

田島が、十津川に食ってかかったとき、相棒の安井が、心配そうにのぞきに来て、

「一人でやるなんて、おれのことを忘れないでくれよ」

と、口をはさんだ。

田島が、黙っていると、安井は、彼の肩を抱くようにして、

「思い出したことがあるんだ。一緒に、聞き込みに行ってくれ」

と、いい、強引に、廊下へ連れ出した。
二、三分して、安井だけ、ひとりで戻って来ると、十津川に向って、
「田島を許してやって下さい。少しばかり、強情で、傲慢《ごうまん》ですが、刑事としては優秀な男です」

「やり手だということは知っているよ」
「被害者宅には、必ず、謝りに行かせます」
「そうしてくれ」
と、十津川は、いった。

13

田島が、果して、被害者の家族に謝罪したかどうか、十津川は、確めることはしなかった。

田島や、同僚の安井を信じたい気持もあったし、次の金曜日、九月十九日が、刻々と近づいていたからだった。

十津川たちは、全力をつくした。

それは、まるで、実体のない化物を追いかけている感じだった。いくら聞き込みを続けても、新しい目撃者を見つけ出すことは出来なかった。

唯一の目撃者である通産省の三木という事務官には、十津川自身も会って、話を聞いた。しかし、彼は、ほとんど、犯人を見ていない。それでも、何か思い出してくれないかと、白石と青木の両刑事は、何度も、相手の家に足を運んだ。

十津川は、それを、途中で止めさせた。あまり、しつこく訊問《じんもん》をくり返すと、証人は、事実ではなく、想像を交えて話し出すからだ。人の好《よ》い、小心な証人ほど、警察を喜ばせようとして、嘘をつくことが多い。そうなると、犯人について、間違った情報を持ってしまう。そのくらいなら、何の知識もない方がいいのだ。

市民からの情報も、いくつか寄せられた。

自分の家の近くに、いつも、ぶらぶらしている男がいるが、若い女を見る眼つきがおかしい。暴行殺人の犯人かも知れないから調べてみてくれといったあやふやな電話もあったし、どこそこのアパートの何号室に住む男は、絶対に犯人に間違いないという確信に満ちた情報もあった。

そのたびに、十津川は、刑事たちを行かせたが、いずれも、今度の事件には、無関係だった。中には、ボーイフレンドとケンカ別れをしたのが口惜《くや》しいと、そのボーイフレンドが、今度の事件の犯人に違いないと電話して来た女もいた。ご丁寧に、血液型はBで、身長が一七〇センチというので、一時は、十津川たちも、色めきたったものだった。

もちろん、このボーイフレンドには、立派なアリバイがあった。

何もつかめないままに、時間が容赦なくたっていき、犯人が予告した九月十九日の金曜日がやってきた。

この日は、朝から雨だった。

十津川は、寝不足の赤い眼で、窓の外に煙《けぶ》る雨足を眺めた。

(犯人が、雨の嫌いな男ならいいんだが――)

と、思った。

雨が嫌いで、今日一日、自宅に閉じ籠《こも》っていてくれたら、少くとも、第三の犠牲者が出るのを、明日以降に延ばせるのだ。

だが、そんな十津川の淡い期待をあざ笑うように、昼過ぎには、雨はあがってしまい、陽が射してきた。

第一、第二の事件は、午後十時から十二時までの間に起きている。今度も、同じ時間に襲うとは限らないが、十津川は、その時間帯を、もっとも危険とみた。

今夜は、東京都内の各派出所では、警邏《けいら》の回数を増やし、特に、暗い路地裏にも入ってみることになっていた。

それで、第三の殺人が防げるという保証はなかったが、他に、何が出来るだろう。

八時、九時と、時計の針がすすむにつれて、安井たちは、捜査本部に落着いてはいられず、安井と田島は、芦花公園に、白石と青木は、東長崎に飛んで行った。

犯人が、第一現場か、第二現場の近くに住んでいるという証拠はどこにもなかったし、第三の事件が、同じ場所で起きるという予感もなかったが、それでも、捜査本部で、じっと待つことに耐えられなかったのだ。

十津川は、亀井刑事と、捜査本部を動かなかった。

誰かが、残っていなければならないのだ。

椅子に腰を下し、ただ、じっと待っているのは、動き廻っているより、ずっと辛《つら》かった。

「九時半だな」

と、十津川は、呟《つぶや》き、煙草をくわえて、火をつけた。眼の前の灰皿は、吸殻が山になっている。

亀井が、黙って、灰皿をかえてくれた。

「ありがとう。カメさん」

「いい月夜になってしまいました」

亀井が、窓を開け、夜空を見上げていった。

十津川は、不吉なものでも見るように、青白く輝く月を見つめた。第一の事件の夜も、第二の事件の夜も、月が明るかった。

特に、第一の事件では、犯人は、被害者を裸にし、その陽焼けした肌と、くっきりとついた水着の痕《あと》を、月明りで眺めていたらしいという。

今夜も、犯人は、同じ欲求の虜《とりこ》になって、夜の暗がりの中を、歩き廻っているのだろうか？　新しい犠牲《いけにえ》を求めて。

十時を過ぎ、十一時を回った。が、何の報告もなかった。

しかし、事件が起きなかったと断定は出来ない。事件は、すでに都内のどこかで起き、ただ死体が発見されていないだけかも知れないのだ。

やがて、夜が明け、九月二十日を迎えた。

午前七時二十九分。

とつぜん、電話がけたたましい音をたてて鳴りひびいた。

受話器を取った十津川の顔色が変った。

それは、第三の事件の発生を伝えていたからだった。

「場所は、何処だ？」

名刺の束

1

場所は、販売中の建売住宅の二階だった。

同じような二階建の小住宅が三軒並んでいて、そこには、「高級住宅売出中」の派手な立看板が立っていた。

敷地は、一軒あたり、せいぜい十五、六坪しかないだろう。

高級住宅という言葉が、うそ寒くなるようなミニ住宅だった。それでも、三千万近い値段だから、買い手もおいそれとはつかず、三軒とも、まだ売れていなかった。

京王線の初台《はつだい》駅から歩いて十二、三分のところだった。

古いアパートや、家を潰《つぶ》して、その土地を二つか三つに分け、そこに新しい家を建てる。いわゆるミニ開発の典型である。

販売元のM住宅では、毎日、お客への説明会や現地案内を開いている。

価格が高いので、なかなか買い手がつかないが、それでも、新宿まで電車で五分という近さが魅力で、毎日、五、六人の客が来るのである。

M住宅の社員の一人渡辺《わたなべ》は、朝七時になると、この建売住宅の点検に出かけた。

お客への説明会は、午前十時からになっていたが、時々、野良犬がもぐり込んでいたりするので、早朝の点検が必要だった。

昨夜の雨はあがって、屋根が、黒く濡《ぬ》れている。

渡辺は、右端の建物から見て行くことにした。

別に異常はない。

二軒目、真ん中の2号棟を調べて、渡辺は、「やられた！」と、声をあげた。

勝手口に近い窓ガラスが、割られていたからである。

子供が、いたずらに、石をぶつけて割ったという感じではなかった。

案の定、窓の鍵《かぎ》が外されていた。ガラスを割って手を突っ込み、錠を外したのだ。

勝手口のドアの錠も外されている。

別に調度品が入っているわけではないから、何かを盗みに入ったわけではないだろう。

（金のないアベックが、連れ込み旅館の代りに使ったのか）

と、渡辺は思った。

まだ、寒いという季節ではない。階下の洋間には、サービスで、安物のじゅうたんを敷いてあるから、旅館代りに使おうという気を起こす若者がいないとも限らないのだ。

渡辺は、勝手口のドアから、中に入った。

（やっぱりだ）

と、思ったのは、板の間に、うすくだが、足跡がついていたからだった。

その足跡は、階段をあがっている。渡辺も、階段をあがって行った。

二階には、六畳と四畳半の和室、それに三畳のサン・ルームがある。

カーテンがついていないので、どの部屋にも、朝の光が差し込んでいた。

六畳の襖《ふすま》を開けて、のぞき込んだ渡辺は次の瞬間、悲鳴をあげていた。

真新しい畳の上に、全裸の若い女が、死体となって横たわっていたからである。

2

十津川は、ぶぜんとした顔で、足元の死体を見下した。

「何もかも、前の二件と同じですね」

と、亀井刑事がいった。

頸《くび》を絞められて殺された、若い女の全裸死体。

身長は一六〇センチくらいだろう。すらりと伸びたいいプロポーションをしている。

両足を大きく広げた恰好《かっこう》は、明らかに、暴行されたことを暗示していた。

そして、前の二人と同じように、陽焼けした肌。ビキニの水着の痕が、やけに白く見える。

脱がされた衣服は、部屋の隅に丸めてある。

「被害者の身元は、わかっているのかね？」

十津川が、見廻《みまわ》すと、新宿署の刑事が、

「ハンドバッグの中身を調べたところ、新宿歌舞伎町《かぶきちょう》のナイトクラブ『ムーンライト』のホステス、君原久仁子《きみはらくにこ》とわかりました。年齢は三十歳。店での名前は、ユミコです」

「クラブのホステスだね」

「住所は、この近くのマンションになっています。ご案内します」

と、新宿署の加島《かしま》刑事がいった。

十津川は、現場に亀井を残して、加島と、外へ出た。

問題のマンション「初台コーポ」は、驚いたことに、殺人現場の建売住宅から、歩いて、わずか二、三分のところにあった。

七階建の洒落《しやれ》たマンションである。

被害者、君原久仁子が、店の帰りに襲われたのだとすれば、彼女は、もう少しで、自宅へ入れるところだったことになる。

階下の郵便受には、「君原」の名前が書いてあったが、五階にあがると、ドアには、名前はなかった。

加島刑事が、被害者のハンドバッグにあったキーで、ドアを開けた。

2LDKの部屋である。

ナイトクラブのホステスということで、派手な感じの部屋を予想していたのだが、意外に、地味な飾りつけの部屋だった。三面鏡や洋服ダンスなども、そう高いものではなさそうである。

「これだと、相当、貯めてるかも知れませんね」

と、若い加島が、したり顔でいった。

「そうかね」

「ムーンライトという店は、新宿でも高い店で通っています。前に聞いた話では、一千万円近い宝石を持っているホステスはざらだということですから」

「君も、その店に行ったことがあるのかい？」

「店の客が傷害事件を起こした時、ちょっと調べました。私なんかが、客として行ける店じゃありません」

と、加島が笑った。

洋ダンスの小引出しを開けると、加島の言葉を裏書きするように、三千万近い定期預金の通帳が見つかった。印鑑は、用心のために別の場所にしまってあるらしい。

貸金庫のカギもあった。宝石でも、あずけてあるのだろうか。

「いくら貯めても、通り魔に殺されてしまったんじゃ、何にもなりませんね」

加島は、小さく肩をすくめた。

「通り魔だと思うのかね？」

十津川は、部屋の中を見廻しながら、きいた。

「前の二件と同じ犯人だとは思います。しかし、形としては、通り魔殺人じゃないでしょうか？　今度の被害者と犯人が顔見知りだったとは思えません。殺されたのは、恐らく、昨夜おそくだったと思いますが、被害者が、たまたま、犯人とぶつかったのが不運だったんです。違いますか？」

「つまり、犯人にとって、三人目の、犠牲者は、誰でもよかったということかね？」

十津川は、穏やかに、きき返した。

十津川は、部下の刑事の意見を聞くのが好きだった。それも、自分の考えに反対の意見を聞くのを好んだ。そうすることによって、独断をまぬかれるからである。事件を担当するキャップによっては、捜査方針が一致するのを好む者もいる。その方が多いだろうが、十津川は、逆だった。事件に対して、犯人に対して、いくつかの説が出た方が安心するのだ。

「その通りです」

と、若い加島刑事は、はっきりといった。

十津川は、微笑した。彼は、はっきりと自分の考えをいう人間が好きだった。

「その理由を聞きたいね」

と、十津川は、いった。

「三つの殺人事件の犯人は、明らかに同一人です」

「それで？」

「二つの考え方があります。一つは、犯人が三人の被害者と知り合いで、何かの理由で、次々に殺しているという考え方です。しかし、この考え方は説得力がありません」

「なぜだね？」

「前の二人の被害者について、私は、事件にタッチしていませんから、女子大生と、OLとしか知りません。しかし、今度のクラブ・ホステスと、職業が、ばらばらであり過ぎます。それに、住所も、一か所にかたまっていません。こうした三人の女と、殺すほどの関係を持つ男というのは、ちょっと考えにくいのです。それに、もし、憎しみで、知り合いの女を次々に殺していくのであれば、セックスをしてから殺すというのは、不自然です。それは、どんな形であれ愛の行為ですから」

「愛の行為かね？」

「私は、そう思います。殺したいほど憎んでいれば、セックスはしない筈《はず》です」

「それで？」

「犯人が、被害者とは全く顔見知りでないというのが、もう一つの考えです。この方が、今度の事件に、ぴったり合致します。多分、犯人は、若い男で、孤独で、口下手なために、ガールフレンドが出来ない人間だと思います。女に裏切られたことがあるのかも知れません」

「それで、若い女性に、強い憎しみを抱くようになったというわけかね？」

「私の勝手な想像ですが――」

と、加島は、頭をかいた。角張った、いかつい感じの男なのだが、そんな動作をすると、急に、可愛らしく見えてくる。

十津川は、微笑しながら、

「そんな男が、行き当りばったりに、三人の若い女を暴行の上、殺したというのかね？」

「犯人は、金曜日ごとに、狩りに出かけているんじゃないでしょうか」

「狩りかね？」

「そうです。なぜ、金曜日なのかわかりませんが、犯人は、金曜日の夜になると、女狩りに出かけているんだと思うんです。猟場は東京都内。車を持っていれば、世田谷から、池袋まで範囲が広がっていても、少しもおかしくはないと思います。犯人は、狩りに出て、どこかの路地の暗がりで、獲物の若い女が近づくのを待っているわけです。ライオンが、美味《うま》そうな小鹿なら、どれでもいいように、この犯人も、若くて、魅力的な女なら、誰でもよかったんです。獲物ですから」

「面白い考えだな」

と、十津川は、肯《うなず》いてから、

「今、君は、犯人が、三人の被害者と顔見知りの場合と、全く知らない場合と一つのケースが考えられるといったがね。もう一つのケースも考えられるんじゃないかな？」

「どんな場合ですか？」

「それは、君が考えてみたまえ」

と、十津川は、いった。

3

十津川は、現場である建売住宅に戻った。

死体は、すでに、解剖のために運び去られ、その後に、チョークで、人型が描かれていた。

「どうでした？」

と、亀井刑事が、十津川に声をかけた。

十津川は、チョークの人型を見ながら、

「高級ナイトクラブのホステスで、三千万近い預金があったよ。マンションも、彼女の名義になっているし、宝石類も持っているようだから、かなりの財産家だな」

「そういえば、死体の左手の指に、大きなダイヤの指輪をはめていました。本物だとすると、何百万もするんじゃありませんか」

「こうなると、ますます、物盗《ものと》りが目当てということは考えられなくなるね。女を犯して、殺すだけが目的のようだな」

「たとえは悪いかも知れませんが、これは、女狩りですよ。狂暴な犯人による女狩りです」

「女狩りね」

「おかしいですか？」

「いや。加島刑事が、同じことをいったんでね。彼も、若い女に対して憎しみを持つ男が、金曜日の夜になると、女狩りに出かけているんだといっていたよ」

「誰でも、そう考えるんじゃありませんか。犯人は、若くて魅力的な女なら、誰でもいいんです。狩りの獲物なんですから」

「なるほどね」

「警部は、どうお考えですか？」

「僕は、一つだけ、どうしても気になることがあるんだよ」

「何です？」

「陽焼けさ。今度の被害者も、見事に陽焼けしていて、ビキニの水着の痕《あと》が、やけに白く見えた」

「それは、私も感じました。しかし、それは、前にも警部と議論しましたが、偶然の一致じゃないでしょうか？　今は九月です。若い女なら、夏の間に、海へ行っていますよ。陽に焼けていない方がおかしいかも知れませんよ」

「しかし、今度の被害者は、ナイトクラブのホステスだ。普通、ああいう職業の女は、陽焼けを嫌うんじゃないかね。時には、例外があって、陽焼けした肌を自慢するホステスもいるだろうが、たまたま、その少いホステスが殺されたというのは、偶然すぎるような気がするんだがね」

「すると警部は、犯人が、前もって、被害者が陽焼けした肌の持主だと知っていたと、お考えですか？」

「ところが、それが断定できずに困っているんだ」

と、十津川は、苦笑した。

犯人が、三人の被害者と親しかったとは、十津川は、考えていない。

親しい相手を殺すと、犯人は、反射的に、ハンカチや、衣服で、死体の顔をかくすものである。死体そのものも、山の中に埋めてかくす。死体が発見され、身元がわかれば、自分に疑いの眼が向けられるという恐怖があるからである。

しかし、今度の犯人は違う。死体をかくそうとした気配はないし、顔もむき出しのままだ。

とすると、犯人と被害者が、親しくつき合っていたとは考えにくい。それにも拘《かかわ》らず、三人の女が、見事に陽焼けしていることを、どうして知ったのだろうか？

顔が陽焼けしていたからか？

しかし、女たちが襲われたのは、いずれも、夜おそくであり、犯人は、暗がりに待ち伏せしたと考えられている。そんな状態で、襲う相手の顔が、陽焼けしているかどうかわかるだろうか？

特に、今度の被害者は、クラブのホステスという職業柄か、陽焼けがわからないように顔を化粧していたのだ。

それにも拘らず、犯人が、彼女が見事に陽焼けしているのを知っていたとしたら、なぜなのだろう？

犯人が、銭湯の従業員ではないかと考えたことがある。

銭湯といっても、サウナ風のものまであるが、被害者は、いずれも、家に風呂《ふろ》があり、しかも、三人の家が、これほど離れていては、同じ銭湯なり、サウナなりに行ったとは考えにくいのだ。

否定的な結論しか出て来ないのだ。それにも拘らず、十津川は、犯人が被害者の陽焼けした肌を知っていたという考えを捨て切れなかった。それほど、三人の若い女性の裸身は、見事に陽焼けしていたということでもあった。

4

合同捜査本部には、新しく、新宿署の加島刑事が加わった。

その加島が調べたところによると、被害者の君原久仁子は、月収約八十万。八月末には、同じ店のホステス二人と、タヒチへ一週間の旅行をしたという。その経費が一人約百万円。

「今度は、タヒチですか」

と、亀井は、溜息《ためいき》をついた。

四十五歳の亀井は、子供二人にせがまれながら、今年の夏は、豊島園《としまえん》プールに一度、連れて行ってやっただけである。

といって、別に、羨《うらや》ましいという気持ではなかった。たとえ、タヒチへ行くだけの金があっても、事件に追われて、その暇はないだろうし、タヒチみたいなところへ行ってしまったら、逆に、落ち着かなくなってしまうだろう。

貧乏性かも知れないが、事件に追いまくられている方が、気楽なのだ。

だから、亀井が溜息をついたのは、羨望《せんぼう》からではなく、独身の女が、簡単に、タヒチへ行けるような時代になったかという感慨に近かった。

「それに、被害者は、店では、常にナンバー・スリーには入っていたといいますから、それだけに、男関係は派手だったようです。彼女の部屋から見つかった名刺だけでも、百枚をこえています」

加島は、ゴムで束ねた名刺を、十津川の前に置いた。

その中には、有名会社の幹部の名前もあるし、代議士の名前も見えた。

「この中に、犯人がいるでしょうか？」

世田谷署の安井は、名刺を一枚ずつめくりながら、十津川の意見を求めた。

「もし、この中にいたら、犯人は、第三の被害者とは顔見知りだったことになる」

と、いってから、次に、加島に向って、

「さっき、第三の場合があると君にいったろう？」

「ええ。犯人が、被害者を知っているか、或《あ》るいは、全く知らないかの二つの場合以外ということですね」

「そうだよ。犯人が、三人の中の一人とだけ顔見知りというケースも考えられるわけだよ」

「意味がよくわかりませんが」

「犯人は、第三の被害者、君原久仁子と深い関係にあったとしよう。この名刺の束の中の一人かも知れない。犯人は、彼女を殺したいと思ったが、殺せば、すぐ、自分に疑いがかかる。そこで、まず、何の関係もない女二人を、暴行の上殺害する。金曜日に殺すというのは、強い印象を植えつけるためかも知れない」

「なるほど。そうしておいて、君原久仁子を同様の手段で殺せば、通り魔殺人の犯行ということになる。それを狙ったということですね」

加島刑事が、眼を輝かせた。

「そういうことだが、もちろん、これは一つの仮説に過ぎない。ただ、この百枚の名刺の主を、一応、洗わなければいけないということだね」

と、十津川は、いった。

その日の夕方になって、君原久仁子の解剖結果が報告された。

死因は、絞殺による窒息死。死亡推定時刻は、午後十一時から十二時まで。被害者は暴行されており、膣《ちつ》内から血液型Bの精液が検出された。

前の二件と全く同じだった。

しかし、マスコミの警察に対する非難は、一層、厳しく、強いものになってきた。

5

一人目、二人目の犠牲者の時は、マスコミは、事件の猟奇的な面を書き立てるが、三人目ともなると、三人目の犠牲者を防げなかった警察に、非難を集中してくる。

いつもそうだった。

何の事件も起きない時は、警察は邪魔者扱いされる。そして、いざ凶悪な事件が起きると、一応は、警察が頼りにされるが、逮捕できればいいが、出来なければ、たちまち、警察は、非難の的にされる。

だから、十津川は、覚悟していた。

金曜日の夜に、犯人は、若い女を襲うとわかっているのに、なぜ、警察は、三人目の犠牲を食い止められなかったのかと、マスコミは、非難する。

現在、東京都内に、何万人の若い女性がいるのかということは、完全に無視されてしまうのだ。

〈――しかも、犯人の血液型がB型ともわかっているのである。これだけの材料が揃っていながら、警察当局は、策もなく手をこまねいている〉

と、書いた新聞もあった。

だが、B型の血液型を持つ若い男が、東京都内に、何万人いるだろうか。それに、相手は、血液型を書いたバッジをつけて歩いているわけではないのだ。

〈警察が頼りにならないとすれば、各自で自衛するより仕方がないだろう。杉並《すぎなみ》のある会社では、金曜日には、若い女性社員を、明るい中に帰宅させることにしたそうである〉

そんな記事も新聞にのった。

止むを得ず、遅くまで仕事をする女子社員は、近くのホテルに泊めることにしたとも書いてある。

「何ですか？　これは」

と、亀井は、腹立たしげに、新聞を、指先で、叩《たた》いた。

「警察をやっつければいいと思ってるんです。無責任ですよ」

「そう怒りなさんな」

と、十津川は、笑ってから、

「われわれが、何の手がかりもつかんでいないことは事実だからね。それに、その新聞の前置きは気に食わないが、金曜日に、若いＯＬが、早く帰宅してくれるのは、歓迎したいね。これ以上、犠牲者を出したくないからねえ」

「しかし、警部。自衛といっても、限度があります。女子大生やＯＬは、早く帰宅できるかも知れませんが、水商売の女性は無理です。それに、第三の犠牲者は、ナイトクラブのホステスでした。まさか、次の金曜日に、クラブや、バーや、トルコの女性が、全員、休むとも思えません」

「わかってるさ。だから、次の金曜日までに、どんなことをしてでも、犯人を見つけ出したいんだ。そのためには、まず、百枚の名刺を、大至急、洗ってくれ」

「警部は、あの中に、犯人がいるとお考えですか？」

「正直にいって、五分五分だな。しかしね。前の二件では、何の手がかりもなかった。それぞれ、恋人やボーイフレンドがいたが、シロだった。それで、お手上げだった。今度の場合は、ともかく百人の男がいる。その中に犯人がいるかも知れないんだ」

6

百人の男は、さまざまな階層にわたっていた。

それだけに、捜査は、難しかった。特に、社会的に地位のある人物は、名刺があるにも拘らず、被害者君原久仁子との関係を否定しようとする。名刺を示しても、誰かが、自分の名刺を悪用したのだと、しらばくれる人間もいた。

刑事たちは、根気よく、その一人一人のアリバイを調べていった。

若手代議士のNも、この百人の中に入っていたが、彼のことを調べに出かけた安井刑事は、危うく、殴られかけた。

妙な副産物も生れた。

有名スーパーの四谷《よつや》店の会計係の名刺もあったので、三十五歳のこの男の身辺を洗っていると、突然、逃走を企てた。てっきり、君原久仁子殺しの件で逃げるのだと思い、緊急逮捕したところ、実は、スーパーの売上げ金を猫ババしていたのである。

そんなことがあったりして、百枚の名刺は、一枚ずつ少くなっていった。

水曜日になると、十津川たちの前に、一人の男が、浮び上って来た。

名前は、佐伯裕一郎《さえきゆういちろう》。三十二歳。

新宿西口にある三林《みつばやし》美容院のヘア・デザイナーだった。

佐伯の身辺を捜査した白石と青木の二人の刑事が、説明した。

「二十七歳から三年間、パリに留学し、向うで、ヘア・デザインの勉強をして帰国、去年から、三林美容院のヘア・デザイナーになった男です」

白石が説明し、青木が、佐伯裕一郎の顔写真を、十津川たちに配った。

「なかなか、いい男じゃないか」

と、亀井が、いった。

「しかし、ちょっと、暗い感じがするねえ」

十津川が、自分の考えをいった。

「実際の佐伯も、暗い眼をすることがあります。こちらで調べたところ、十八歳と十九歳の時に、二度、婦女暴行で補導されています」

白石が、メモを見ながらいった。

「血液型は？」

十津川は、写真を見ながらきいた。

整った顔立ちなのだが、眼が暗いのだ。

「B型です」

と、白石がいう。

「すると、犯人としての条件は、備えているわけだね」

亀井が、そんないい方をした。

「そうなんだ。カメさん」

と、白石は、大きく肯《うなず》いて見せてから、

「身長一七三センチ。体重六十キロ。少し痩《や》せ形だが、筋肉質で、力はありそうだ。もう一つ問題なのは、十八歳と十九歳の時の二度の暴行事件だが、二度とも、相手を真っ裸にしてから、犯しているんだ。もちろん、佐伯は、その件を、ひた隠しにしているがね」

「被害者、君原久仁子との関係は？　ナイトクラブのホステスと客というだけの関係かね？」

と、十津川がきいた。

「いや、違います」

「というと？」

「どうやら、被害者の君原久仁子は、佐伯が働いている三林美容院に、よく来ていたそうなんです。受付の女の子が、そう証言しています」

「佐伯自身は、どうなんだい？」

「彼女が、お客の一人だったことは認めていますが、特別な関係はなかったといっています。名刺は、最初に、彼女が来たときに、多分、渡したんじゃないかということです。営業用の名刺ですから、佐伯のいう通りかも知れませんが」

「佐伯は、彼女の働いていたナイトクラブには、顔を出していなかったのかね？」

「クラブ『ムーンライト』の同僚ホステスの話では、佐伯は、来ていなかったようです。来たとしても、一回か二回でしょう。少くとも、君原久仁子目当てに通っていた客の一人ではなかったと思います」

「肝心のアリバイは、どうなんだい？」

亀井が、鉛筆の尻《しり》で、軽く机を叩きながら、口をはさんだ。

「三林美容院は、午前十時から、午後八時までやっているんだが、君原久仁子が殺された九月十九日も、同じく、午後八時に店は閉めている。佐伯は、この日は、まっすぐ、家に帰って、テレビを見たといっているんだ。彼の家は、京王線の代田橋《だいたばし》にあるマンションで、ひとりで住んでいる」

「テレビをひとりで見ていたか――」

亀井は、肩をすくめた。そんなものは、アリバイが無いに等しい。だが、アリバイがないことを証明するのも難しいのだ。

「前の二件の被害者との関係はどうかね？」

と、十津川がきいた。

白石は、首を振って、

「それが、全くわからんのです。佐伯は、ＯＬの橋田由美子や、女子大生の谷本清美などは、全く知らないといっています」

「問題は、そこだな」

と、十津川は、いってから、亀井刑事に向って、

「カメさん。一度、三林美容院に行ってみる必要があるね」

7

その日、十津川は、亀井を連れて、新宿西口にある三林美容院へ出かけた。

午後五時を少し過ぎたところで、帰宅するビジネスマンやＯＬが、どっと、舗道にあふれて来ていた。

二人は、その人波に逆うように、歩いて行った。

八階建のビルの一階に、三林美容院があった。大きな美容院で、お客のために、喫茶室があり、ヘア・デザイナーも、佐伯一人ではなく、男女合せて、十人近くいて、客が、ずらりと並んでセットをしているところは、なかなか、壮観だった。

全身美容のコースもあって、三万円、五万円、十万円と、金額が書いてあり、有名な女優が、微笑している写真もかかっていた。

十津川と亀井は、この店の経営者である三林有子《ゆうこ》に会った。

六十歳近い、大柄な女性である。彼女は、誇らしげに、全国に、五つの支店を持っているといと話し、パンフレットをくれた。

十津川は、こういう女性が苦手である。

「たいしたものですな」

と、当り障りのないことをいった。

有子は、マニキュアをした太い指で、煙草をつまんで火をつけた。

「昨日も、刑事さんがいらっしゃいましたけど、同じご用ですの？」

「そうです。佐伯裕一郎さんのことで、お話を伺いたいと思いましてね」

「彼は、立派で、優秀なヘア・デザイナーですわ。うちの主任デザイナーです。なんといっても、パリで三年間勉強して来たことが、大変、役に立っていますわ。他の者とは、感覚が違います」

「どの人ですか？」

「右端から三番目で仕事をしている人ですわ」

有子にいわれて、十津川は、その青年に眼をやった。

写真よりも、スマートで、魅力的な青年に見える。中年女性のヘアを整えながら、何か話しかけ、鏡の中の女が笑っていた。

「腕がよければ、お客に人気があるでしょうね？」

「ええ。裕ちゃんを指名なさるお客さんが多いんですよ。有名な女優さんや、政財界の奥さん方にも、彼のファンが多いんです」

有子は、自慢げに、そうした女優や、夫人たちの名前をあげてみせた。

「どういう性格の男ですか？」

「そうですわねえ。一本気ないい青年ですよ。ただ、何といっても客商売ですから、もう少し愛想よくした方がいいと思うんですけどねえ。ちょっと無口すぎるんですよ」

「しかし、お客と何か楽しそうにお喋《しゃべ》りしているじゃありませんか」

「ああ、私が、忠告したからですよ」

と、有子は、笑った。

「彼の収入は、どのくらいあるんですか？」

「私どものところでは、五十万近く払っておりますけど」

「なかなか、いい給料ですね」

「彼の腕なら、そのくらいは当然だと思っておりますよ」

「収入は多いし、時代の先端を行く職業だし、女性にもてるんじゃありませんか？　特定の女性がいるようですか？」

「昨日の刑事さんにも申し上げたんですけど、私は、従業員のプライバシィには、立ち入らないことにしていますの」

「なるほど」

「でも、裕ちゃんには、特定の恋人はいないと思いますよ」

有子は、思わせぶりに、ニヤッと笑った。

厚化粧のせいで、そんな笑い方をすると、妙に淫蕩《いんとう》な感じがした。

「なぜです？」

「彼は、中年のご夫人たちに、人気があるんですよ。さっき申し上げた偉い方たちのご夫人たちですわ。あの方たちは、敏感だから、恋人があって、その娘《こ》に熱をあげているような男は、絶対に、ひいきにしませんものねえ」

「では、その偉いご夫人方と、よろしくやっているわけですか？」

十津川がきくと、有子は、また、ニヤッと笑って、

「さあ、どうでしょうか」

「ここに、普通のＯＬの方も見えますか？」

十津川は、第一の犠牲者、ＯＬの橋田由美子のことを考えながらきいてみた。

「もちろん、お見えになりますわよ。私のところは、さほど、お高くはございませんから」

「女子大生はどうですか？」

「女子大生ですか？」

と、有子は、おうむ返しにきき返してから、

「いいところの女子大生は、時々、お見えになりますねえ」

「この娘はどうです？」

十津川は、橋田由美子と、第二の犠牲者谷本清美の顔写真を、並べて、有子の前に置いた。

「ここへ来たことがありますか？」

「さあ」

と、有子は、眼鏡をかけ直して見ていたが、

「このお二人は、新聞に出ていた方でしょう？　金曜日の男に殺された――？」

「そうです」

「うちにおいでになったことはないと思いますわね。それとも、いらっしゃったことがあるんですの？」

「いや、わからないから、おききしているんですが」

「いらっしゃったことはないんじゃないかしら。そう思いますけどねえ」

有子は、そっけない調子になっていた。

「佐伯さんは、ここに入る時、履歴書を出していると思いますが」

「ええ。もちろん。従業員の採用については、慎重にやっておりますもの」

「見せて頂けますか？」

「どうぞ」

有子は、十津川たちを、社長室に案内し、その部屋のキャビネットから、履歴書の綴《と》

じたものを取り出して、見せてくれた。

佐伯裕一郎の履歴書を、十津川は、亀井と二人で見た。

未成年のときの前科は、もちろん、記入されていなかった。

「そこに、パリ美容研究所卒業と書いてありますでしょう」

と、傍から、有子がいった。

「嘘ではありませんわよ。ちゃんと、修了証書を持っていますもの」

「この履歴書は、本人が書いたものですか？」

「ええ。本人が書くことになっていますから、本人が書いた筈《はず》ですわ」

「この履歴書を、お借りして構いませんか」

と、十津川は、きいた。

8

持ち帰った履歴書と、捜査本部宛に投函《とうかん》された匿名の手紙とが、比較された。

〈九月十九日　金曜日の男〉

と、書かれた文字との筆跡の比較である。

似ているようでもあり、別人の筆跡のようでもあった。

履歴書と手紙は、すぐ、専門家の筆跡鑑定に回された。

その結果が出る間にも、捜査は、続行された。

「問題は、女子大生の谷本清美と、佐伯裕一郎の関係だな」と、十津川は、部下の刑事たちにいった。

「OLの橋田由美子の方は、三林美容院に行って、佐伯と知り合った可能性があるが、谷本清美が問題だよ。佐伯が犯人なら、どこかで、関係を持った筈だからね」

「谷本清美は、今年の夏、与論島で過ごしています。佐伯も、夏に、そこへ行っていて、知り合ったんじゃありませんか？」

と、安井刑事がきいた。

「いや、佐伯が、今年の夏、どこの海にも行っていないことは、確認して来たよ。第一、佐伯は、全く陽焼けしていないんだ。泳ぎに行ったとしても、せいぜい、プールぐらいだろう」

「すると、やっぱり、女子大生の谷本清美が、三林美容院へ行って、知り合ったということになりますか？」

「そうなんだが、あの美容院は、女子大生が行くには、高級すぎる気がしてね」

十津川が、首をかしげた時、若い制服姿の警官が、一通の手紙を持って来た。

捜査本部宛になっているが、差出人の名前はない。

十津川が、封を切り、中の便箋《びんせん》を取り出したが、その眼が、嶮《けわ》しくなった。

〈九月二十六日　金曜日の男〉

と、書いてあったからである。

明らかに、前に来た手紙と同一だった。封筒も、便箋も、筆跡も同じなのだ。

「くそッ」

と、安井が、怒鳴った。

「警察をなめてやがる」

「これで、無責任な人間のいたずらとは考えられなくなりましたね」

と、亀井が、十津川を見た。

「そうだな。明らかに、犯人の警察に対する挑戦状だ」

「どうします？」

「無駄だろうが、一応、この手紙の指紋を調べてくれ。それと、佐伯の指紋とを照合するんだ」

と、十津川は、いってから、壁にかかったカレンダーに眼をやった。

九月五日、十二日、十九日の三日間のところに、朱《あか》い丸がついている。

三人の被害者が出た日である。

その朱い丸印が、重く、十津川にのしかかってくる。

今日は、九月二十四日の水曜日である。予告された金曜日まで、あと二日間しかない。

果して、第四の事件は防げるだろうか？

正直にいって、十津川には、自信がなかった。

それまでに、佐伯裕一郎を、犯人と断定できるだろうか？

9

二十五日の木曜日になって、安井と田島の二人の刑事が、佐伯裕一郎について、一つのことを聞き込んできた。

「第二の被害者の谷本清美ですが、彼女と、佐伯の接点が見つかりましたよ」

と、安井が、勢い込んで、十津川に報告した。

「どんなことだね？」

「あの三林美容院ですが、経営者の三林有子が、なかなか、やり手なんです」

「それは、わかっているがね」

「全国にチェーン店を持つだけでなく、新しい客層を開拓するために、大学や高校に美容師を派遣して、主に女子学生に、化粧法や、ヘア・デザインを教えているんです。将来のお得意さんだというわけですよ」

「そうか。谷本清美のいたS大にも行ってるわけだね？」

「その通りです。佐伯も出かけて行って、女子学生に、新しい髪型の講義と、女子学生を使って、実演もしています。谷本清美の友人の話では、その時、彼女がモデルになったんだそうです」

「なるほどね。それで、佐伯自身は、どういってるんだ？」

「S大に行ったことは認めました。しかし、谷本清美という女子大生には記憶がないといっています」

「OLの橋田由美子と、ホステスの君原久仁子についても、相変らず否定しているのかね？」

「店に来たことがあるかも知れないが、名前も、顔も覚えていないといっています。どうしますか？　二十六日の金曜日は明日です。彼が犯人だとすると、明日、四人目の女を襲いますよ」

「逮捕したらどうでしょうか？」

若い田島刑事が、十津川をせっついた。

十津川は、難しい顔で、

「今の段階じゃあ無理だな。彼が犯人だという証拠は一つもないんだ。全て、可能性だけだ」

「別件で逮捕したらどうですか？　容疑は、何とでもつけられますよ。明日一日、勾《こう》留《りゅう》しておいて、例の殺人事件が起きなければ、あいつが、金曜日の男だという証拠になるじゃありませんか。私は、どうも、ああいうニヤけた男は、虫が好かないんです」

田島は、吐き出すようにいった。

十津川は、苦笑した。

「個人的な好き嫌いで、相手を判断しちゃいかんな」

「しかし、ああいう、ぬめっとした奴は、外見は女みたいでも、恐しい犯罪に突っ走ることが多いもんです。もし、奴が金曜日の男だとしたら、このまま野放しにしておくと、明日、また新しい犠牲者が出ることになりますよ」

「別件逮捕だって、簡単には出来んだろう？」

と、横から、安井がいった。

「彼は車を持っています。駐車違反でも何でも、理由はつけられると思いますね。私に委《まか》せて貰《もら》えれば、明日一日、別件で逮捕して、ぶち込んでおきますよ」

田島は、胸を叩《たた》かんばかりの調子でいった。この男なら、そのくらいのことはやりそうだった。

「まあ、別件逮捕のことは、いずれ考えることにして、今日一日は、佐伯の身辺を、もう一度、洗ってみてくれ」

と、十津川は、田島を送り出した。

10

「どうも、田島刑事にも困ったものですね」

亀井が、田島の姿の消えるのを待ってから、十津川にいった。

「まあ、若いんだから、あのくらい威勢がいいのも、悪くはないさ」

「しかし、警部。彼は、前に一度、捜査のやり過ぎで注意を受けています」

「どんなケースだね？」

「一年前ですが、殺人容疑者を逮捕するとき、相手をぶん殴って負傷させたんです。相手は真犯人だったので、表沙汰《おもてざた》にはなりませんでしたが、あれが無実の人間だったら、警察全体に、非難が集中していたところです」

「感情が激しいということかね？」

「今もそうでしたが、相手を、自分の好き嫌いで判断するところがあるようです。佐伯裕一郎なんかは、田島のもっとも嫌いなタイプでしょう。下手をすると、ぶん殴りかねませんよ」

「安井君に注意するように言っておこう」

と、十津川は、いってから、

「問題の佐伯裕一郎だがね。カメさんは、彼が、金曜日の男だと思うかね？」

「条件は揃っていますね。これまでに殺された三人の女の中、少くとも、ホステスの君原久仁子、女子大生の谷本清美とは顔見知りだったわけです。最初の犠牲者のＯＬ、橋田由美子だって、あの三林美容院に来たことがあるとすれば、佐伯は、彼女のことを知っていたことになります。それに、佐伯は、客の髪をいじりながら、よく話しかけていますから、相手の住所や、帰宅時間を聞き出すことぐらい簡単なことだろうと思いますね」

「佐伯が犯人だとしたら、動機は、いったい何だろう？　なかなかの美男子だし、職業柄、女にだって、不自由はしないような気がするんだがね」

「その辺のところは、全くわかりません。ただ、前に一度、似たようなケースにぶつかったことがありました。三年前の連続強姦《ごうかん》事件です」

「江東《こうとう》で起きた事件だろう？　思い出したよ。犯人は、会社重役の息子で、プロゴルファーだったね」

「若手のプロゴルファーでした。年齢は二十六歳。長身で、テレビタレントのNに似たハンサムな男でした。それに、資産家の息子だし、プロとしての実績はなくても、ポルシェを颯爽《さっそう》と乗り廻《まわ》していましたから、女なんかいくらでも出来る筈《はず》だし、合意の上のセックスだって可能だった筈なのです。それなのに、あの男は、強姦でしか、女とセックス出来なかったんです。彼の場合は、相手を殺すまでには到りませんでしたが」

「原因は、母親の異常な溺愛《できあい》だったね」

「そうです。父親が、社用で外国に出張することが多かったために、一人息子の彼を、母親が溺愛したわけです。それが異常だったために、彼は、肉体的には一人前になっても、精神的には、幼児のままだったわけです。特に、異性に対して、対等のつき合いが出来ない状態におかれてしまいました。そのために、女性に対して、絶えず劣等感を覚え、それを無理に克服しようとして、暴力的に振る舞ったのです。強姦以外に、異性に対する接し方を知らなかった男の悲劇でした」

「カメさんは、なかなかの心理学者じゃないか」

　と、十津川がいうと、亀井は、頭をかいて、

「あの事件を分析した大学の先生の受け売りです」

「今度の佐伯裕一郎の家庭は、母親が溺愛したということはないようだね？」

「それはありません。むしろ、家庭的には冷たい環境に置かれていたように思います。佐伯が、十九歳の時に事件を起こしてからは、厄介者扱いにされていた感じです」

「美容院の三林有子は、佐伯のことを可愛がっているようだね？」

「彼女には、子供がいませんから」

「子供代り、母親代りというわけか？」

「そんなところですね。問題は、三林店長の可愛がり方が、異常かどうか、それが、若い女を暴行し、殺すことにつながるかどうかということですが」

「佐伯に、特定の恋人はいないのかね？　三林店長は、従業員のプライバシィには、タッチしない方針だから、わからないといっていたが」

「佐伯本人は、今は仕事に夢中で、恋人を作るどころじゃないし、結婚も考えていないといっていますね。同僚にきいても、特定の恋人はいないんじゃないかということでした」

「しかし、佐伯は、三十二歳だろう。男盛りだ。セックスの処理の方は、どうしているんだろう？」

「五十万近い月給を貰っているんですから、トルコへでも何でも行って、適当に処理しているんだと思いますね」

「その点も、調べて貰いたいね」

「佐伯には、妙な潔癖性があるんじゃないかと、お考えですか？」

「そうかも知れないし、未成年の時から、強姦事件を起こしているということは、女性に対して、サディスチックにしか振るまえないのかも知れない。そうだとすれば、金を出した女に対しても、同じだろうと思う」

「警部のいう通りだとしたら、水商売の女たちの間に、噂が広まっている筈ですね。妙な客ということで」

「そうだ」

「調べましょう。時間も丁度いい」

と、亀井は、腕時計に眼をやってから、

「新宿にあるトルコ風呂《ぶろ》を、一軒ずつ当ってみますよ」

11

すでに、午後九時を回っている。

だが、新宿歌舞伎町の辺りは、まだ、ゴールデン・タイムが始まったばかりである。

昔、新宿周辺には、トルコ風呂が林立していた。それが、急激に少くなったのは、新宿が、若者に占領されたからだろう。

若者には、金が無いから、安く遊べるディスコやゲームセンターの方が向いているのだ。だから、この二つが、急激に増えていった。

それが、最近になって、わずかだが、また、トルコ風呂が増えて来ている。やはり、トルコが一番儲《もう》かるということなのかも知れない。

亀井は、白石刑事と一緒に、新宿にあるトルコ風呂を廻ってみることにした。もちろん、佐伯裕一郎が、トルコ通いをしているかどうかは不明だから、空振りの可能性もあるわけである。

一軒目、二軒目と、収穫がなかった。

三軒目のトルコ「P」で、はじめて、手応《てごた》えがあった。

入浴料一万円、サービス料二万円の高級トルコだった。

この店の「かおる」というトルコ嬢が、佐伯を知っていたのだ。

一流会社のOLから、トルコで働くようになったという長身の女は、亀井の示した佐伯の写真を見て、

「この人なら一度、来たことがあるわ」

と、眉《まゆ》を寄せた。不快な表情になったところをみると、あまりいい客ではなかったらしい。

「本当に、この男だったかね？」

亀井は、念を押した。

「その人、ヘア・デザイナーでしょう？　そういってたもの」

「本人が、そういったんだね？」

「自慢してたわよ。パリで、ヘア・デザインの勉強をして来たって。そういえば、西口の三林美容院で見かけたなって思ったわ」

「いい客だったかね？」

と、亀井がきくと、女は、大げさに肩をすくめて、

「パリに行ってたっていうから、どんなに洗練されたお客かと思っていたら、それが、ひどいの。いざとなったら、いきなり、私の頸《くび》を絞めるんだもの。危うく、息が詰まりそうになったわ。もう、いくらお金を貰《もら》っても、あんなお客は、ごめんだわ」

「頸を絞めたのか」

亀井は、思わず、白石と顔を見合せた。

白石は、眼を光らせて、

「予想どおりですね。カメさん」

「あのお客さんが、何かしたんですか？」

女は、大きな眼で、二人の刑事を見た。

「来たのは、一度だけだったかね？」

亀井が、きき返した。

「私が知ってるのは、一度だけだわ。二度来たって、私は、断わるけど」

「彼が、君の頸を絞めたときのことなんだがね」

と、白石が、女の顔を見て、

「君は、当然、悲鳴をあげたんだろうね？」

「ええ。もちろん」

「君が悲鳴をあげたら、彼は、すぐ止めたのかね？」

「悲鳴をあげながら、夢中で、相手を突き飛ばしてたわ」

「そうしたら？」

「あの人、やせて軽いのよ。それで、仰向《あおむ》けに引っくり返ったわ。頭を、タイルにぶつけたみたいだった。怒って、殴りかかってくるかと思って、怖かったけど、あの人ったら、急に、しょぼんとした顔になって、謝ったわ。謝られたって、こっちは、のどが、四、五日痛かったわ」

女は、まだ、その辺りが痛むというように、のどを指でさわった。

「もういいだろう」

と、亀井が、白石を促して、トルコ「P」を出た。

12

亀井と白石の報告は、捜査本部にとって、朗報だった。少くとも、佐伯裕一郎の容疑が深くなったことだけは確かだった。

「これで、佐伯裕一郎の動機は、わかったような気がします」

と、亀井は、十津川にいった。

十津川は、黙って、亀井の話を聞いていた。

「彼は、十代で、女性に対して暴行を働きました。なぜ、そんな行動に出たのかわかりませんが、三十二歳になった現在も、それが、尾を引いて、残っているようです。女性に対して、強い劣等感を持っていて、それが、攻撃的な態度をとらせるのかも知れません。金で買った女に対しても、いざ、セックスという時に、相手の頸を絞めようとしています。そして、嫌われ、二度と、相手をしたくないと宣告されてしまったわけです。そうなると、ますます、佐伯は、女性に対して、劣等感を強め、その反動として、ますます、攻撃的になったということは、十分に考えられます」

「それで、金曜日ごとに、若い女を襲って、暴行の上、殺害か」

「その通りです」

「佐伯と金曜日との関係は、何かわかったかね？」

「その点は、全くわかりません。美容院の休みは、火曜日で、金曜日ではありませんし、金曜日に、何かを勉強しているということもないようです。時たま、仲間と麻雀《マージャン》をやるといっていますが、これは、休みの前日の月曜日にやっているようです」

「金曜日の犯行というのは、単なる偶然なのかな？」

「最初の女を襲ったのが、たまたま、金曜日だったので、第二、第三の犯行も金曜日にしたのかも知れません。一週間というのが、犯人の性欲の周期ということも考えられます。若い女性を襲って、暴行の上殺すと、犯人は満足する。しかし、また一週間たつと、我慢しきれなくなって、次の女を襲う。犯人は、それを繰り返しているんじゃないでしょうか？」

「そうだとすれば、犯人が、佐伯としてだが、次の金曜日には、必ず、若い女性を襲うな」

「そう思います」

「しかし、状況証拠だけでは、佐伯は逮捕できないね」

「明日は、金曜日です。どうしますか？　田島刑事の主張するように、佐伯を別件で逮捕しますか？」

半ば、冗談の口調で、亀井がいった。

十津川は、微笑しただけである。もともと、別件逮捕など、考えたこともなかったからだった。

「明日は、徹底的に、佐伯裕一郎をマークしよう」

と、十津川は、亀井や、他の刑事たちに向って、

「美容院が終ってからの佐伯を、徹底的に尾行するんだ。絶対に気付かれてはならん。彼と顔をあわせたことのある者は、変装すること。全員でやって貰いたい。尾行をまか

れた上に、第四の犠牲者を出したら、警察の恥だからな」

他に、方法はなかった。

佐伯が、犯人だという可能性は高い。しかし、犯人と断定できる証拠がない以上、辛抱強く尾行し、彼が、若い女に襲いかかるところを逮捕するより仕方がない。

翌、九月二十六日、金曜日。

朝から、どんよりと曇っている。

捜査本部には、思い思いに変装した刑事たちが集合した。

三林美容院は、午前十時に店を開く。

佐伯裕一郎は、十一時近くに、店に出て来た。

婦人警官の一人が、客として三林美容院に行き、特に希望して、佐伯に、髪をやって貰った。

その婦人警官が、捜査本部に戻って来て、十津川に報告した。

「佐伯の様子に、別に変った点は認められませんでした」

と、二十五歳の婦人警官は、きれいに整えられた髪に手をやりながらいった。

「君に、何か話しかけてきたかね？」

「名前をきいたり、ＯＬかどうかきいたりしました。それから、パリでの生活を、いろいろと、話してくれましたわ」

「君の印象では、どんな男の感じだったね？」

「自己顕示欲の強い男の感じでしたわ。パリで、どんなに勉強したかを、しきりに話していましたもの。そのくせ、ひどく、ぎこちないところがあって」

「どんなところだね？」

「話が、ぷつん、ぷつんと途切れてしまうんです。自分に興味のないことは、上の空で話しているんだと思います。その点、非常に、自己中心的だと思いました。結婚には向かないタイプですわ。きっと、思いやりのない性格だと思います」

「なかなか、手厳しいね」

「女って、本能的にわかるんです。その男が、どんな性格か」

「危険な男と思うかね？　佐伯は」

「ええ。私が、一人の女としての感想をいえば、彼は、あまり付き合いたくない男ですわ」

陽が落ちて、三林美容院が、店を閉める時間が近づいた。

刑事たちが、それぞれの部署についた。

美容院の周辺に四人。佐伯のマンションの近くに二人である。

そして、美容院が終り、佐伯の出て来るのを待った。

水着写真

1

午後八時に、三林美容院が、店を閉めた。

八時十六分に、佐伯は、店を出て来た。他の従業員たちが、男女で連れ立っていたり、四、五人で、ガヤガヤ話しながら出て来るのに、佐伯だけは、ひとりだった。

四人の刑事は、間隔を置いて、そっと、佐伯を尾行した。

亀井は、くたびれたレインコートの襟を立て、付けひげをつけていた。

佐伯は、国鉄のガードをくぐって、新宿歌舞伎町の方向に歩いて行く。

ウイーク・デイだが、歌舞伎町周辺は、相変らず、若者たちで一杯である。

人々のざわめき、ピンク・サロンのやかましい呼び込みの声、ゲームセンターの電子音、パチンコ屋の玉の音、そんなものが重なり合って、盛り場独特の雰囲気を作っている。

佐伯は、きょろきょろと、周囲を見廻《みまわ》しながら、雑沓《ざっとう》の中を歩いて行く。

亀井は、その背中を、見るような見ないような顔で、相手と同じ歩調で歩いた。佐伯との間隔は、詰りもしないし、広がりもしない。

佐伯が、立ち止まった。尾行している四人が、一斉に立ち止まっては、たちまち、相手に怪しまれてしまう。

亀井と、加島の二人は、ひょいと、近くにあった時計店のウインドーに眼をやって立ち止まったが、他の二人は、そのままの歩調で歩いて行った。

佐伯の脇をすり抜けてから、立ち止まった。

四人の刑事が、佐伯を、はさむような恰好《かっこう》になった。

佐伯は、腕時計に眼をやって、ちょっと考えていたが、ふらっと、路地に入り、「虹《にじ》」というスナックのドアを開けた。

（ここで、時間を過ごすつもりかな）

と、亀井は、考えた。

現在、九時三十六分。三件の暴行殺人があったのは、いずれも、午後十時を過ぎてからである。

佐伯は、それまで、酒を飲んで時間を潰《つぶ》すつもりなのかも知れない。

三人の刑事は、外で待機し、亀井だけが、店に入った。

佐伯は、カウンターの隅に腰を下し、水割りを飲みながら、店内を見廻している。何となく、落ち着きのない、物欲しげな眼つきである。

最近は、女性客も多くなったらしく、この店にも、ＯＬらしい若い女が、三人並んで飲んでいるのが眼についた。

にぎやかに喋《しゃべ》りながら、楽しそうに飲んでいる。

亀井は、彼女たちの反対側に腰を下し、ビールを頼んでから、佐伯の動きに眼をやった。

佐伯は、ちらちら、三人の女たちに眼をやるようになった。

三人とも、今どきの娘らしく、大柄で、いい身体をしている。

(金曜日の事件など、この娘たちは、関係ないと思っているらしい)

と、亀井は、苦笑した。

もちろん、事件のことは知っているだろう。新聞やテレビ、それに、週刊誌まで、連日のように、騒ぎ立てているからだ。

だが、自分だけは別だと、人間は考える。

だからこそ、生きていけるのだが、考えてみれば、危険でないこともない。

この三人のOLも、自分たちだけは、暴行魔、絞殺魔に出会うことはないと決め込んでいるのだろう。それとも、同じ寮にでもいるので、安心しているのか。

店のママが、奥から出て来て、佐伯を見ると、

「裕ちゃん。いらっしゃい」

と、声をかけた。どうやら、ここのママも、三林美容院には、よく行くらしかった。

五十歳ぐらいの小柄な女だった。

佐伯が、ヘア・デザイナーとわかると、三人のOLが、興味を感じたらしく、彼に話

しかけていった。

佐伯の方も、パリの流行について喋っている。

亀井は、意外なことの成り行きに、ただ、見守るより仕方がなかった。

時間だけが、たっていく。

外で待ちくたびれたのか、加島が入って来て、亀井の隣りに腰を下した。

バーテンに、水割りを注文してから、小声で、

「どんな具合です？」

と、亀井にきいた。

2

「わからんよ。時間を潰しているのか、犠牲者を物色しているのかわからん」

亀井も、小声で答える。

その間も、ママを交えて、佐伯と、三人のＯＬとの会話が、はずんでいる。

若い女性は、パリの話や、流行の話題に弱いらしいし、佐伯も、自分の得手の話題のときは、生々と話している。

三十分くらいたって、どう話がついたのか、彼女たちの中の一人と、佐伯が、連れ立って、店を出て行った。

加島が、あわてて、その後を追った。

亀井は、間を置いて、立ち上った。店を出て、階段をおりて外へ出る。

待っていた加島が、近寄って来て、

「佐伯は、女と、あの店に入りました」

と、真向いの貴金属店を指さした。

「何をしてるんだ？」

「女に、ネックレスでも買ってやる気でしょう。どうせ、殺したあとで、巻きあげるんでしょうが」

「女にプレゼントか」

五、六分して、佐伯と女が、腕を組んで、貴金属店を出て来た。

女は、嬉《うれ》しそうに、片手をかざすようにしている。

その腕に、細いブレスレットが、きらきら光っていた。ネックレスではなくて、ブレスレットを、佐伯は、女に買ってやったらしかった。

女は、二十四、五歳に見える。細面で、なかなか美人だった。

「これから、どこへ行く気ですかね？」

加島が、きいた。

「さあね。問題は、佐伯が、この女を、第四の犠牲者として選んだかどうかということだよ」

「もちろん、第四の犠牲者にする気ですよ。佐伯は、今までに、三人の女を殺しているんです。しかも、今日は、金曜日です。他の目的で、彼が女を物色する筈《はず》がありませんよ」

「しかし、前の三人は、帰宅途中を襲われている。犯人は、それを待ち伏せしていたと思われているんだ」

「今度は、家まで送って行くといい、途中で殺す気かも知れませんよ。危険な送り狼というやつです。女を油断させるために、ブレスレットを買ったんですよ」

「送って行って殺すか」

それなら、待ち伏せしていて殺すより簡単だろう。何しろ、相手は、油断しているに違いないからだ。

佐伯と女は、相変らず、腕を組み、恋人のような雰囲気で、西武新宿駅の方へ歩いて行く。

ラブ・ホテルが、軒をつらねている方角だった。

「ホテルで、軽く遊んでから、送って行くつもりかも知れませんね」

と、加島がいった。

二人は、「桂《かつら》」という和風のラブ・ホテルに入って行った。

二人の姿が、ホテルの中に消えたとたん、離れて尾行していた他の二人の刑事が、亀井の傍に集って来た。

「どうするカメさん」

と、安井が、緊張した顔できいた。

亀井にも、とっさの判断がつきかねた。

「これまでの三つの事件は、ラブ・ホテルじゃなかったがな」

「しかし、わかりませんよ」

と、加島が、ホテルを睨《にら》んで、

「相手は、殺人鬼ですからね」

確かに、加島のいう通りだった。佐伯は、トルコ風呂《ぶろ》の個室で、トルコ嬢の首を絞めようとした男である。

「よし、おれと、加島刑事が、彼等の隣りの部屋にもぐり込む。他の二人は、外で見張ってくれ。それに、十津川警部への連絡も頼む」

亀井は、そういうと、加島と一緒に、ホテルに入って行った。

亀井は、あまり警察手帳に物をいわすのは好きではなかったが、こんな時には、使わざるを得ない。

支配人が、飛んで来た。

「うちは、別に警察のご厄介になるようなことはしていませんが」
五十二、三歳に見える支配人は、青い顔で、亀井にいう。亀井は、手を振って、
「今入ったアベックのことでね」

「桜の間にお入りになった二人連れですね。何かの事件の犯人ですか？」

「いや。ちょっと、心配なことがあってね。隣りの部屋で、様子を見守りたいんだ」

「しかし、急に、そういわれましても——」

「あの二人が心中でもしたら、あんただって困るんじゃないの？」

と、加島が、脅した。

「心中しますか？」

「その可能性はあるよ」

「わかりました。菊の間にお入り下さい」

「隣りの部屋の声は聞こえるかね？」

「大声を出せば、聞こえないことはありませんが——」

3

亀井と加島は、菊の間に入った。

連れ込み旅館が、ラブ・ホテルと名前を変えてから、部屋も豪華になった。昔のうらさびれた雰囲気は、どこにもない。

部厚い絹布団のある八畳ほどの部屋の他に、広い風呂場がついている。

亀井は、風呂場に入って、境の壁に、耳を押しつけた。

かすかに、音楽が聞こえてくる。隣りの部屋で、テレビでもつけているのだろう。

加島が、傍に寄って来て、

「何か聞こえますか？」

「いや。音楽だけだ」

「妙な気分ですよ」

「この部屋がかい？」

「隣りの二人です。佐伯が、ここで、女に襲いかかって欲しいと思うと同時に、何事もなく過ぎて欲しい気もします」

「同感だな」

「今の若い女の気持がわかりませんね。スナックで初めて会った男と、平気で、こんなホテルにしけ込むんですから」

「君だって、若いだろう？」

「もう三十を越しました」

「私は、四十過ぎだよ」

と、亀井が、笑ったとき、隣室で、突然、激しい物音がした。物が倒れるような音である。

二人の刑事が、思わず、顔を見合せた。

続いて、女の悲鳴。

亀井は、ものもいわず、菊の間を飛び出した。

隣の部屋の扉をこぶしで殴った。

「開けろ！」

「開けろ！　警察だ！」

と、加島も、怒鳴った。

部屋の中で、何か聞こえた。が、何の音なのかわからなかった。

しかし、扉の開く気配はない。

二人は、木の扉に、体当りした。一回ではびくともしない。

二度、三度と、体当りしている中に、きしみ出し、四度目の体当りで、扉は、音を立てて、内側に開いた。

若い加島が、拳銃《けんじゅう》を手にして、先に、部屋に飛び込んだ。

こちらは、洋室だった。

ダブルベッドの下に、半裸の女が、俯伏《うつぶ》せに転がっている。

佐伯の姿はない。

亀井が、下着姿の女を抱き起こしている間に、加島は、バスルームに飛び込んだ。

そこの窓が、大きく開いている。佐伯は、その窓から路地裏に飛び下りて、逃げたのだ。

加島も、窓から路地裏に、身をおどらせた。

亀井に抱き起こされた女は、苦しげに、呻《うめ》き声をあげた。

のどくびが、赤く脹《は》れている。よほど強く、絞めあげられたのだろう。

亀井は、そっと、女を、ベッドの上に寝かせた。

「助けて――」

と、女が、かすれた声でいった。スリップがずれて、形のいい乳房が、むき出しになって、ふるえている。

亀井は、毛布を、女にかけてやってから、

「もう大丈夫だよ」

と、小声でいった。

ホテルの外にいた安井と、田島の二人が、騒ぎを聞きつけて、階段を駈《か》けあがって来た。

「加島君が、追いかけている。君たちも、加勢してやってくれ」

と、亀井はいい、自分は、十津川警部に連絡するために、部屋を出た。

4

加島は、人混みの中に、佐伯の姿を見失ってしまった。

すぐ、佐伯のマンションに張込んでいる二人の刑事にも連絡がとられたが、翌朝になっても、佐伯は、帰って来なかった。

被害者の女性は、念のため、近くの病院に運ばれて、手当を受けた。

十津川は、亀井と二人で、彼女を病院に見舞い、同時に、事情を聞いた。

女の名前は、吉川知子《よしかわともこ》。二十四歳。亀井が想像した通り、新宿のデパートにつとめるＯＬだった。

若いだけに、もう、ベッドの上に起き上っていたが、声は、まだ、かすれていた。

「あの男、捕ったんですか？」

と、吉川知子は、十津川にきいた。

「まだですが、名前も住所もわかっていますから、すぐ、逮捕できる筈《はず》です」

「あんなひどい男はいないわ」

「彼とは、初めて、あの店で会ったんですか？」

「ええ。あの店には、友だちなんかと、ときどき行くんです。それで、ママさんに、紹介されて、話したんです。ヘア・デザイナーだっていうし、パリにも留学してたっていうんで、すっかり、信用しちゃったんです。それなのに、いきなり、くびを絞めて来て――」

「ホテルへ行くまで、彼と、どんな話をしていたんです？」

「どんなって、パリでの話を聞いたり、あたしが、デパートの仕事のことを話したりですけど――」

「くびを絞められた時、殺されると思いましたか？」

「ええ。もちろん。あの男の顔色が変ってたわ。人が変ったみたいだった――」

知子は、その瞬間を思い出したのか、声をふるわせた。

「いきなり、くびを絞めようとしたんですね？」

「ええ」

「その時、彼は、何かいいましたか？　殺してやるとか、死ねとか」

「何か叫んでたみたいだけど、覚えていませんわ。怖いのが先に立ってしまって――」

と、語尾を濁してから、知子は、急に、がたがたふるえ出して、

「あの男が、金曜日の犯人だったんですか？」

十津川は、その質問には答えず、亀井と、捜査本部に戻った。

すでに、土曜日の昼近くなっていた。が、佐伯裕一郎の行方は、まだつかめていなかった。

東京都内に、非常手配が施《し》かれた。全パトカーに、佐伯の人相が伝えられている。

あとは、佐伯が逮捕されるのを待つだけだが、十津川は、どうしても、落ち着いていられなかった。

逃走中の佐伯が、自棄《やけ》を起して、新たな犯行に走るのではないかという不安もあった。

もう一つ、ここに来て、果して、佐伯が、金曜日の男だろうかという疑問が、頭をもたげて来たこともあった。

過去三回の暴行殺人は、いずれも、被害者の自宅付近で起きている。それに反して、佐伯が、昨夜行ったのは、新宿のラブ・ホテルの中である。その違いが、気になるのだ。

(佐伯が、ホシではなく、真犯人が、他にいたら)

と、十津川は、思った。

十津川は、昨夜、東京都内で起きた全ての事件に眼を通した。

殺人が二件。

強盗、傷害十六件。

放火一件。

暴行一件。

窃盗六件。

これだけの事件が、昨夜から今朝にかけて、東京都内で起きていた。

しかし、B型の男による暴行殺人事件は、一件も起きていなかった。

十津川は、その報告に、満足した。

やはり、佐伯が、金曜日の男だったのだという確信が、持てたからである。

代田橋にある佐伯のマンションに張り込んでいた白石と青木の二人の刑事は、管理人に、部屋を開けさせて、中に入ってみた。

間取りは、2DKと、標準的なサイズの部屋である。

男一人の部屋らしく、かなり乱雑になっていた。古新聞が、束にして、部屋の隅に積まれていたり、テレビが汚れていたり、自炊したのか、台所の鍋《なべ》が黒く焦げていたりした。

二人の刑事は、殺された三人の女性と、佐伯の接点が欲しかった。彼女たちは、佐伯の働く三林美容院に客として来たのだろうということは、想像されるし、特に、第三の被害者、ホステスの君原久仁子は、三林美容院に来たことが、確認されている。

しかし、欲しいのは、個人的なつながりだった。もし、それが、見つかれば、佐伯が、あの三人を狙った理由がわかる。

机の引出しを調べていた白石が、突然、

「おい。これを見ろよ！」

と、一枚の写真を、青木に見せた。

そのカラー写真には、君原久仁子が、ビキニ姿で写っていた。

バックは、どこかのプールらしかった。

三十歳には見えない若々しい肉体を、ビキニで飾って、ニッコリと笑っているのだった。

5

君原久仁子の写真は、全部で七枚あった。

どれも、ビキニの水着姿である。見事に陽焼けした肌に、黄色《イエロー》のビキニが、よく似合って見えた。

バックの景色から見て、どこかのプールであることは確かだった。

遠くに、飛込台が見える。

他の二人の被害者の写真は見つからなかった。

しかし、たとえ君原久仁子ひとりの写真であっても、警察にとっては、一つの収穫であることは間違いなかった。

十津川が、特に注目したのは、写真が水着姿のものだったことである。

犯人は、見事に陽焼けした若い女ばかりを狙った。しかも、三人とも、ビキニの痕《あと》が、陽焼けした肌に、くっきりと残っていた。

それを、犯人の好みとすれば、どこで、女を見つけ出したかが問題になってくる。

プールで、ビキニ姿の写真を撮ったとすれば、そうすることによって、獲物を見つけたことになる。

第一の犠牲者、橋田由美子と、第二の犠牲者、谷本清美の水着写真は見つからなかったとしても、どこかのプールで、犯人は、二人のビキニ姿を見たのかも知れない。

そして、二人とも、三林美容院の客だったとすれば、佐伯が、プールで、声をかけたことは、十分に考えられるのだ。

「ところで、今度の被害者、吉川知子は、どうだったかね？」

と、十津川は、亀井刑事にきいた。

亀井は、若い加島刑事と顔を見合せて、

「どうでしたかね。現場に飛び込んだときは、彼女が生きているかどうかということと、犯人の佐伯を逮捕することだけに、気持が走っていましたから」

「私は、佐伯を追いかけましたから、被害者のことは、碌《ろく》に見ていません」

と、加島は、いった。

亀井は、頭をかいて、

「スリップ姿で倒れていたのは覚えているんですが、とにかく、病院に運ばなければ、そればかり、考えていましたから――」

「いいさ。私だって、病院に見舞いながら、つい、陽焼けや、水着のことをきくのを忘れてしまったんだ。これは、もう一度、行って、きいてみる必要があるな」

と、十津川もいった。

十津川と、亀井の二人は、今度の被害者吉川知子の入院している救急病院に、もう一度、足を運んだ。

病院には、両親が駈《か》けつけて来ていた。

母親は、ひたすら、娘の枕元で、彼女の頭をなでるようにしながら、助かったことを喜んでいたが、父親の方は、十津川に、かみついて来た。

「まだ犯人は、捕らないんですか？　うちの娘も、例の金曜日の男に狙われたというじゃありませんか？　警察は、いったい何をしているんですか？」

年齢は五十歳くらいだろうか。

平凡なサラリーマンタイプの中年男である。普段なら、職場で、黙々と机に向っているだろう男が、甲高い声で、警察に抗議しているのだ。

十津川は、こういう相手は、苦手だった。あなたの娘さんも、簡単に男についていったのがいけなかったのではないかとは、いえなかった。

確かに、警察が、まだ、事件を解決できずにいるのは事実だった。それについて、弁明はできないからでもある。

「間もなく、犯人を逮捕できると思っています」

と、十津川は、いってから、

「申しわけありませんが、お嬢さんと二人だけにして頂けませんか？」

と、頼んだ。

案の定、両親の抵抗があったが、亀井が、二人を病室の外へ、連れ出してくれた。

吉川知子は、まだ、蒼白《あおじろ》い顔をしていた。

陽焼けした肌ではなかった。そのことに、十津川は、いくらか、失望を覚えながら、

「今年の夏は、どこかへ泳ぎに行きましたか？」

と、知子の顔をのぞき込むようにしてきいた。

知子は、「え？」という顔をした。そんなことが、自分が襲われたことと、どんな関係があるのかという気持があるからだろう。

十津川が、同じ質問を繰り返すと、

「私、泳げないんです」

と、いった。

「泳げなくても、水着は、持っているでしょう？」

「ええ。去年買ったんです。泳げるようになろうと思って」

「ビキニですか？」

「ええ。でも、なぜ？」

「今年、それを着て、プールへ行ったことはありますか？」

「七月に水泳教室に入って、五回だけプールへ通いましたけど、それだけです。もう少し通えば、泳げるようになったと思うんですけど」

「どこのプールです？」

「品川《しながわ》の屋内プールです」

「君に暴行した佐伯だが、そのプールで一緒だったことはありませんか？　プールで話しかけられたというようなことは」

「いいえ。あのスナックで、初めて会ったんです」

「三林美容院に行ったことも、これまでになかったんですか？」

「ええ。ありませんわ」

「そうですか」

十津川は、小さく肯《うなず》いた。

6

まだ、佐伯裕一郎は、捕らない。

捜査本部に、焦りの色は見られないが、その代りに、小さな当惑が生れていた。

第四の被害者、吉川知子と、前の三人との違いのことである。

前の三人は殺されたが、知子は、未遂である。しかし、そのことに、当惑したわけではなかった。

彼女の悲鳴で、亀井たちが、部屋に飛び込んだから、未遂に終ったので、もし、亀井たちがいなければ、吉川知子も、前の三人と同じように、全裸にされ、暴行された上、殺されていたに違いないと思ったからだった。

十津川たちの当惑は、やはり、陽焼けのことだった。

前の三人の犠牲者は、見事に陽焼けしていた。ビキニの白い痕が、眼に眩《まぶ》しかった。

それが、犯人の好みだと考えていたのである。

ところが、四番目の吉川知子は、全く陽焼けしていない。プールに五回通ったといっても、屋内プールでは、陽焼けする筈《はず》がなかった。

また、第三の犠牲者、君原久仁子が写っていたプールは、明らかに、太陽が降り注いでいる屋外プールだった。

「犯人の好みが変ったということだろうか？　それとも、ひょっとして、前の三人を殺したのは、佐伯裕一郎とは別人ということだろうか？」

十津川は、亀井に問いかけた。

亀井は、「そうですねえ」と、しばらく、首をかしげていたが、

「二つ考えられますね。第一は、三人目までが、いずれも、見事に陽焼けしていて、ビキニの水着の痕が、くっきりとついていたのは、単なる偶然だったという考えです。そうだとしたら、四人目の吉川知子が、陽焼けしていなくても、別に、問題視することはないと思います」

「第二の考えというのは、何だね？」

「女の陽焼けした肌が、犯人の好みだとしましょう。三人目までは、上手《うま》く、自分の好みに合った犠牲者を見つけ出すことが出来た。しかし、警部。今年は冷夏で、海外へ出て行った人以外は、あまり、水に親しむチャンスは無かったんです。それに、若い女性というのは、陽焼けを嫌う方が多いと聞いています。三人目までは、自分の好みの陽焼けした肌の女性を見つけ出すことが出来たが、犯人は、四人目になって、なかなか、見つからなかったんじゃないでしょうか。その中に、次の金曜日が来てしまった。そこで、止むなく、陽焼けしていない吉川知子を、第四の犠牲者に選んだ」

「すると、カメさんは、犯人は佐伯裕一郎と確信しているわけだね？」

「他には、考えられませんよ」

と、亀井は、確信を持っていった。

亀井のいう通りだった。現在の段階で、佐伯裕一郎以外に、容疑者は考えられない。

しかし、その佐伯は、二日たった二十八日の日曜日になっても、いぜんとして、発見

されなかった。

捜査本部には、次第に、焦燥の色が濃くなっていった。

ラブ・ホテルで逃がした時も、十津川は、逮捕は、時間の問題と考えていた。

それは、佐伯が、孤独な性格で、親しい友人が、ほとんどいないと聞いていたからである。所持金も、そうないだろうし、逃げ場所も少いとすれば、簡単に見つかると考えたのである。

三林美容院、自宅マンション、数少い友人の家、それに、郷里の家と、佐伯が現われそうな場所には、すべて、手配がされた。

新聞にも、佐伯裕一郎の名前が出た。

もちろん、慎重を期して、連続暴行殺人の犯人としてではなく、単に、吉川知子に対する暴行容疑で手配中という記者向けの発表になっている。

しかし、佐伯は、見つからなかった。

「自棄《やけ》を起こした佐伯が、次の犯行を起こすのが心配だな」

と、本多捜査一課長が、いった。

「その点は、大丈夫だと思います」

と、十津川は、いった。

「なぜだね？　次の金曜日まで、間があるからかね？　しかし、二十六日は未遂に終っているんだ。彼は、欲求不満に陥っているかも知れない。そうだとすると、次の金曜日にならなくても、新しい女性を襲うかも知れんぞ」

「その可能性は否定しませんが、新聞には、吉川知子に対する暴行容疑だけで、われわれが追いかけていると出ています。佐伯は、逮捕されても、罪は軽いと思っているでしょう。そうだとすれば、次の事件は、起こさないような気がするんですが」

「そうだといいがねえ」

「問題は、なぜ、見つからないかということです」

「君は、どう思うね？」

「追いつめられたと思って、すでに自殺してしまっているのか、そうでなければ、誰かが、佐伯をかくまっているのか」

「誰が、佐伯をかくまうと思うんだね？」

「それが、わからないんですが――」

と、十津川が、眉《まゆ》を寄せたとき、若い青木刑事が、眼を光らせて、飛び込んで来た。

「佐伯が、自首して来ました！」

「自首して来た？　ひとりでか？」

「いえ。東田《ひがしだ》弁護士が一緒です」

7

「東田さんが？」

本多捜査一課長が、大きな声をあげ、露骨に、顔をしかめた。

東田弁護士は、検事あがりで、手強《てごわ》い男である。

十津川たちが自信を持って逮捕し、起訴された容疑者が、東田によって、無罪になってしまったこともあった。

だが、金にならない事件には、あまり乗り出して来ない男でもあった。

(その東田弁護士が、なぜ、佐伯を自首させて来たのだろうか？)

そんな疑問を持ちながら、十津川は、ともかく会うことにした。

東田は、六十八歳になる筈だったが、九十キロ近い巨体をゆするようにして歩く姿は、五十代にしか見えなかった。

彼に腕を取られている佐伯は、一層、やせて頼りなげに見えた。

「やあ、十津川君」

と、東田は、わざとらしい親しさで、声をかけて来た。

亀井刑事が、佐伯に手錠をかけようとすると、東田は、手を振って、

「そんなことをしなくたって、この男は、逃げやせんよ」

「手錠はいいから、向うで、訊問《じんもん》してくれ」

と、十津川は、いった。

「逃げたら、東田さんが責任をとって下さるそうだから」

「あははは」

と、東田は、声に出して笑った。

亀井が、訊問のために、佐伯を連れ出したあと、十津川は、東田に向って、

「事情をお伺いしたいと思いますが？」

「その前に、私が自首をすすめたことを記憶して欲しいね。佐伯は、逮捕されたんじゃなくて、自首して来たんだ」

「それは、考慮しますが、なぜ、東田さんが、佐伯を同道されて来たんですか？　彼の弁護を引き受けられるお積りですか？」

「ある人に頼まれてね。彼の弁護を引き受けることにした。よろしく頼むよ」

「誰ですか？　ある人というのは」

「それはいえないね」

「しかし、その人が、佐伯をかくまっていたとすれば、犯人隠匿罪になりますからね」

「その点だがね。私は、佐伯裕一郎は、無実だと考えているんだよ。従って、犯人隠匿罪も成立しないと思うがね」

「佐伯は、新宿のスナックで知り合ったＯＬをラブ・ホテルに誘い、頸《くび》をしめて殺そうとしたんです。その悲鳴は、たまたま、近くにいた刑事が聞いています。まさか、これも、無かったというんじゃないでしょうね？」

十津川は、まっすぐに、東田の顔を見つめた。

東田は、微笑した。

「そのことは知っているよ。佐伯も、女のことは、私に話してくれた。しかしねえ。十津川君。別に、嫌がるのをラブ・ホテルに連れ込んだというんじゃなくて、若い者同士、スナックで飲んで、話をしている中に、意気投合した結果というじゃないか。佐伯の話だと、ラブ・ホテルには、女の方から積極的に誘ったらしいよ。君。佐伯としては、恋愛のつもりだったんだ。ところが、ホテルに入って、いざとなると、女は、二万円欲しいといい出したんだ。これじゃあ、男が怒るのが当り前じゃないかね。かッとして、口論となった。思わず、女ののどをしめかけた。しかし、本気でしめたわけじゃない。女が派手に悲鳴をあげたものだから、佐伯は、あわてて逃げ出してしまった。それが真相だよ。今どきの若者の行きずりの恋というやつだ。それにつきものの他愛ない喧嘩《けんか》と、私は見ている。刑事事件は、構成しないねえ。どう見ても」

「しかし、東田さん。被害者は、危うく殺されかけたと証言しているんです。現に、頸のところが、赤く脹《は》れていましたし、病院では、全治三日間の診断を下しています」

「私の知っている夫婦は、夫婦喧嘩で、かみさんの方が、一か月の重傷で入院したことがあったがね。普段は、仲のいい夫婦で通っているがねえ」

東田は、相変らず、落ち着き払って、そんなことをいった。

「東田さん。正直にいいましょう」

と、十津川はいった。

「それは、嬉《うれ》しいね。私は、あまり駈《か》け引きをするのは嫌いでね」

と、十津川は、苦笑しながら、

「(とぼけなさんな)

「われわれは、最近、金曜日ごとに起きている若い女性の暴行殺人事件の捜査に当ってきました。その過程で浮び上ってきたのが、佐伯裕一郎です」

「まさか、私をからかっているんじゃあるまいね?」

東田は、笑いを消した顔になって、じっと、十津川を見た。

「そんな気は、全くありません」

「佐伯が、なぜ、金曜日の暴行殺人魔だと考えたのかね? よかったら、その理由を話してくれないかね」

「佐伯が、連続殺人の容疑で起訴されれば、自然におわかりになると思いますが」

「今は、いえないということかね?」

「目下のところは、その容疑が強いというだけの段階ですから」

と、十津川は、逃げた。

東田は、「ふーむ」と、鼻を鳴らした。

「私には、佐伯が、金曜日の男とは、とうてい思えないがねえ」

「彼を、よくご存知なんですか?」

「さっきもいったように、ある人に頼まれて、佐伯の弁護を引き受けることになったわけで、会って、話を聞いたのは、数時間だけだがね。私は、検事をやり、そのあと、弁護士になった。つまり、人間の悪の部分を告発する仕事と、逆に、人間の弱さを守る仕事をしてきたんだ。おかげで、人間を見る眼は、普通の人よりいい筈《はず》だと自任している。数時間話し合って、私には、佐伯という男が、よくわかった。確かに、粗暴なところがあるのは、私も、認めるよ。ヘア・デザイナーというモダーンな仕事の割りに、口下手でもある。しかし、あの男には、人間《ひと》は殺せないよ。それは、断言してもいい」

「しかし、東田さん。あなただって、よくご存知と思いますが、人間というのは、生れつきの性格で、人を殺すんじゃありませんよ。環境や、人間関係で殺人に走るんです。誰もが、殺人事件の被告になる可能性があるといわれたのは、確か、東田さんじゃなかったですか？」

十津川は、軽く皮肉をこめていったつもりだったが、東田は、平然とした顔で、

「そんなことをいったかね」

と、笑い、

「しかし、あの佐伯は、シロだよ。どんな証拠を持っているのか知らんが、起訴したら、君たちの恥になるだけだね。彼は、スナックで会った女性と、ラブ・ホテルで喧嘩したことは、認めているんだ。警察が探しているので自首させたが、果して、刑事事件になるのかな。せいぜい、示談ですませるべき事件だと思うがね？」

「それは、われわれが決めますよ」

と、十津川は、むっとした顔でいった。

8

佐伯は、東田弁護士にいい含められたらしく、吉川知子の方が悪いのだと主張した。

「合意の上で、ラブ・ホテルに行ったんですよ。どっちかといえば、彼女の方から誘ったんです。フィーリングが合ったとかいってね。それなのに、ホテルに入ったら、いきなり、二万円くれと手を突き出してきたんですよ」

佐伯は、訊問に当った亀井に向って、腹立たしげにいった。

「それで、女の頸を絞めたのかね?」

「そんなことはしませんよ。最初は、口喧嘩になって、それから、ちょっとしたつかみ合いになったんです。その時、僕の手が、彼女の頸に当ったかも知れませんが、頸を絞めたなんて、とんでもない。彼女が出まかせをいってるんです」

「彼女は、ホテルで金を要求したことなんかないといっているよ」

と、亀井は、いった。

佐伯は、肩をすくめて、

「嘘をついているんですよ。売春婦みたいなことをしたなんて、いえませんからね。乱暴したことは悪いと思いますが、向うも悪いんです」

「それなら、なぜ、あわてて逃げたのかね?」

「あんな大きな悲鳴をあげられたら、誰だって逃げ出しますよ。それに、男の足音も聞こえたしね。僕は、これでも、芸術家ですからね。自分の名前に傷がつくのが怖かったんです」

「芸術家ねえ」

「ヘア・デザインも、立派な芸術ですよ」

「ところで、これは、君のものだね？」

亀井は、佐伯の部屋から押収した君原久仁子の水着写真を、テーブルの上に置いた。

「僕の部屋から盗み出したんですか？」

佐伯が、眉《まゆ》を吊《つ》りあげた。まるで、いたずらを見つかった子供のように、口をとがらせている。

「証拠物件として、押収したんだよ」

「何の証拠物件です？　僕がラブ・ホテルに一緒に行ったのは、この女性じゃありませんよ」

「わかってる。この水着の女性は、君原久仁子だ。十九日の金曜日に殺された女だ」

「ええ。新聞で見たから、知っていますよ」

「なぜ、こんな写真を持ってたんだ？」

「女の水着写真を持っていたって、別に、罪にはならないんでしょう？」

「いつ、どこで撮ったんだ？」

「八月の末に、プリンスホテルで撮ったんです。忙しくて、海には行けないんで、休みの日に、ホテルのプールへ行ったんです。そこで、彼女に会って、写真を撮った、それだけのことですよ。彼女は、時々、うちの店へ来て、顔見知りでしたからね」

「彼女を好きだったのかね？」

「なぜです？」

「彼女の写真を、大切そうに持っていたからさ。ああいう、陽焼けした、ビキニの水着の似合う女が好きなのかね？」

「刑事さんのおっしゃる意味が、よくわかりませんが」

佐伯が、小さく首を振りながらいった。

亀井は、笑って、

「君の好みをきいているんだよ。色白な女性より、健康そうな、陽焼けした肌の女性の方が好きなんじゃないのかね？」

「どちらも好きですよ」

「どちらも好きかい」

と、いってから、亀井は、急に、厳しい顔になって、

「君は、ただのセックスじゃ、満足できないんじゃないのか？　女の頸を絞め、相手が苦しむのを見て興奮するんじゃないのか？」

と、きいた。

佐伯の顔色が変った。追いつめられた獣のような顔つきになって、

「そんなことはない！　僕は、正常だ。変態なんかじゃない！」

「しかし、君は、ハイティーンの時、女の頸《くび》を絞めて、暴行罪で逮捕されているね」

「あれは、拒まれたんで、かッとしてしまったんです。その後、あんなことはしていませんよ」

「君は、かッとすると、女の頸を絞めるのかね？　今度も、君は、かッとして、頸を絞めたんだろう？」

「違いますよ。口論になっているうちに、手が、女の頸にぶつかってしまっただけです」

「弁護士に、そういうようにいわれていたのかね？」

「僕は、事実をいっているんですよ。しっかり調べてくれればわかります」

「もちろん、調べてみるさ」

9

亀井が、取調室から出て来ると、丁度、東田弁護士を送り出した十津川と顔が合って、

「どうだね？　佐伯の方は」

と、十津川が、きいた。

亀井は、肩をすくめるようにして、

「女が、急に金を要求したんで、かッとして手を出した、単なる喧嘩《けんか》だの一点ばりで

す」

「東田弁護士の入れ知恵だよ」

「私も、そう思います。しかし、彼が金曜日の男であることを証明するのは難しいですね。今のところ、全て、状況証拠ばかりですから」

「そうだな」

と、十津川は、肯《うなず》いてから、

「しかし、今のところ、彼以外に、容疑者はいないんだ。それに、二十六日には、東京都内で、吉川知子以外に、若い女は襲われていない。警察に予告状まで送りつけて来た犯人が、二十六日に限って、何もしなかったとは思えないんだ。ということは、佐伯が、金曜日の男ということになるんじゃないかね。ただ、君もいったように、状況証拠しかないんだが」

「やはり、まず、今度の暴行事件で押していって、連続殺人事件の突破口にするより仕方がないと思いますが」

「そうだな。しかし、東田弁護士が相手では、勾留《こうりゅう》期間を引き延すのは難しいと覚悟しなきゃならない。となると、四十八時間以上は、佐伯を勾留しておけないことになる。その間に、彼が、金曜日の男であることを証明しなければならないんだ」

「それが難しい時は、今度の暴行事件だけで、起訴にもっていくようにしますか？　彼が金曜日の男なら、そうすることで、次の殺人を防ぐことが出来ます」

「それだがね。東田弁護士の言葉が気になるんだよ」

「どんなことを、東田はいったんですか？」

「佐伯を起訴にまで持っていったら、警察が恥をかくだけだといったよ」

「あの先生のはったりですよ」

　と、亀井は、笑って、

「法廷でも、あの先生は、相手が若い検事だと、まず、はったりをかまして、脅すのが手だということは知ってるよ。だが、今度の件では、いやに、自信ありげなんだ。それに、東田が、なぜ、佐伯の弁護を引き受けたかも気になってね」

「私も、東田弁護士が、狐だということは知ってるよ。だが、今度の件では、いやに、

「佐伯自身が、頼んだということは、考えられませんか？」

　亀井がいうと、十津川は、首を横に振って、

「東田ぐらいの大物になると、よほど、自分のプラスにならなければ、動かないよ。それに、東田本人も、功名心の強い人間だ。佐伯個人が頼んだくらいでは、東田は、動かないだろう」

「すると、やはり、誰かが、東田に弁護を依頼したわけですかね？」

「他に考えようはないよ。その人間は、よほど地位のある奴か、金がある奴だろうね。それじゃなきゃあ、東田ほどの男は動かんよ」

「何者ですかね？　そいつは」

「東田と話しながら、それを考えていたんだよ。佐伯の家族なら、東田が、内緒にする筈《はず》がないと思う。家族が弁護士を頼むのは、当り前の話だからだ。佐伯は、友人に恵まれていないから、友人、知人でもないだろう。となると、ひとつだけ考えられるのは、彼の職業に関係しているんじゃないかということだよ」

「そういえば、三林美容院には、有名人の奥さんたちが、客として来るということでしたね」

「それさ。若い女には、問題を起こす佐伯だが、年上の、それも、人妻には、意外に可愛がられていたのかも知れないからね。何となく、危険な感じが魅力ということも考えられる」

「有力者が、奥さんに頼まれて、東田に依頼したというわけですね」

「他には考えられんよ。問題は、それが誰で、依頼を受けた東田が、どう出てくるかということだ。一刻も早く、佐伯が、連続暴行殺人を自供してくれれば、問題はなくなるがね」

と、十津川は、いった。

翌日になると、十津川の不安が、現実のものになった。

被害者吉川知子の父親が、捜査本部にやって来て、佐伯裕一郎に対する告訴を取り下げたいと、申し出たからである。

10

「どういうことですか？　それは」

と、十津川は、きいた。

血の気の多い田島刑事などは、すでに、顔色を変えて、吉川知子の父親を睨《にら》みつけている。

知子の父親は、娘が入院した病院で十津川が会った時は、一刻も早く犯人を捕えてくれと、激しい口調でいった筈である。

父親は、眼をしばたたいて、

「とにかく、娘は、告訴はしないといっているんです。父親である私も、娘のために、何もなかったことにしたいんですよ」

「しかし、吉川さん。病院では、一刻も早く犯人を捕えてくれとおっしゃった筈ですよ」

「あの時は、娘が怪我をしたというので、冷静さを失っていたんですよ。幸い、娘の怪我も、大したことはありませんでしたし、娘の方も、男の誘いにのったというミスがあったわけですから――」

「東田弁護士に会いましたね？」

十津川が、相手の顔をのぞき込むようにしてきくと、知子の父親は、明らかに、狼狽《ろうばい》

の色を見せて、

「そんな人は、知りませんよ」

「彼に脅かされたんですか？　それとも、金で買収されたんですか？」

「失礼な。私は、可愛い娘の問題を、金銭で、あれこれはしませんよ」

「じゃあ、脅かされたんですね。裁判にでもなれば、娘さんのことが公けになって、もっと傷つくことになるとでもいわれたんじゃありませんか？」

「私は、これ以上、あの娘《こ》を傷つけたくないんですよ。幸い、娘は、軽い怪我をしただけです。もし、裁判になったとき、犯人が、自棄《やけ》を起こして、あることないこと喋《しゃべ》ったらどうなります。娘は、どんなに傷つくかわかりませんよ」

「東田弁護士が、そういいましたか？」

「ねえ。警部さん。私は、父親として、あの娘《こ》の名誉を守ってやりたいだけなんです。告訴を取り下げるのは、私の勝手でしょう？」

「つまり、何もなかったことに、したいというわけですね？」

「そうです」

「しかし、吉川さん。考えて頂きたいことがあるんです」

「何ですか？」

「金曜日ごとに起きている事件のことは、ご存知ですね？　今、都内で起きている若い女性の暴行殺人事件です」

「もちろん、知っていますよ」

「われわれは、その犯人を、佐伯裕一郎ではないかと考えているんです。金曜日の男は、すでに、三人の女性を殺しています。二十六日の金曜日には、四人目の獲物として、知子さんを殺そうとしたのではないかと思うのです」

「それなら、その三人を殺した容疑で、あのヘア・デザイナーを逮捕したらどうなんですか？　殺人容疑なんでしょう？　それなのに、なぜ、うちの娘の軽い怪我を問題にするんです？」

「証拠がないのです。残念ながら」

十津川は、正直にいった。

「それなら、証拠を見つけたらいいでしょう。それが、あなた方、警察の仕事なんだから」

知子の父親は、怒った声でいった。

「もちろん、われわれも、証拠集めを懸命にやっています。だが、残念ながら、決め手になる証拠が見つからないのです。そうしている間にも、あと四日で、また金曜日です。新しい犠牲者が出るに決っています。われわれとしては、どんなことをしてでも、それを防がなければならないのですよ。一番いいのは、犯人と思われる佐伯裕一郎を、勾留してしまうことです。勾留しておいて、過去三件の暴行殺人の証拠を見つけ出したいのです。そのためには、どうしても、吉川知子さんの協力が必要なんですよ」

「私の娘は、そんな血なまぐさい事件とは、関係がありませんよ。何といわれようと、告訴を取り下げます」

「そうして、佐伯裕一郎を釈放し、また、どこかの若い女を殺させるんですか？」

11

知子の父親は、当惑した顔で、少しの間、黙っていたが、

「とにかく、私は、エゴだといわれるかも知れませんが、知子の将来のことしか考えられないんですよ。どこかの若い女のことなんか考えられないんです」

と、必死の表情でいった。

十津川にも、その気持がわからないではなかった。年頃の娘を持った父親は、何よりも、娘に傷がつくのを恐れる。そこを、東田が、巧みに突いたに違いなかった。

「娘は、何もなかったことにして欲しいといっているんです。私も、家内も同様です。娘は、まだ二十四歳ですよ。縁談も、いくつか持ち込まれています。そんな時に、暴行事件の被害者として、法廷に引き出されたり、あることないこと噂されたら、これからの娘の人生は、台無しですよ。まして、相手が、連続殺人事件の容疑者ということになったら、テレビや新聞の取材が殺到してくるかも知れないじゃありませんか。そんなことになったら、娘はどうなります？」

「そのお気持は、よくわかりますが――」

「もし、裁判ということになっても、娘は、法廷には出ないといっていますし、引きずり出されても、絶対に、証言しないといっていますよ。もう、私たちできめたことなんです」

「吉川さん。勝手なことはいわんで下さい！」

と、田島刑事が、大声を出した。

知子の父親が、びくッとしたように、肩をふるわせた。

「われわれは、あなたのお嬢さんのために、犯人を捕えたんですよ。それを、今になって、何もなかったというのは、いったいどういうことなんですか？　警察を甘く見てるんじゃないのか？」

田島が、また、怒鳴った。

十津川は、「まあ、まあ」と、若い田島を手で制してから、

「吉川さん。あなたの気持もよくわかりますが、われわれの心配もわかって頂きたいのです」

「わかりますが、どうにもなりませんよ。娘を、さらしものにはしたくないんです」

知子の父親は、かたくなにいった。

「妥協をして貰《もら》えませんか？」

と、十津川は、提案した。

相手は、びっくりした顔で、

「妥協って、何です？」

「われわれ警察といえども、被害者の意思を無視するわけにはいきません。娘さんが、告訴をしないというものを、無理強いはできない。しかし、われわれとしても、連続殺人事件のことがありますから、直ちに、佐伯を釈放するわけにはいかないのです。ですから、勾留《こうりゅう》期間の切れるまで、告訴の取り下げを留保してくれませんか？」

「それは、どのくらいの期間ですか？」

「逮捕勾留してから、四十八時間です。あと三十二時間あります。われわれは、その間に、佐伯が、連続暴行殺人事件の犯人だという証拠を見つけ出します。そうなれば、あなたがたの協力なしに、佐伯を有罪に出来ますからね」

「もし、証拠が見つからなかったら、どうします？」

「残念ですが、釈放します。これでどうですか」

「しかし、――」

知子の父親は、また、当惑した。十津川は、すぐ、相手の困惑の理由を推察して、

「東田弁護士には、私に、ちゃんと話したといいなさい。そうすれば、東田さんは、私に会いに来ますからね」

と、微笑した。

知子の父親は、案の定、ほっとした顔になった。

「それで、ほっとしました。私としても、連続暴行殺人事件の犯人が、一刻も早く捕る

ことを望んでいるんです。一市民としてです。がん張って下さい」

そういい残して、知子の父親は、あたふたと、帰っていった。

「市民の義務を放棄したくせに、何が一市民としてだ。笑わせるな」

田島が、口惜《くや》しそうにいった。

十津川は「あの男だって、一生懸命なんだ」と、田島にいってから、他の刑事たちも、呼び集めた。

「今、聞いた通り、このままでは、佐伯を、あと三十二時間で釈放しなければならない。僅《わず》かな時間だが、全力をつくして、三つの連続暴行殺人事件と、佐伯との関係を調べてみてくれ」

「あと、三十二時間ですか」

亀井が、小さな溜息《ためいき》をついた。

「だから、全力をつくすんだ。佐伯は、君原久仁子のビキニ姿の写真を持っていたから、彼女と佐伯の関係を、重点的に調べてみて欲しい。一件でも、証拠が見つかれば、有罪に出来るからね。それから、第二の事件では、犯人が逃げるとき、ぶつかった男がいたな。あの男に、佐伯裕一郎を見せて、犯人かどうかきいてみること。以上だ」

指示を終ってから、十津川は、腕時計に眼をやった。

すでに、三十二時間を切っていた。

新たな局面

1

十津川は、第二の事件の目撃証人である通産省の三木伸介に、捜査本部へ来て貰った。T大を卒業して、高級官僚への道を歩いている二十五歳の青年である。もし、佐伯裕一郎が起訴されれば、この青年は、裁判で、「信頼のおける証人」ということになるだろう。

もちろん、五、六歳の少年少女の方が、大人より、はっきり見ていることはあり得るのだが、裁判になると、おかしなもので、子供より大人が、大人の中でも、長屋のおじさんより、エリート人間の方が、信頼されるのだ。

十津川は、それを考えて、三木伸介に期待をかけた。

「わざわざ、おいで頂いて、恐縮です」

十津川は、自分よりひと廻《まわ》り以上若い三木に向って、丁寧な言葉使いをした。

「金曜日の男が、捕ったそうですね」

三木は、面白そうに、捜査本部の室内を見廻した。

「まだ、犯人かどうかはわかりません。容疑は濃いと思っていますが。それで、三木さ

ている。

三木は、先廻りするようないい方をした。そんなところに、エリートらしさがのぞいている。

「面通しというわけですか」

んに来て頂いたのです」

「もちろん、協力しますよ。警察に協力するのは、市民としての義務ですからね」

「その通りです。あなたが、われわれの頼りですから、ぜひ、協力して頂きたい」

十津川は、微笑した。

「では、こちらへ来て下さい」

十津川は、取調室の隣りの部屋に案内した。

隣りでは、亀井刑事が、佐伯に対して、何度目かの訊問《じんもん》に当っていた。

「ここから、あの男を見て下さい」

と、十津川は、三木を、のぞき窓の所へ連れて行った。

「ああ、これが、片側からしか見えないガラスですね。向う側は、鏡になってるんでしょう？　映画で見たことがありますよ」

三木は、そんなことをいいながら、隣りの取調室をのぞき込んだ。

佐伯が、こちらを向いている。

三木は、顔をくっつけるように、じっと、見つめていた。

「どうですか？」

と、十津川が、小声できいた。

「背の高さは、どのくらいあるんですか？」

三木は、のぞき窓に顔をくっつけたまま、十津川にきいた。

「一七三センチです」

「それなら、あの時の男にぴったりだ」

三木は、きっぱりといった。

「他に、似ているところはありませんか？」

「眼が――」

「眼、ですか？」

「あの時、犯人の眼が、いやに印象に残っているんですよ。こう、何というか、飢えたような、ひどく暗い眼でした。あそこにいる男の眼が、そっくり同じなんです。これは、どうみても、同じ人間ですよ。ああいう眼をした人間なんて、めったにいませんからね」

「確かですか？」

「ええ、警察だって、怪しいところがあるからこそ逮捕したんでしょう？」

「そうです。しかし、あなたには、先入主なしに見て頂きたいと思っているのですよ」

「わかっていますよ。私だって、別にでたらめをいってるわけじゃありません。あの男は、感じがそっくりなんです。あの夜、ぶつかった男に」

「裁判になったら、その通り、証言してくれますか？」

「もちろん、しますとも。それが、市民としての義務ですからね」

2

三木が帰ってしまうと、十津川は、腕を組んで考え込んでしまった。

傍で、聞いていた安井刑事が、不思議そうに、

「どうなさったんですか？　警部」

「三木伸介のことさ。この前は、いかにも頼りなげだったのに、今日は、人が変ったように、自信満々で、佐伯を、犯人に間違いないと、指摘した。何が彼を、ああ断定的にしたのかと思ってね」

「少しずつ、あの夜のことを思い出したんじゃありませんか？　日時がたって、印象がうすれていく場合もありますし、逆に、犯人の動作や、感じを思い出していく場合もあると思うんです。三木伸介の場合が、それじゃありませんか。私は、特に、三木が、犯人の眼つきについていったことも、重視したいと思います。眼に、その人間の特徴が一番よく出るものだからです。だから、変装というと、まず、サングラスをかけるのは、眼をかくしてしまうと、人間の特徴が消えるからだと思うんです」

「君のいうことはよくわかるがねえ」

「不安をお持ちですか？」

「ああ、不安だね。三木伸介が、急に、自信を持ち出した理由がわかれば、不安は消えてくれるんだがね」

十津川が、いったとき、亀井も、取調室から戻って来て、

「どうでした？」

と、きいた。

「三木は、間違いなく、佐伯が犯人だといったよ。第二の事件が起きた夜に、現場でぶつかった男に間違いないといっている。裁判になっても、その通り証言すると約束したよ」

「それは、よかったじゃありませんか」

亀井は、ニッコリした。が、十津川は、相変らず、難しい顔で、

「最初は、確か、暗かったし、突然、ぶつかったので、顔は覚えていないといった筈《はず》だからね。それが、急に確信を持っていうので、戸惑っているんだ。佐伯を起訴したとき、また、がらりと逆転して、見たこともないといい出すかも知れない。何しろ、相手は、東田弁護士だからね。あいまいな証人では、裁判のときに当てに出来ないんだよ」

「三木伸介のことを調べてみましょうか。なぜ、急に、自信を持って、佐伯を犯人と断定するようになったのか」

と、亀井は、いった。

「そうしてくれ」

「では、さっそく、三木伸介の周辺を調べて来ます」

亀井は、そういって、出て行った。

安井は、亀井が出て行くのを見送ってから、十津川に向って、

「少しばかり、慎重の度が過ぎるんじゃありませんか？」

「そう思うかね？」

「佐伯裕一郎は、吉川知子のくびを絞めて殺そうとしたんですよ。警部。われわれが、飛び込まなければ、彼女は、間違いなく殺されていた筈です。恐らく、暴行の上、殺され、前の三人と同じように、全裸にされて、ラブ・ホテルの一室に横たわっていたと思います。誰が考えても、佐伯は、連続暴行殺人の犯人ですよ。金曜日の男です。だからこそ、三木証人も、犯人だと指摘したんです」

「そこが気になるんだよ」

「どこがですか？」

「三木は、私にこういった。警察だって、怪しいと思ったから逮捕したんでしょうとね。或《あ》いは、彼は、警察が逮捕したから、犯人に違いないと思い込んだのかも知れん」

「しかし、警部。そんな風に考えていったら、あの男を証人に出来なくなりますよ。肝心の吉川知子が、東田弁護士に脅かされて、佐伯の告訴を取り下げるといっているんです。こうした状態では、三木の証言は、われわれの唯一の切り札です。それを疑ってかかっては、どうしようもなくなるじゃありませんか」

「それはそうだがね」

とだけ、十津川はいった。

彼には、他にも、不安があった。

佐伯裕一郎は、恐らく、連続暴行殺人の犯人だろう。十津川も、そう思う。十津川が、そう思うのは、佐伯が、吉川知子という二十四歳のOLを、ラブ・ホテルで殺しかけたからというより、この日、他に、婦女暴行事件が、東京都内で起きていなかったからである。

金曜日の男は、警察に、次の犯行を予告して来ていた。あれは明らかに、警察に対する挑戦だった。過去にも、そういう事件があった。

何年か前に、東京都内で、連続爆破事件があった。その時の犯人は、いちいち、実行前に、警察に予告してきた。犯人は、自己顕示欲の強い男で、警察に対して、挑戦していたのだ。

今度の犯人も、同じだろうと、十津川は思っている。自己顕示欲の強い男に違いない。そういう男が、警察に予告しておいて、犯行を中止する筈がない。もし、佐伯裕一郎以外に犯人がいるのなら、東京都内のどこかで、四人目の犠牲者が出ていなければおかしいのだ。逆にいえば、佐伯が、犯人だということになる。

(それだけに、一層、慎重にならざるを得ないのだが)

3

夜になって、東田弁護士がやって来た。

十津川が会うと、大きな身体をゆするようにしながら、

「佐伯裕一郎は、いつ釈放されるのかね？　私が自首させたのは、彼が犯人だからではない。警察が、彼から事情を聞きたいと思ったからだ。あれからすでに、十二時間以上たっている。もう事情聴取は、終った筈だがね」

「容疑者は、四十八時間の勾留《こうりゅう》は認められています。東田さんも、昔は、検察におられたんですから、よくご存知のことと思いますが」

十津川は、軽い皮肉をこめていった。

「容疑者？　何の容疑者だね？　それを聞きたいものだね。私は、単なる参考人に過ぎないと理解しているんだがね」

東田は、首をかしげて見せた。

(吉川知子に手を廻《まわ》しておいて、何をいっているのか)

と、十津川は、苦笑しながら、

「この間も申し上げた通り、連続暴行殺人の容疑です」

「しかし、逮捕状は、吉川知子に対する暴行容疑で出ているんだろう？」

「そうです」

「その吉川知子だがね。念のために、私が会って話を聞いたところ、暴行を受けた事実はないといっていたよ。警察へ行って、告訴は取り下げるとも、私に約束してくれたんだ。彼女は、ここへやって来なかったのかね？」

「さあ、私は、会っていませんが」

十津川は、呆《とぼ》けて、首を振った。

東田は、疑い深そうに、十津川の顔をのぞき込んで、「明日、吉川知子をここへ連れて来てもいいが、彼女への暴行はなかったんだよ。十津川君。つまり、逮捕理由はなかったことになる。それなのに、佐伯は釈放しないつもりかね？　もし、そんな人権を侵害するようなことをすれば、私にも、覚悟がある」

「私を脅かすんですか？　吉川知子を脅かしたように」

十津川が、反撃すると、東田は、胸をそらせて、

「私には、警察や、検察に、知人が沢山いるということを、君にも覚えておいて貰《もら》いたいだけだよ。弁護士というのは、一人の人間を助けるためには、あらゆることを利用する権利があるということもね」

「今も申しあげたように、佐伯裕一郎には、連続暴行殺人の容疑が、かかっています。従って、明日の夕方までは、釈放できませんね」

「何か証拠でもあるのかね？」

「証人がいます。佐伯が犯人だという証人です。その人間が、佐伯を見て、暴行殺人の

犯人に間違いないと証言しているのです」

「確か、新聞に出ていた通産省の役人だろう？」

「そうです」

「しかし、君。その男は、第二の事件で、犯人らしい男にぶつかったが、暗くて、突然だったので、自分と同じくらいの背丈だったという以外は、何も覚えていないといっていたんじゃないのかね？」

「よくご存知ですね」

「興味のある事件だから、金曜日の男に関する記事は、全部、眼を通しているよ。確か、三木とかいう若い男で、新聞に、顔写真も出た筈だ」

「その三木という証人が、佐伯を見て、あの時、ぶつかった男に間違いないと証言したんですよ。こうなった以上、簡単には釈放できませんね」

「他に証拠は？」

「今のところ、それだけです」

「何とまあ、心細い話だねえ。目撃証人が、たった一人かね。その証人も、前には、犯人の顔はわからなかったといっていた男だ。多分、警察におもねって、気に入られるように証言したんだろう。そんな証人は、裁判になったら、私が、化の皮を剝《は》いでやる。これは、約束してもいい。君だって、そんな貧弱な証人一人で、公判が維持できるとは、思っておらんのだろう。一番いいことは、一刻も早く、佐伯を釈放することだ。すぐ、釈放の手続きを取りたまえ」

「無理ですね」

と、十津川は、丁寧だが、きっぱりと、はねつけた。

東田の顔が、赤くなった。

「君に警告しておこう。明日の朝までに、佐伯裕一郎を釈放しないと、私は、然《しか》るべき手続きをとるよ」

「どうぞ」

「それが、君の返事か。覚悟するんだな」

東田が、捨てゼリフを残して帰ってしまったあとで、亀井が、戻って来た。

「三木の周辺を調べてきました」

と、亀井は、うまそうに、お茶を飲みながらいった。

「それで、何かわかったかね？」

「彼は、連続暴行殺人犯人の唯一の目撃者ということで、役所でも、近所でも、すでに、有名になっています」

「なるほどね」

「上司からは、警察に協力して、市民としての義務を果たせと、いわれていたようです」

「それで、張り切って、佐伯裕一郎が犯人に間違いないと断言したのか」

「それもあると思いますが、彼の証言は、貴重だと思います。前科はなく、通産省の事務官で、証人としては、これ以上の人間はおりません。役所の同僚の評判も、上司の受けも悪くありません」

「私も、三木伸介が、証人として不適当だとは思っていないがね」

「それに、佐伯裕一郎の方は、金曜日の男としての条件を備えています。血液型はB、三人目の犠牲者である君原久仁子の水着写真を所持し、婦女暴行の前科があります。第二の犠牲者谷本清美とも顔見知りだった可能性が十分です。彼女の学校に、ヘア・デザイナーとして、行ったことがあるからです。しかも、第四の犠牲者になるところだった吉川知子を、ラブ・ホテルで絞殺しようとしていたのです」

「その吉川知子は、告訴を取り下げるといっている」

「構わないじゃありませんか。われわれが、証人になります。私と加島刑事が、佐伯を尾行している最中に起きたことです。ラブ・ホテルで、吉川知子の悲鳴が聞こえ、加島刑事と一緒に、飛び込んだところ、佐伯が逃げるのを目撃しました。更に、部屋の中には、吉川知子が、下着一枚で倒れており、くびには、明らかに、絞められたと思われる指の痕《あと》がついていました。彼女が告訴を取り下げても、私と加島刑事が、証人として、法廷で証言しますよ」

亀井は、声を大きくしていった。

「君の気持は、よくわかるが、肝心の吉川知子が、暴行を受けたことを否定しているんだ。東田弁護士に、そこを突かれたら、君たちの証言も、効力を失ってしまうよ」

と、十津川は、いってから、

「何か一つ、決定的な証拠が欲しいな。佐伯が金曜日の男だという証拠だ。証人でもいい。三木伸介の他に、もう一人、目撃者がいてくれたらね」

「今のままでは、佐伯を起訴に持っていけませんか？」

「検事が、二の足を踏むだろう。何しろ、相手は、東田弁護士だからね」

「その東田が、釈放しろと、また、いって来たそうですね」

「明日の朝までに、佐伯を釈放しろといったよ。さもなければ、覚悟があるとね。恐らく、上から圧力をかけるというんだろう。あの男が、あれほど力を入れているところをみると、佐伯の後楯《うしろだて》になっている人物は、かなり地位のある人間だろうね」

しかし、翌朝になっても、なぜか、東田弁護士は、何もいって来なかった。

昼になった。

だが、電話一本かかって来なかったし、圧力らしいものも、なかった。

「勝ち目がないとわかって、佐伯を釈放させるのを諦《あきら》めたんじゃありませんか」

と、亀井は、笑ったが、十津川は、首を横に振って、

「彼は、そんな男じゃないよ」

と、いった。それだけに、なおさら、わけがわからなかったが、午後二時を過ぎてから、三十五、六歳の若い弁護士が訪ねて来た。

「東田法律事務所の川北《かわきた》です」

と、その男は、名刺を差し出した。

「それで、東田さんは？」

十津川が、きいた。

「今、成田《なりた》におられます。三時三十分のパンナムで、アメリカに行かれることになりましたので」

「アメリカへ？」

「急用が出来たのです」

「それで、あなたが、佐伯裕一郎の弁護を引き受けられることになったわけですか？」

てっきり、それを告げに来たのだと思って、十津川は、きいたのだが、川北は、

「佐伯裕一郎の件から、東田法律事務所は、手を引くことになりました。今後、当方と、佐伯裕一郎とは、いっさい関係ありません」

と、事務的な口調でいった。

十津川は、一瞬、あっけにとられた。

「どうも、よくわからないが――」

「今、申しあげた通りです。それから、これは、東田所長から、十津川さんへの手紙です。お渡しするようにいわれましたので」

川北は、アタッシェケースから、封筒を取り出して、十津川の前に置いた。

「私の用件は、これだけです」

と、川北は、相変らず、事務的にいい、さっさと、引き揚げて行った。

4

「東田は、何をいって来たんですか？」

と、亀井たちが、十津川のまわりに集って来た。

「さて、何といって来たのかな」

と、十津川は、封書を、手に取った。

「とにかく、彼は、佐伯裕一郎から手を引くといった。そして、今日、アメリカへ出発するらしい」

「かなわないとわかって、逃げ出したんじゃありませんか？」

安井刑事が、嬉《うれ》しそうにいった。

「だがね、理由がわからん。事態は、全然、変っていないのに、なぜ、東田が、急に逃げ出したのか。この手紙の中に、その理由が書いてあると助かるがね」

十津川は、そういって、封を切った。

「東田法律事務所」の名前が刷り込まれた便箋《びんせん》に、いかにも東田らしい、大きくて、右上りの字が躍っていた。

〈十津川兄
　私は、弁護士であると同時に、一人の市民でもある。貴兄もご存知の如く、私は、何よりも、法律を重んじ、正義を愛する者だ。悪を憎むことにおいても、人後に落ちないつもりである。私が、弁護士として、日夜精進しているのも、悪を助けるためではなく、この世から、悪を根絶せんがためである〉

「何と、ご高尚な」

「大演説口調だなあ」

と、刑事たちが、横から、肩をすくめるようにしていった。

十津川は、苦笑しながら、

「まあ、最後まで、読んでみようじゃないか」

と、二枚目に眼をやった。


〈さて、私は、過日、K夫人より、ある人間の弁護を依頼された。それが、佐伯裕一郎である。夫人の名前は書けないが、元舞台女優で、ご主人が、N製薬会長で、元国務大臣といえば、貴兄もよくご存知と思う。夫人は、佐伯に、無実の自分を助けて欲しいと泣きつかれ、彼を信じて、私に弁護を依頼されてきたのである。私も、佐伯が涙ながらに訴える言葉を信じて、彼の弁護を引き受けた。しかし、今日になって、佐伯が、私だけでなく、K夫人をも欺《だま》していたことがわかったのだ。私の力をもってすれば、佐伯を釈放させることはたやすい。しかし、もし、佐伯を釈放させたら、極悪非道の殺人鬼を野放しにしてしまうことになる。K夫人も、それを心配しておられた。

詳述すれば、佐伯は、K夫人に、毎週金曜日の夜は、夫人のサロンで朝まで過ごしていたことにして欲しいと、頼んだのだ。無邪気な夫人は、簡単に承知してしまったが、明らかに、佐伯は、金曜日のアリバイ作りに、夫人を利用しようとしたのである。佐伯が、金曜日の男らしいと知って、夫人は動転され、私に助言を求めてきた。私は、夫人に、こう忠告した。何よりもまず、市民としての義務を果たすべきだと。夫人も、私の言葉に納得され、もし、法廷で自分の証言が必要とされる場合は、喜んで協力するといわれた。私は、今回、急な用件で外国に発《た》たなければならないが、これによって、市民としての義務を果たせたものと確信している〉

5

「K夫人というのは、誰のことですか？」

と、安井がきいた。

「N製薬の会長で、元国務大臣といえば、北川治郎《きたがわじろう》のことだろう」

十津川は、東田の手紙に、もう一度、眼を走らせながらいった。

「その奥さんが、東田を、佐伯の弁護につけたということですか？」

「夫人といっても、正式の夫人は、入院中と聞いている。だから、二号さんの方だと思うね。前に、女優あがりの二号さんが、N製薬の人事にまで口を出して、会社内が、ごたついていると、週刊誌に書いてあるのを読んだことがある。北川治郎が、まだ社長の頃だ」

「その記事なら、私も読んだことがありますよ」

と、亀井が、笑って、

「確か、井川佐知子《いがわさちこ》という名前の女性じゃありませんか」

「そうだ。井川佐知子だ。恐らく、彼女は、三林美容院の常連で、佐伯は、その線で、助けてくれと頼んだんだろう」

「井川佐知子なら、私も知っていますよ」

と、いったのは、若い青木刑事だった。

十津川が、「ほう」という顔で見ると、青木は、

「テレビで、二回か三回見ました」

「テレビでね」

「四十五、六歳でしょうが、女優だったというだけに、なかなか、美人でしたよ。派手好きらしくて、きんきらのドレス姿でした。なんでも、若い演劇人や、映画青年たちに、金を出してやってるみたいです。女性のパトロンじゃないですか。若い芸術家が好きみたいなことをいっていました」

「ヘア・デザイナーも芸術家なのかな」

と、十津川は、呟《つぶや》いてから、

「カメさん。井川佐知子に会って来ようじゃないか」

と、亀井刑事に、声をかけた。

6

井川佐知子の家は、田園調布《でんえんちょうふ》の閑静な住宅地にあった。

高いコンクリートの塀をめぐらした、二百坪ぐらいの豪邸だった。

門柱には、ただ、「北川」とだけ書いてある。

インターホーンで、十津川が、警察の者だと告げると、若い女が、姿を見せて、門をあけてくれた。

個性的な顔の女で、黙って、二人を、一階の応接室に案内した。

壁には、井川佐知子の若い時の舞台写真の大きなパネルがかかっていて、いやでも、それが、眼につく。

パネルは、一枚だけではない。五枚はあった。

しばらく待たされてから、井川佐知子が、顔を出した。

大きく胸のあいたドレスを着て、立ち上って迎える十津川たちに向って、ニッコリと、微笑した。

「どうぞ。おかけになって」
四十五、六歳だろう。女優だっただけに、美しい顔立ちだし、大胆な服装が、よく似合っている。だが、じっと見つめると、顔のしわも、はっきりとわかる。
さっきの娘が、コーヒーを運んできた。彼女が、出て行くと、

「今の娘《こ》は、女優の卵なんですよ。あの娘《こ》に限らず、ここには、いつも、若い芸術家たちが、何人も集っているんです。私も、主人も、若い人が好きですからね。来る者は、拒まずということにしてあるんですよ」

「佐伯裕一郎も、その中の一人だったんですか？」

と、十津川は、きいた。

井川佐知子は、「ああ、彼のこと」と、小さく、溜息《ためいき》をついた。

「私は、新宿の三林美容院によく行くんです。そこで、佐伯クンと知り合ったの。無口で、ちょっと暗いところはあったけど、腕は確かだから、ひいきにしていたんですよ。その佐伯クンが、突然、訪ねて来て、無実の罪で警察に追われているから、助けて欲しいというんですよ。ポロポロ涙をこぼして。それで、私は、東田先生にお願いしたんです」

「佐伯は、あなたに、金曜日のアリバイを作ってくれと頼んだんですか？」

「ええ。毎週金曜日の夜は、ここのサロンに来ていたことにして欲しいというんです。私は、彼が、無実なのに警察に追われていると信じていましたから、簡単に、いいわと

いってしまったんですよ」

「毎週金曜日に、ここで、サロンが開かれているんですか？」

「正式なサロンはね。でも、広間には、いつも、食事やお酒を用意してありますのよ。だから、いつだって、映画を作りたい若者たちが、お酒を飲みながら、朝まで、議論をしていたり、文学青年が集っていたりするんです。私も、時々、彼等の中に入って、喋《しゃべ》ったり、映画作りを手伝ったりしていますけど」

「佐伯が、そのサロンに顔を出したことは、あるんですか？」

「いいえ。一度もありませんわ」

「佐伯のアリバイ作りを、急に、拒否されるようになったのは、なぜですか？」

「それは、もちろん、金曜日の暴行殺人のことがわかったからですわ」

と、佐知子は、胸に手をやって、

「金曜日ごとに、若い女性が、殺されていたでしょう。同性として、胸を痛めていたんですよ。佐伯クンが、金曜日のアリバイを頼んだ時には、そのことと関係があるなんて、全く気がつかなかったんですよ。だから、簡単に、承知したんですわ。それが、恐しいことですわね。東田さんに、警察は、金曜日の男として、彼を考えていると知らされて、がくぜんとしてしまったんですよ。私は、若い人が好きだし、若い芸術家の面倒を、ずいぶんみて来ましたわ。でも、殺人犯の面倒まではみられませんもの。殊に、若い女性ばかり殺すような犯人のはね」

「なるほど。それでは、裁判になったとき、佐伯が、あなたに、金曜日のアリバイを頼んだと証言して頂けますか?」

「ええ。喜んで。北川にも話してみたんですけど、彼も、すすんで、市民としての義務を果たしなさいといってくれましたわ」

井川佐知子は、胸に手を当てたまま、きっぱりといった。

7

十津川たちは、礼をいって、井川佐知子の邸《やしき》を出た。

「どうも、よくわかりませんね」

歩きながら、亀井が、首をひねっている。

十津川は、笑って、

「何が、わからないんだね?」

「井川佐知子という女の気持がです。最初は、佐伯をかくまって、東田弁護士までつけてやったのに、急に、市民の義務に目ざめて、告発する側に廻《まわ》った。その豹変《ひょうへん》ぶりが、よくわからないんですが」

「市民としての義務に目ざめたなんていうのは、嘘に決ってるさ」

と、十津川は、笑いながらいった。

「そうすると、佐伯が、金曜日の男らしいと知って、びっくりしたということどしょうか？」

「それも、少しはあるかも知れないが、旦那《だんな》に叱られたんじゃないかな。北川治郎というのは、確か七十歳ぐらいだ。それが、二廻りも若い女を二号にしたんだから、甘やかしているだろう。若い芸術家の卵を、彼女が援助しても、何ともいわないのは、そのためだ。しかし、警察に対立して、殺人容疑者を助けるとなったら、話は別だ。北川だって、まだ、政治に色気はあるし、もう一度、大臣をやりたい気はあるに決っている。自分の女が、殺人容疑者を助けていたなんて噂になれば、マイナスのイメージになる。それで、北川が、彼女を叱ったんじゃないか。彼女は、あわてた。美人でも、もう四十過ぎだ。北川と手を切ったら、今までみたいなぜいたくが出来なくなるからね。それが、市民の義務に目ざめたことの本当の意味じゃないのかね」

「なるほど」

と、亀井も笑った。

捜査本部に帰って、十津川が、本多捜査一課長に報告すると、本多の顔にも、微笑が広がった。

「これで、部長の渋い顔を見なくてもすむことになりそうだ。部長は、毎日、マスコミにやられて、カリカリしていたからね。もう、佐伯が金曜日の男で、間違いないんだろう？　記者さんたちに、そう発表してかまわないんじゃないかね？」

「そうなんですが――」

　十津川が、語尾を濁すと、本多は、

「おい、おい」と、いった。

「佐伯裕一郎以外に、金曜日の男は考えられませんと、最初にいったのは君なんだよ」

「その通りです。佐伯は、金曜日の男としての条件を備えています。B型の血液型、一七三センチの身長、婦女暴行の前科、第二の事件のときに、犯人に出会った三木伸介が、佐伯を犯人に違いないと証言しています」

「その上、九月二十六日の金曜日には、吉川知子を襲って、くびを絞めているじゃないかね」

「そうです。この日に、他に、婦女暴行の事件は、東京都内で起きていません。犯人は、二十六日に、四人目の犠牲者を襲うと、警察に、予告状を突きつけて来ているわけですから、佐伯がシロなら、他に、都内で、若い女が襲われていなければなりません」

「じゃあ、もう考えることはないじゃないか。金曜日の男は、逮捕された。あとは、検察に委《まか》せればいいだけだろう？　何が、心配なんだね？」

「別に、心配はしていませんが、一つだけ、気になることがありまして」

「何だね？」

「被害者の陽焼けのことです」

「例の水着の跡のことだね」

「第一から第三の犠牲者まで、すべて、三人とも、見事に陽焼けした肌で、ビキニの水着の跡が、くっきりとついていました。それが、犯人の好みではないかと考えていたのですが、四人目の吉川知子は、今年の夏、海へは行っておらず、陽焼けもしていませんでした」

「陽焼けや、水着の跡は、偶然の一致だったのかも知れんじゃないか」

「わかりました」

十津川は、肯《うなず》いて、課長室を出た。

彼は、もう一度、取調室で、佐伯裕一郎に向い合った。

十津川は、ある意味で、完全主義者である。特に、殺人事件の場合、容疑者に対して、完全な証拠を揃えたいと考える。起訴したあとで、公判で敗れるようなことのないためでもあるが、自分が納得して、検事の手に引き渡したいからでもある。

今度の事件で、犯人は、すでに、三人の女性を、暴行の上、殺している。情状酌量の余地は、全くないといっていい。どう考えても、判決は、死刑だろう。

それだからこそ、余計に、詰めは完全にしておきたかったのだ。できれば、佐伯の自供を得ておきたい。

取調室で、向い合うなり、十津川は、

「東田弁護士は、アメリカへ発《た》ったよ」

と、佐伯にいった。

「君は、見捨てられたんだ」

「そんなことが、あるもんか。おれを脅かそうったって、上手《うま》くいくものか」

佐伯が、せせら笑った。

十津川は、そんな佐伯の顔を、まっすぐに見すえた。

「東田弁護士だけじゃない。君が、助けを頼んだ井川佐知子さんも、君を助ける気はなくなったようだ」

「――――」

佐伯の顔が、蒼《あお》くなった。が、まだ、十津川の言葉など信じられるものかといった眼の色でもあった。

「嘘だと思うなら、まず、東田弁護士に電話してみたまえ」

十津川は、テーブルの上に、電話機を持って来て、受話器を、佐伯に差し出した。

佐伯は、反射的に、受話器を手に取ったが、どうしようかと迷っていた。

「早く、東田法律事務所に電話してみたまえ。ゼロを回せば、外線につながるよ」

十津川が、いった。

佐伯は、むっとした顔で、ダイヤルを回した。

「東田さんの事務所ですか？　東田さんをお願いします。え？　いない？　アメリカへ出かけた――」

喋りながら、佐伯の顔色が変っていくのがわかった。

がちゃんと、音を立てて、佐伯が、電話を切った。

「井川佐知子さんにも、電話してみるかね？」

と、十津川は、いってみた。

佐伯は、追い詰められたけもののような眼つきをして、

「どういうことなんだ？　これは」

「簡単なことだよ。井川佐知子さんも、東田弁護士も、君が、暴行殺人犯と知って、見捨てたんだ」

「おれは、犯人なんかじゃない！」

「怒鳴ったって、どうにもならんよ。君は、もうおしまいだ。井川佐知子さんが、こう証言している。君が、助けてくれと飛び込んで来て、毎週金曜日の夜には、ここのサロンで朝まで過ごしたことにしてくれと頼まれたとね。つまり、君は、アリバイ作りをしようとしたんだ。井川さんは、法廷で証言してもいいと、いっている。君の負けだよ。何もかも、わかってしまったんだ」

「嘘だ！」

と、佐伯が、叫んだ。

「まだ、井川さんが、君のために、嘘の証言をしてくれると信じているのかね？」

「そうじゃない。おれは、そんなことは、頼んでないんだ」

「何を頼んでないんだって？」

「毎週金曜日のアリバイだ。あそこのサロンで、金曜日の夜を過ごしたことにしてくれ

なんて、彼女に頼んだ覚えはないんだ」

「頼んでないって？」

「そうさ。おれが、彼女に頼んだのは、二十六日に、町で拾った女の子と、ごたごたを起こしてしまったので、助けてくれといっただけだよ。他には、何も頼んでないんだ」

「――――」

十津川は、黙って、じっと、佐伯を見つめた。

出まかせをいっているのだろうか？　井川佐知子に、毎週金曜日のアリバイを頼んだのだが、それが裏目になりそうなので、あわてて、頼んだことを否定しているのか？

「じゃあ、九月の金曜日、五日、十二日、十九日の夜は、どこで何をしていたか、話して貰《もら》おうかね」

「そんな昔のことなんか、覚えていないよ。多分、家でテレビを見ていたか、新宿あたりで飲んでいたかだよ」

「証人は？」

「そんなものはないさ。おれには、親しい友人なんかいないからね」

佐伯は、吐き捨てるようにいった。

8

この事件を担当する山本《やまもと》検事から十津川に電話が入ったのは、その日の夜だった。

山本は、若手の検事で、秀才と評判が高い。十津川の苦手なタイプである。

「佐伯裕一郎を、早くこちらに廻《まわ》してくれないか」

と、山本は、強い調子でいった。

「まだ、取調中です。すみ次第、身柄をそちらに預けますよ。調書をつけて」

十津川がいうと、電話の山本検事の声が、一層、とげとげしいものになった。

「今日が、何日かわかっているのかね？　いや、何曜日かわかっているのかね？」

「十月一日。水曜日だと思っていますが、違いますか？」

「水曜日なんだよ。君。明後日は、金曜日なんだ。金曜日が近づくごとに、マスコミが、われわれを非難するのは、君だってよく知っているだろう？」

「もちろん、知っています。私なんか、真っ先に、槍玉《やりだま》にあげられますからね。第一線の刑事たちは、何をしているんだとね」

「それなら、なぜ、もったいぶってるんだね？　一刻も早く、容疑者を起訴して、世間を安心させるべきだろう。刑事部長の話では、証拠は十分というじゃないか。上司が、起訴すべきだと考えているのに、なぜ、君が、それを止めているのかね」

「別に、止めているわけじゃありません。事件が事件だけに、慎重を期しているだけです」

「君は、佐伯裕一郎が、犯人じゃないと思っているのかね？」

「そんなことはありません。九十パーセント、佐伯が犯人だと思っています」

「九十パーセント？」

「そうです。九十パーセントです。あと、十パーセント不明の部分があるので、それを、はっきりさせたいのです」

「それは、私が、公判の過程で、はっきりさせていくよ。私に委せたまえ」

「しかし――」

「十津川君。警察がもたついているので、歓迎せざる噂が立っているのを知っているかね？」

「どんな噂ですか？」

「警察は、誤認逮捕したんじゃないかという噂だよ。世論をなだめるために、無理して、罪もない人間を逮捕したが、証拠が何一つないので、困り果てているという噂が、私の耳に聞こえてくるんだがね」

「そんな無責任な噂は、無視されたらいかがですか？」

「これ以上、起訴が延びれば、根も葉もない噂じゃなくなるんだよ。君。やっぱり、誤認逮捕だったのかといわれるんだ。現に、T新聞の夕刊は、警察は、何をしているのか、間違った人間を逮捕してしまって、当惑しているのではないか。警察は面子に拘《こだわ》らず、真実を発表せよと書いている。明日になれば、新聞の論調は、もっと、われわれに厳しくなるよ。金曜日が来たら、人々は、また、金曜日の男のことを思い出し、若い娘たちは、夜、外出できなくなるんだ。それを考えないのかね？」

「もちろん、考えています。考えているからこそ、慎重を期しているのです」

「金曜日の昼までに、何とかしたまえ。わかったね。もし、それまでに、何とか出来ないのなら、検察で、佐伯裕一郎について、独自の調査をする。社会不安を、これ以上、放置しておけないからね。私の手元にも、佐伯が犯人だという証拠は、集っているんだ」

最後に、山本検事は、そんないい方をした。

9

電話が切れたあと、十津川は、その検事の言葉が気になった。

警察とは別に、検察が独自に事件を調査したり、証拠集めをしたりすることがある。徳島《とくしま》のラジオ商殺しは、その典型的な例だろう。あの事件は、警察が、犯人外部説をとっていたとき、検察が、犯人内部説をとって、内妻だった富士茂子《ふじしげこ》さんを逮捕したのである。

山本検事がいった証拠というのは、いったい何なのだろうか？　検察が、独自の調査をしているという話は、聞いていなかった。

(東田弁護士だ)

と、十津川は、思った。

東田は、アメリカに出発する前、十津川に、佐伯が犯人だという手紙を残していった。

あれと同じものを、山本検事宛にも届けていたのではあるまいか。山本が、証拠といったのは、多分、それに違いない。他には、考えられなかった。

（あの狸おやじめ）

と、十津川は、苦笑した。

十津川が、あの手紙を無視した場合のことを考えて、検察にも送りつけていたのだ。それとも、検察にも、恩を売ったというべきなのか。

そういえば、山本検事は、東田の後輩に当るのだ。

「どうされました？　警部」

と、亀井が、十津川にきいた。

「山本検事が、早く送検しろといって来たよ」

「今日は水曜日ですから、無理はないと思いますね。次の金曜日までには、ぜひとも起訴したいでしょう」

「カメさんも、そう思うかね？」

「思います。公安委員長あたりも、いろいろといっているようですから」

亀井がいい、そのあとに続いて、安井刑事が、

「さっき、廊下で、記者さんに会ったんですが、いらいらしていましたよ。警察が、犯人と断定してくれないから、いぜんとして、佐伯裕一郎のことを、Sと、イニシァルで書かなければならない。これでは、金曜日の男は逮捕されたから、若い女性は安心して

下さいとは書けないというんですよ。警部は、なぜ、迷っていらっしゃるんですか？佐伯は、否認していますが、証拠は十分だと思います。一刻も早く、送検すべきですよ。そうすれば、新聞も、大きく、犯人逮捕を報道できて、若い娘さんたちは、安心するんじゃありませんか」

「私も、なぜ、警部が躊躇《ちゅうちょ》されているのかわかりません」

と、いったのは、若い田島刑事だった。

「私は、ただ万全を期したいだけだよ」

と、十津川は、いった。

「警部は、佐伯が自供するのを待っておられるんですか？」

「もちろん、佐伯が自供すればいいと思っているよ。しかし、私が、引っかかっているのは、そのことじゃない。被害者の陽焼けした肌のことだ」

十津川がいうと、田島は、若くて気が短いだけに、露骨に、またですかという顔をした。

「それが、私にはよくわからないんです。四人目の吉川知子が、他の三人と違って、今年の夏、海水浴には行かず、陽焼けした肌をしていなかったということを、なぜ、警部は、そんなに重大視されるのか、わからないんですが」

「もちろん、単なる偶然かも知れんさ。しかし、私は、気になるんだ。前の三人の女性は、見事なほど陽焼けしていて、ビキニの痕《あと》が、やけに、くっきりと白かった。女の二つの大事な部分が、目立ったということだよ。犯人は、陽焼けした女の肌に対して、異常な執着を持っているか、或《あ》るいは、異常な憎しみを持っているかだろうと、私は考えた。君たちも、そう思った筈《はず》だよ。ところが、佐伯が、ラブ・ホテルで襲った吉川知子は、全く陽焼けしていなかった。四人目になって、犯人の好みが、突然、変ったのだろうか？」

「私は、そんなことより、手口が同じこと、犯人の血液型が全てBであること、証人が二人もいること、それが重要だと思います。特に、第二の殺人現場近くで、犯人と顔を合せた三木証人は、佐伯裕一郎が犯人だと断定しています」

「カメさんも、すぐ、佐伯を送検すべきだと思うかね？」

と、十津川は、亀井を見た。

亀井は、微笑した。亀井は、十津川とは、十年以上のつき合いである。だから、十津川の性格は、よく知っていた。

柔和な顔に似合わず、頑固である。

「金曜日までには、まだ、あと丸一日あります。明日一日、じっくりと調べてから、送検しても、遅くはないと思いますね」

と、亀井は、いった。

10

十津川は、もう一度、佐伯を訊問《じんもん》した。

佐伯は、東田弁護士に付き添われて出頭して来たときは、自分の無罪を主張して、さっそうとしていた。東田という強力な弁護士がついていたし、井川佐知子という後楯《うしろだて》があったからだろう。

その二つの後楯が消えてしまった。いや、消えてしまっただけではない。告発する側《や》に廻《まわ》ってしまったことに、最初は、驚き、腹を立てていたが、今は、打ちのめされ、自棄《け》気味になっていた。

「どうだね？」

と、十津川は、佐伯に煙草をすすめた。

佐伯は、のろのろと、手を伸して煙草をくわえたが、眼には、生気がなかった。

「君は、金曜日の男なのか？　金曜日ごとに、三人の女性を殺したのか？　殺したんだな？」

十津川がきくと、佐伯は、うつろな眼を向けて、

「なぜ、そんなことをきくんです？　どうせ、おれを、殺人犯に仕立てあげる気なんでしょう？　警察も、弁護士も、あの女も、グルになってるんだ」

「私は違うよ」

「どう違うんです？」

「君が無実なら、助けてやりたい」

「警察が、そんなことをしてくれる筈がないじゃないですか。弁護士だって、おれを裏切ったんだ」

「いいかね。よく聞きたまえ。君は、非常に不利な立場にあるんだ。このまま、起訴されれば、君は、間違いなく有罪だ。吉川知子を襲って、殺しかけたことも事実だし、三人目の犠牲者の君原久仁子とも面識があった。二人目の谷本清美のことも知っていた。血液型も、暴行殺人犯のものと同じB型だ。君が犯人だという目撃証人もいる。さらに、君をかくまった女性は、君から、毎週金曜日の夜のアリバイを頼まれたといっている。逃げ道はないんだ」

「嘘だ。嘘をいってるんだ」

「何が、嘘なんだね？」

「あの女のいってることとさ。でも、どうせ、おれのいうことなんか信用してくれないだろうけどさ」

佐伯は、投げやりにいった。

「まあ、話して見たまえ。どう嘘だというんだ？」

「おれは、あの女を信用してたんだ。だから、いろいろと相談もしたんだ。警察が、おれのことを、金曜日の男と決めつけてるといったら、毎週金曜日の夜は、いつも、あたしのサロンに来ていたといいなさいといってくれたんだ。向うからいったんですよ。おれ、毎週金曜日の夜は、たいてい、ひとりでいて、これといったアリバイがなかったから、つい、お願いしますといっちまった。あの女は、これを逆手に取ってるんだ」

「しかし、君には、不利な材料だな。向うは、君に頼まれて、仕方なく承知したと証言するだろうし、誰でも君より、向うの言葉を信用する」

「おれに前科があって、あの女が、元大臣の女だからですか？」

「君自身が信用できないような行動をするからだよ。君は、吉川知子をラブ・ホテルに連れて行き、くびを絞めた、それを認めるかね？」

「こうなったら、認めますよ」

「そりゃあ、一つの進歩だ」

「しかし、警部さん。おれは、殺すつもりじゃなかったんです。おれは、いつも、いつの間にか、女のくびを絞めてしまってるんだ。自分でもわからない。興奮してくると、知らない中に、手が女のくびにかかってしまってるんだ。だからおれは、一生懸命に、自分を抑えて、ずっとやって来たんですよ。でも、いざとなると、やっちまう。でもね。警部さん。おれは、一度だって、女を殺したりはしてない。傷害で訴えられたことはあるけどね。金曜日の男が、どんな奴か知らないが、おれには、無関係だ。そいつは、最初から女を殺す気なんだろう？　そんな気は、おれにはないよ」

「私に信じさせたかったら、まず、金曜日のアリバイだ。九月五日、十二日、十九日の三日間の夜、どこで何をしていたか思い出すんだ。夜の十時以後のアリバイが必要だよ。もし、この中の一つでも、アリバイが成立すれば、君が、金曜日の男でないことの証明になる」

「そんな昔のことは覚えてませんよ。ひとりで、どこかで飲んでいたかも知れないし、うちに帰って、テレビを見てたかも知れない。おれは、友だちづき合いが下手だから、たいていひとりでいるんです」

「それじゃあ、困るね。君自身の問題なんだから、何とかして思い出したまえ」

「そういわれたって――」

と、佐伯は、頭をがりがりかいていたが、急に、眼を光らせて、

「思い出した！」

と、大声をあげた。

11

「アリバイがあるのかね？」

と、十津川も、膝《ひざ》をのり出した。

佐伯は、興奮した口調で、

「おれはね、毎週金曜日に、十時からやるアメリカのテレビ映画が好きで、まっすぐ、マンションに帰って、それを見ていたんだ。一時間もので、『刑事マッケンジー』とい

う刑事物ですよ。知っているでしょう？　評判のいい番組なんだから」

「知っているよ。一度だけ、見たことがある」

と、十津川は、いった。しょぼくれた中年の刑事が主人公の、アメリカテレビらしい洒落《しゃれ》た番組である。

「それを、毎週金曜日に見てたんですよ。一回目からファンになって、必ず見てました。だから、午後十時から十一時まで、マンションにいたわけです。その間に、殺されていたら、おれは、無実だということになるでしょう？」

佐伯は、気負い込んでいった。

だが、十津川は、逆に、冷静な眼つきになって、

「誰かと一緒に、そのテレビを見ていたのかね？」

「おれひとりですよ。当り前でしょう。ひとり者なんだから」

「そのテレビを見ている間に、誰かから、電話がかかって来たとか、誰かが訪ねて来たとかいうことはなかったかね？」

十津川がきくと、佐伯は、手を振って、

「そんなことはありませんよ。だから、おれは、好きなテレビを、ゆっくり見られたんだ」

と、それが、幸運だったようないい方をした。

十津川は、苦笑した。この男は、何もわかっていないのだと思った。

「十時から十一時まで、ひとりで、テレビを見ていて、その間、誰も訪ねて来ず、電話もかかって来なかったとすると、君のアリバイは、無いのと同じだよ」

「でも警部さん。おれは、毎週金曜日には、必ず『刑事マッケンジー』を見ていたんだ。内容は、全部憶《おぼ》えていますよ。嘘だと思うのなら、警部さんが、質問して下さい。八月から始ったんだから、もう八、九回やってるわけだけど、全部覚えてますよ。それが、毎週金曜日に見ていたという証拠じゃありませんか」

「君は、ビデオを持っているんじゃないのかね？」

「ええ。持ってますよ。おれにとっては、必需品みたいなもんですからね。外国のテレビ映画なんかに、新しいヘア・スタイルが出て来ることがありますからね。それを録《と》っておくんですよ。『刑事マッケンジー』だって、毎回、美人女優がゲスト出演するでしょう。そのヘア・スタイルも、参考になるんです。おれは、いろいろといわれるけど、仕事熱心な面だってあるんです」

佐伯は、誇らしげにいった。

十津川は、また、苦笑した。せめて、ビデオは持っていないといってくれたら、「刑事マッケンジー」の内容を覚えていることは、少しは、考慮されるだろうに。

「ビデオを持っていれば、留守の間に、君の好きな『刑事マッケンジー』を録画しておくことが出来る。それを、あとで見れば、内容は覚えられる。だから、内容を全部覚えているということは、その時間に、自宅でテレビを見ていたことの証明にはならないんだ」

「それじゃあ、どうしろっていうんですか？　おれは、正直に話してるんだ。警部さんを信用したからこそ、一生懸命に思い出して、全部、話したんだ。それなのに、駄目だといわれたら、おれは、どうすればいいんだい？　ねえ。警部さん。おれは、どうしたらいいんだ？」

佐伯は、拳《こぶし》で、机を叩《たた》いた。

十津川は、黙って、じっと、そんな佐伯を見つめた。

この男は、果して、「金曜日の男」なのだろうか？

状況証拠は、全て、この男が犯人だということを示している。

血液型、目撃証人、ラブ・ホテルでの事件、全て、佐伯に不利だ。

せめて、アリバイでもあればと思って、十津川が訊問《じんもん》したのに、この男は、自分で、アリバイのないことを証明しようとしている。

(この男は、真犯人なのか、それとも、馬鹿正直なだけなのか？)

十津川の顔には、迷いの色が浮んでいた。

今日の訊問でわかったのは、この男には、毎週金曜日のアリバイがないということだった。

金曜日には、午後十時から十一時までの間、自分のマンションで、「刑事マッケンジー」を見ていたなどという釈明は、法廷では、何の役にも立つまい。

起訴すれば、佐伯は、必ず有罪になるだろう。

十津川は、取調室を出た。もう佐伯裕一郎にきくことはなかった。

「どうでした？　警部」

と、亀井が、声をかけた。

「佐伯には、アリバイがないとわかったよ。正確にいえば、ないも同然だということだ」

「それなのに、浮かない顔をなさっていますね？」

「どうしてもわからないことがあってね」

と、十津川は、重い口調でいった。

闇に光る眼

1

十月三日、金曜日がやってきた。十津川が、覚悟を決めなければならない日になった。山本検事は、今日の午前中までに、佐伯裕一郎を送検せよといっている。もし、そうしなければ、検察の手で事件を捜査すると通告してきている。

敵は、検察だけではない。

部下の刑事たちも、ここまで来て、まだ、決断を下しかねている十津川の態度を、不審な眼で見つめている。

マスコミも、同様だった。

〈誤認逮捕か？　S氏の処置に困惑する警察当局〉
〈捜査本部混乱？　意見対立か〉
〈真犯人は別にいる？　奇怪な警察の動き〉

そんな見出しが、新聞の社会面に躍っていた。

どの見出しも、疑問符つきとはいえ、明らかに、警察の態度に不審を持ち、批判しているのだ。

十津川は、本多捜査一課長に呼ばれた。

課長室に入って行くと、本多の机の上には、朝刊各紙が、並べてあった。

「私は、君を信頼しているよ」

と、本多は、いきなりいった。

「有難うございます」

「正直なところどうなんだね？　佐伯裕一郎が、金曜日の男だという確証はないのかね？」

「証人が二人います。それに、佐伯には、婦女暴行の前科もあり、吉川知子を危うく殺しかけています。起訴すれば、恐らく、有罪になるでしょう」

「しかし、君は、疑問を持っているんだな？」

「証人が信用がおけません」

「どちらの証人がだね？」

「両方ともです。第二の殺人現場にいた三木伸介は、最初、暗がりだったので、犯人の顔はわからなかったといっていたのです。それなのに、今は、犯人は、佐伯裕一郎に間違いないと断言しています」

「だんだん、思い出してきたとは考えられないかね？」

「暗くて、顔が見えなかったのにですか」

と、十津川は、苦い笑い方をして、

「意識して、嘘をついているとは思わないのです。多分、使命感みたいなものがあって、それで、事件解決の目撃者になろうとしているのだと思います。それに、佐伯が、現に、一人の女の首を絞めて殺そうとしたのだとわれわれが話したのも、彼に、先入観を与えてしまったものと思います」

「井川佐知子という第二の証人はどうだね？」

「彼女は、佐伯の庇護《ひご》者だったのに、それが一変して、告発者になりました。自分では、正義に目ざめたようなことをいっていますが、これは、明らかに嘘ですね」

「どう嘘だと思うんだね？」

「井川佐知子は、ご存知のように、元国務大臣、北川治郎の二号です。金もあり、暇もあり、傲慢《ごうまん》な女です。そのため、最初の中は、若い芸術家たちのスポンサー気取りで、自分を頼って来た佐伯を助けようとしたわけです。東田弁護士まで頼んでです。ところが、旦那《だんな》の北川治郎の方が、反対した。恐らく、北川は、まだ、政界に未練があり、二度目の大臣の椅子を狙っているんでしょう。自分の女が、暴行殺人容疑者をかくまったとなれば、世論の袋叩《ふくろだた》きにあって、大臣の椅子の獲得に影響しかねない。そこで井川佐知子を叱り飛ばした。叱り飛ばしただけではなかったかも知れません。市民の義務を果たせぐらいのことは、いったと思いますね。あわてた井川佐知子は、佐伯をかくまうのを止めて、逆に告発者に変身したわけです。自分の都合で、変身した人間の証言など、とうてい信用できませんね」

「しかしねえ。十津川君。今日は金曜日だ」

「わかっています」

「今日中に、佐伯を送検しないと、大変なことになる。検察の圧力だけじゃなくて、うちの刑事部長も、いきり立つだろう。私一人では、抑え切れない」

「ご心配をおかけして、申しわけありません」

「私のことはいいさ。君の見通しを聞きたいんだ。あと何時間あれば、佐伯をクロと断定できるという目鼻さえ立っているのなら、私が、突っ張るよ。それとも、君は、佐伯がシロと思っているのかね？」

「正直にいって、私にもわからず、それで困っているのです。理屈の上では、佐伯はクロだと思うのですが、勘の方は、他に犯人がいるようで仕方がないのです。佐伯が、不利になっていけばいくほど、不思議に、私には、彼がシロに思えてくるんです」

2

「私は、君の勘は尊重するが、それだけでは、部長は説得できないね」

本多は、肩をすくめた。

十津川にも、それはわかっていた。妥協する気なら、事は簡単だった。今すぐ、佐伯裕一郎を送検すればいいのである。

山本検事に委《まか》せてしまえばいい。佐伯は起訴され、多分、有罪になるだろう。

だが、それでは、十津川の気がすまない。

有罪になっても、いつまでも、気になってしまうだろう。

昼近くなって、今度は、本多捜査一課長と一緒に、三上《みかみ》刑事部長に呼ばれた。

二人で、入って行くと、山本検事の姿が見えた。

山本は、むっとした顔で、十津川を睨《にら》み、刑事部長の方は、困惑した顔で、腕をこまねいている。

二人の間に、どんな話が交わされていたか、十津川には、すぐわかった気がした。

「まあ、座ってくれないか」

と、三上部長は、十津川と本多に、椅子をすすめてから、

「十津川君は、山本検事に約束したそうだね。今日の昼までに、佐伯裕一郎の身柄を、検察に委せると」

「委せるとはいいません。今日の昼までに、結論を出すと申し上げたんですが」

「同じことだよ」

と、山本検事が、大きな声でいった。

「同じとは思いませんね」

と、十津川も、いった。

「じゃあ、君は、佐伯を釈放する気なのか？　彼をシロと考えているのかね？」

山本は、眼をむいた。十津川の言葉が、予想外のものだったからだろう。

「正直にいって、半々です。クロかも知れないし、シロかも知れません」

「しかし、十津川君。私が調書を見た限りでは、完全なクロだよ。起訴するかどうかの判断は、われわれに委せたらどうかね？」

山本が、無理におさえた声でいった。本当は、十津川を、怒鳴りつけたい心境なのだろう。

「お委せしても構いませんが、もし、佐伯がシロだとなったら、どうされますか？」

「彼は、クロだよ。証拠もあるし、証人も揃っているじゃないか。だからこそ、君も、佐伯の逮捕に踏み切ったんだろうが。それを、今になって、シロの可能性もあるというのはどういうことかね？」

「あの男を調べれば調べるほど、金曜日の男ではないような気がしてくるんです。ですから、起訴するとしても、九月二十六日のラブ・ホテルにおける暴行事件だけにして頂きたいと思うのです。それならば、今、すぐ、佐伯裕一郎の身柄を引き渡します」

「馬鹿なことをいわんでくれたまえ」

山本は、話にならないという顔で、手を振った。

「なぜですか？」

十津川は、わざと、呆《とぼ》けて、きいてみた。

「なぜって、君。佐伯裕一郎は、金曜日の男だからこそ、われわれ検察が、こんなに力を入れているんだ。マスコミが騒いでいるのもそのためだろう。それがだね、単なる暴行事件では、どうやって、マスコミや、世論を納得させられるんだね？　誤認逮捕であることを認めるようなものだと思うがね」

「私が恐れるのは、真犯人が現われることです。もし、佐伯裕一郎を、金曜日の男として起訴してしまったあとで、真犯人が出て来たら、警察不信の声が大きくなるのは、眼に見えています。検察の黒星にもなります」

「しかし、十津川君。九月二十六日、佐伯が逮捕された日は、金曜日だったんだよ。しかも、金曜日の男は、次の金曜日に、女を襲うと予告していたんだ。その日に、佐伯は、ラブ・ホテルで、四人目の女を襲った。この日、他に、女性に対する暴行殺人事件が、起きているかね？」

「一件もありません」

「じゃあ、佐伯が、金曜日の男だということだろう。金曜日の男は、警察に挑戦してきて、その通りに、事件を引き起こしたのが、佐伯だった。つまり、佐伯が、金曜日の男だということじゃないかね。予告した通りに、若い女を暴行しようとした男が、他にいなかったのだからね。君が、何をためらっているのか、全く理解に苦しむね。君が、責任をとるのが怖くて、まごまごしているのなら、私が、独自の調査で、佐伯裕一郎を金曜日の男と断定し、起訴したと発表してもかまわんよ」

「別に、責任をとるのが怖いわけじゃありません」

「一時に、記者会見がある」

と、三上刑事部長が、口を挟んだ。

十津川は、腕時計に眼をやった。その一時まで、あと、二十五分しかない。

3

「私は、一時までに、結論を出したいのだ」

と、三上は、十津川と、本多の顔を、等分に見て、

「一時の記者会見で、佐伯を、金曜日の男として起訴したことを発表すれば、夕刊にのる。実名でだ。そうなれば、金曜日の男に対する若い女性たちの恐怖は、解消される筈《はず》だ。犯人逮捕も、われわれの仕事だが、同時に、市民の恐怖を取り除くことも、大事な仕事だからね。テレビでも、三時のニュース帯に間に合う。今日が、問題の金曜日であることを思えば、一時の記者会見での発表は、絶対に必要なのだよ」

「――――」

「一課長や、十津川君が、ためらうのなら、私の責任で、佐伯裕一郎を、起訴にもっていくよ。ここまで来て、なお、自信がないとか、証人の証言が信じられないと、小田原《おだわら》評定を重ねていたのでは、警察に対する不信感を招くだけだ。特に、今度のような、東京都民全体を恐怖におとし入れている事件では、迷いは禁物だよ。一課長も、十津川君

も、判断は、私に委せて欲しい。私が、調書を読んだ限りでは、山本検事がいわれるように、佐伯裕一郎を、金曜日の男と断定していいと思う。どうかね。私に委せてくれないかね？」

三上は、難しい顔で、十津川を見、本多を見た。

そこまでいわれては、十津川も、これ以上、判断を引き延すわけにはいかなかった。

三上のいうことも、もっともなのだ。今度の事件では、警察の動きは、東京都民全体の、というより、日本中の注目を浴びているといってよかった。

その上、第一、第二、第三と三人の若い女性が殺され、警察は、犯人に、ほんろうされた形である。

東京全体をカバーして警戒に当ることは不可能だという弁明は、次々に殺されていく現実の前では、何の力もない。この上、やっと逮捕した佐伯裕一郎を、金曜日の男ではなさそうだといったら、間違いなく、警察は、袋叩きにあうだろう。

十津川と本多捜査一課長の沈黙を、三上は、承知と受け取って、

「では、この線で、午後一時の記者会見にのぞむことにするよ」

と、いった。

記者会見には、三上と本多の二人が出席し、十津川は、顔を出さなかった。

三上が、そうしたのだが、十津川の気持を汲《く》んでのことか、彼が出席して、妙なことを口走られてはかなわないという用心のためかわからなかった。

各紙の夕刊は、揃って、事件解決を、大見出しで伝えた。一面のトップで報じた新聞もある。

〈金曜日の男は、若手のヘア・デザイナー〉

〈佐伯裕一郎（三二歳）を連続暴行殺人事件の犯人と断定、起訴〉

〈佐伯裕一郎の悪魔の犯行〉

そんな文字が、紙面に躍っていた。

佐伯が、どんな男かを、えんえんと、書きつらねている。どこの生れで、未成年で婦女暴行事件を起こしたこと、フランスに留学したヘア・デザイナーだが、何を考えているのかわからない薄気味の悪い男だったという同僚の証言。

パリでも、売春婦のくびを絞めて、殺しかけたことがあったらしいという無責任な臆《おく》測《そく》記事さえあった。

テレビも同様である。

事件の経緯が、これでもか、これでもかと、繰り返し、報道された。

第一の被害者橋田由美子、第二の被害者谷本清美、第三の被害者君原久仁子の三人の写真が、次々に、ブラウン管に現われる。

みんな、若くて、きれいな娘たちである。

ビキニ姿の写真もあった。

そして、犯人佐伯裕一郎の写真。

「これで、やっと安心して、夜道を歩けますわ」

という若い女の声も、電波にのった。

4

十津川は、夕闇の近寄ってくる皇居の近くを、亀井と二人、ゆっくりと散歩した。

捜査本部では、事件の解決を祝って、酒が出された。

しかし、十津川は、祝う気になれず、亀井と二人、外へ出てしまったのである。

「私は、怖いんだ」

と、十津川は、この男には珍しく、元気のない声を出した。

お濠《ほり》の水面が、次第に暗さを増していく。銀座方面のネオンが、輝きを強くしていた。

「真犯人が、現われることがですか？」

並んで歩きながら、亀井がきく。

「事件解決の報道で、若い女たちは、警戒心を解いてしまったに違いない。もし、真犯人がいて、襲いかかったら、次の犠牲者が出ることは確実だよ」

「しかし、警部。佐伯裕一郎が、真犯人だという可能性を、私は、七十パーセントとみています。佐伯が、金曜日の男なら、何も心配することはないと思いますが」

「あとの三十パーセントが、怖いんだよ。これは、単なる賭《か》けとは違うんだ。もし、佐伯以外に真犯人がいたら、次の犠牲者が出たら、その確率は三十パーセントでしたで、許されるものじゃない。人が一人殺されるんだからな。たとえ、五パーセントの確率しかなくても、真犯人が現われて、新たな犠牲者が出れば、われわれの責任なんだ」

「しかし、もし、真犯人が、別にいたとすると、九月二十六日の金曜日、佐伯が、吉川知子を襲った日に、なぜ、女を襲わなかったんでしょうか？　警察に、予告状を送りつけておきながらです」

「いろいろ考えられるね。突然、病気で倒れて、九月二十六日には、寝込んでしまっていたのかも知れないし、或《あ》るいは、襲いかかろうとした時、たまたま、人が通りかかって、未遂に終ったのかも知れない」

「警部は、少し、心配され過ぎると思いますが」

亀井が、なぐさめるようにいった。

二人は、なお、しばらく、濠端を歩いてから、捜査本部に戻った。

テーブルの上には、祝いの酒を飲んだ茶碗《ちゃわん》が、五つ、六つと、転がっている。

この捜査本部も、事件が解決をみたということで、今日中に解散する。

安井刑事や、田島刑事が、壁に貼られた第一から第四の現場の見取図をはがして、くるくると丸めていた。

十津川は、椅子に腰を下し、後片付けをしている刑事たちの動きを、複雑な気持で眺めた。

（事件は終ったのだ）

と、自分にいい聞かせてみた。

それに、亀井がいったように、佐伯裕一郎が、金曜日の男だという可能性も強いのだ。あの男には、はっきりしたアリバイもないし、吉川知子を殺そうとしたのだ。婦女暴行の前科もあるし、彼の相手をしたトルコの女も、くびを絞められて、危うく殺されかけたと証言している。

佐伯が、真犯人なら、何も、十津川が悩むことはないのだ。

壁の水晶時計が、ゆっくり、時を刻んでいる。

午後九時六分。

やがて、十時になるだろう。危険な時間が近づいてくる。

金曜日の男は、夜の十時以後に、女を襲っているからだ。

「飲みませんか」

と、亀井が、お茶を注いでくれた。

「ありがとう」

十津川は、微笑して、茶碗を手にとった。

「今頃、山本検事は、張り切って、佐伯を訊問《じんもん》しているでしょうね」

亀井は、十津川の気をまぎらわせるように、そんなことをいった。

「そうだね」

「今夜は、久しぶりに、どこかへ飲みに行きませんか？　新宿ですが、安くて、うまい店を見つけたんですよ。よろしかったら、そこへご案内しますよ」

「ありがとう」

と、十津川は、いった。

亀井の心遣いが、痛いほどわかるからである。

しかし、この不安定な気分のままで、酔えるだろうか？

午後十時十二分。

「捜査本部の看板を外します」

と、白石刑事がいった。

第一の事件以来、一か月間、掲げられていた暴行殺人事件捜査本部と書かれた紙が、外された。

しかし、同じ時刻。

一人の男が、眼を光らせて、夜の街を歩いていた。

新しい犠牲者を、待ち伏せるために。

5

N物産の人事課に勤める松木《まつき》かおりは、今日、満二十四歳の誕生日を迎えた。

恋人で、同じN物産社員の田中誠《たなかまこと》から、二人だけで、君の誕生祝をやろうといわれたとき、多分、最後のところまでいくだろうという予感がした。

二十四歳まで、男を知らなかったわけではない。

高校三年の時、近くに住む大学生に抱かれた。それが、最初の男だった。格別、その大学生が好きだったわけではなかった。といって、嫌いでもなかった。ただ、何となく、相手に身体を許してしまっただけである。

その大学生は、社会人になってから、正式に、交際を求めて来たが、かおりは、拒絶した。

大人の眼になって、その男を見ると、どことい って、特徴のない平凡な性格に、嫌気がさしたからである。

短大を卒業したあと、N物産に入社した。

田中に会ったのは、一年前である。

T大を卒業した田中は、重役の息子でもあり、N物産では、エリートコースを歩いている男だった。

エリート社員にありがちな、ひ弱さや、その裏返しの傲慢《ごうまん》さも持っている男だったが、冷静に、将来を考えると、悪い相手ではなかった。

かおりは、はっきりと、結婚するつもりで、田中とつき合うことにした。

かおりは、顔にも、身体にも自信がある。それを、もっとも効果的に、相手に売りつけるのが結婚だと思っていた。

だから、キスだけは、簡単に許したが、それ以上のものは、なかなか、許さなかった。

今年の夏、一緒に、海に行き、ビキニ姿を、田中に見せても、その帰りに、車の中で抱こうとするのを、頑固にはねつけた。

しかし、ある程度、じらしてから、身体を与えた方がいいとも計算していた。

田中のような、将来を約束された男と結婚したいと考えているOLは、同じ社内に何人もいた。

かおりが、あまりにも、じらし過ぎると、田中が、しびれを切らして、他の女に走ってしまう恐れもある。

だから、二人で君の誕生日を祝おうと、田中に誘われたとき、ここらが考え時と、かおりは、計算した。

会社を終ってから、田中の車で、彼のマンションに行った。

新築マンションで、2LDKの部屋を、三千万円で買ったと、誇らし気にいったが、どうせ、父親に買って貰《もら》ったものだろう。

居間には、バースデイケーキと、シャンペンが用意されていた。

ケーキを切り、シャンペンで乾杯をした。

田中の手が伸びてきて、かおりを抱き寄せた。

唇が触れる。背中に回った田中の指先が、ジッパーを引き下げる。興奮しているのか、その指先が、かすかにふるえている。

服が脱がされた。

彼女の自慢の豊かな乳房が、ブラジャーから、はみ出しそうになっている。夏の名残りのように陽焼けした肌に、真っ白な乳房が挑発的だ。

田中は、片手で乳房をなぜながら、もう片方の指先で、パンティをずり下げた。指先が、彼女の秘密の場所に触れる。

「もう濡《ぬ》れてるじゃないか」

と、田中は、嬉《うれ》しそうにいった。

彼女は、クスッと笑って、身をよじった。

6

いつの間にか、十時を過ぎていた。

田中が、彼の車で、上北沢《かみきたざわ》のアパートまで送ってくれた。

「送ってくれなくてもいいのに」

と、かおりがいうと、田中は、変に力んだ調子で、

「君みたいな美人を、夜おそく、ひとりで帰すのは心配だからね」

と、スポーツ・カーを運転しながらいった。

「でも、心配はないわ。駅からは、明るいところを選んで歩いて行くから」

「しかし、今日は、金曜日だよ。連続殺人事件の起きている金曜日だ」

「夕刊には、金曜日の男は、捕まって、起訴されたって、出ていたわ。新宿の美容院のヘア・デザイナーだったんですって」

「わからないぜ」

と、田中は、皮肉ないい方をした。

「わからないって、何が？」

「一か月も犯人が捕まらなかったんだ。マスコミは、警察を手きびしく批判していた。だから、警察が、非難をさけるために、犯人をでっちあげたのかも知れないんだ」

「でも、犯人の写真が出ていたわよ」

「今は、合成写真が出来るんだよ。警察なら、お手のものさ」

「あなたって、ずいぶん、疑《うたぐ》り深いのね」

と、かおりが、いうと、田中は、

「それは、君が心配だからだよ」

かおりのアパートは、甲州街道《こうしゆう》から、細い路《みち》を百メートルほど、入ったところにある。

田中は、甲州街道に車を停め、アパートまで、送ってくれた。

すでに、十一時に近かった。

かおりの身体には、まだ、田中の部屋のベッドで、彼に抱かれた時の火照《ほて》りが残っている。

「羽衣荘《はごろも》」という名前のアパートである。

新築で、1DKだが、トイレ、バスつきなので、かおりは、満足していた。

「ちょっと、君の部屋を見せてくれないか。若い女性の部屋って、興味があるんだ」

と、田中がいった。

「いいわ」

かおりが肯《うなず》き、二人は抱き合うようにして、アパートに入った。

階段のところで、管理人に会った。

管理人は、ニヤッと笑って、かおりを見、田中を見た。ちょっと、のぞき趣味のある中年男である。

「嫌な男だな」

と、田中が、舌打ちした。

「気にしない。気にしない」

と、かおりは、笑って、二階の自分の部屋を開けた。女らしく、きれいに飾られた部屋だった。

田中は、ご満悦で、バスルームまでのぞき込み、

「若い女の部屋というのは、夢があっていいねえ」

と、感心していた。

(この人、意外に単純なのかも知れないわ)

と、おかしくなった。

コーヒーをいれてやってから、かおりは、田中を送り出した。

彼の足音が、階段をおりて行ったのを確めてから、かおりは、ドアを閉め、風呂《ふろ》の火をつけ、ネグリジェに着がえた。

明日土曜は、会社は休みである。

きっと、田中が、誘いの電話をかけてくるだろう。その時、すぐ、応じた方がいいだろうか、それとも、少し、じらした方がいいだろうか。

そんなことを、楽しく考えていたとき、ベルが鳴った。

「何か忘れ物？」

と、いいながら、かおりは、鍵《かぎ》を外して、ドアを開けた。

てっきり、田中が戻ってきたと思ったのだ。

次の瞬間、入口に突っ立っていた人影から、二本の手が伸びてきた。

悲鳴をあげた。

いや、あげたつもりだったといった方がいいかも知れない。

二本の手が、かおりのくびを絞めあげ、悲鳴は、消えてしまった。

彼女の身体は、ずるずると、引きずられ、押し倒された。

7

十二時十五分前。

十津川は、暴行殺人事件の連絡を受けた。

彼の顔がゆがんだ。恐れていたことが起きたと思ったからである。

「カメさん。事件だ」

と、十津川は、亀井刑事に声をかけた。

亀井は、十津川の顔色を見て、だいたいの想像がついたらしく、立ち上って、十津川と歩き出しながら、

「金曜日の男が、また現われたんですか？」

と、小声できいた。

「金曜日の男かどうかは、わからないが、世田谷区で、暴行殺人だ。前と同じように、全裸にされた上、暴行され、くびを絞めて殺されたよ」

「同じ形ですね」

「現場を見ないと、断定は出来ないがね」

違ってくれという願いが、十津川には、あった。

連続暴行殺人事件は解決し、通称「金曜日の男」は、逮捕、起訴したと発表した。

そのことは、夕刊にも、大きくのったし、テレビでも放送された。

もし、解決した筈《はず》の事件が未解決となったら、警察の威信は、地に落ちてしまう。

十津川は、佐伯裕一郎の犯人説に疑問を持っていたとはいえ、警察の人間である。警察の人間である以上、警察の不名誉になるようなことは、起きて欲しくはなかった。

深夜の街を、パトカーを飛ばした。鑑識の車が、それに続く。

十津川たちが、現場に到着したときは、すでに、午前零時を過ぎていた。

先に来ていた機動捜査班の鈴木《すずき》刑事が、「どうぞ」と、部屋に入れてくれた。

アパートの六畳の部屋である。

畳の上に、若い女が、全裸で、仰向《あおむ》けに倒れていた。

細いのどが、赤黒く充血している。死顔がゆがんでいるのは、くびを絞められた時の苦痛が、そのまま、凍りついてしまったのだろう。

しかし、十津川の眼に、最初に焼きついたのは、別なことだった。

殺されている女の陽焼けした肌と、対照的に、白く浮き出て見える水着の跡だった。

「このアパートの住人で、名前は、松木かおり。今日、いや、もう昨日になってしまいましたが、金曜日に、二十四歳の誕生日を迎えたそうです。N物産のOLです」

「発見者は？」

「このアパートの管理人です。呼んで来ましょう」

鈴木刑事は、階下から、小柄な中年の男を連れて来た。

眼の小さな、何となく油断のならない感じの男だった。

「管理人の江上《えがみ》さんです」

と、鈴木がいった。

「死体を発見した時の状況を話してくれませんか」

と、十津川が、頼んだ。

「十二時ちょっと前ですかね。いつものように、火の用心で、二階にあがってみたんです」

「いつも、そうするんですか？」

「うちは、夜の遅い人が多いんですよ。水商売の女性なんかでね。それで、夜中に、火を焚《た》いたりするんで、時々、見廻《みまわ》っているんです。そしたら、松木さんの部屋のドアが、小さく、開いていましてね。不用心だなと思って、のぞいて見たら、松木さんが死んでいたんですよ。それで、びっくりして、一一〇番したわけです」

「最後に、彼女を見たのは、いつですか？」

「今夜の十一時頃ですよ」

「十一時？」

「ええ。若い男の人に送られて帰って来たんです。階段のところで会ったんで、あいさつしましたよ」

「どんな男でした？」

「そうですねえ。きちんと背広を着て、年齢《とし》は二十五、六歳ってところかな。きっと、松木さんと同じ会社に勤めているんですよ」

「なぜ、そう思うんです？」

「バッジですよ。バッジ。松木さんに、N物産のバッジを見せて貰《もら》ったことがあるんです。その青年は、背広の襟に、同じバッジをつけていましたからね」

「よく見ているんですね」

と、十津川がいうと、江上は、得意気に、ニヤッと笑って、

「私はね、人間を観察するのが好きなんですよ。一度見た顔は忘れないし、細かいことも覚えていますよ」

「じゃあ、その男も、もう一度見たらわかりますね？」

「もちろん」

と、江上は、大きく肯いた。

8

夜明けが近づくにつれて、この事件の衝撃は、強いものになっていった。

まず、捜査本部を、どこに置くかで、警察の中で、ひともめあった。

十津川は、警視庁の中に置くべきだと主張した。

どう見ても、松木かおりの死は、連続暴行殺人の被害者の一人としか思えなかったからである。

今まで、警視庁内に、捜査本部が置かれていたから、連続暴行殺人に関する資料は、ここにある。それを生かすには、警視庁内に捜査本部を設置するのが最善なのだ。

しかし、刑事部長の三上が、反対した。

「連続暴行殺人事件は、解決したんだ」

と、三上は、硬い表情で、まずいってから、

「もし、今、ここに捜査本部を設けたら、今度の殺人事件を、連続暴行殺人事件の一つとして、捜査していると思われる。そんなことになったら、金曜日の男が、まだ、どこかにいると認めるようなものじゃないかね？　今度の事件は、どこかの馬鹿者が、金曜日の男を真似てやったことだ。それなら、普通の事件のように、所轄署に捜査本部を置くべきだよ。そうしたまえ」

「しかし、部長。今日の事件は、明らかに、過去の事件と同じです」

「全裸で、暴行され、くびを絞められて殺されていることだろう？　そんなことは、いくらでも新聞に出ていたから、それを真似たのさ」

「もう一つ、今度の被害者の肌は、今までの三件と同じく、見事に陽焼けしていました。そのことも気になるんです。ひょっとして、佐伯は、金曜日の男ではなかったのではないか。だから、彼が殺しかけた吉川知子だけが、白い陽焼けのない肌をしていたのではないのかと」

「十津川君」

と、三上は、厳しい眼で、十津川を睨《にら》んで、

「君は、われわれが、佐伯裕一郎のことで、ミスを犯したというのかね？」

「そうはいっておりません。ただ、事実は、事実として受け止めるべきだと思っているだけです」

「私だって、今度の事件が、連続暴行殺人事件に似ていることは感じている。われわれ以上に、マスコミは、そこを重視する筈だ。そんな時に、捜査本部を警視庁内に置いたら、どう思われるかね？　その点も、考えるべきだよ。捜査本部は、世田谷署だ」

三上の一言で、捜査本部は、所轄署である世田谷署に置かれることになった。

それでも、午前十時の記者会見では、記者たちの質問は、事件の類似性に集った。

答弁には、三上刑事部長が当った。

「類似性があることは、われわれも認めています」

と、三上は、記者たちに向って、いった。

「金曜日の男のような事件があると、えてして、それを真似る犯人が出るものです。特に、性的犯罪に、それが多いことは、記者の皆さんも、ご存知の筈です。最近、アメリカで起きた暴行殺人事件でも、犯人は、自らを、ザ・リッパーと名乗っていました。百年以上も前の、のど切り魔の真似をしていたわけです」

「すると、今度の犯人は、金曜日の男とは、別人というわけですね？」

と、記者の一人が、きいた。

「もちろん、別人です」

「別人だという証拠はありますか？」

と、相手は、突っ込んできた。

「金曜日の男は、すでに逮捕され、起訴されています。これが、別人の何よりの証拠じゃありませんかね」

「しかし、あまりにも、類似点が多過ぎるんじゃないですか？　犯人は、相手を待ち伏せていて、金曜日の夜、暴行の上、絞殺しているんでしょう。全裸にされた肌は、陽焼けしていて、ビキニの水着の跡が、鮮明だったというじゃありませんか。これは、全く同じですよ。これで、犯人の血液型がBだったら、同一人と考えても、文句はいえないんじゃないですか？」

「血液型は、まだ、わかっていません」

「犯人は、暴行しているんでしょう？　それなら、犯人の精液から、血液型は、すぐわかるんじゃないですか？」

「今、調べているところです。被害者の解剖も、今、大学病院でやっているところです」

「それじゃ、犯人の血液型がわかった時点で、もう一度、記者会見をやって貰いますよ」

と、記者たちは、要求した。

十津川と亀井は、アパートの管理人の証言を頼りに、昨夜、被害者松木かおりを、送って来た男を見つけ出すことに、全力をあげることにした。

N物産は、あいにく、休みだったが、松木かおりの上司である人事課長を、自宅に訪ねて行った。

人事課長は、被害者がつき合っていた男の名前を知らなかったが、彼から、同僚の名前と住所を聞き、その女性から、やっと、松木かおりの相手の名前を、聞き出すことが出来た。

田中誠。二十六歳である。

十津川と、亀井は、田中を、自宅マンションに訪ねた。

事件は、朝刊にはのらなかった。そのため、田中は、十津川に、松木かおりが死んだことを告げられると、顔色を変えた。

「あなたは、昨夜、松木かおりさんを、彼女の上北沢のアパートまで、送って行きませんでしたか？」

と、十津川は、きいた。

「ええ。送って行きましたが、僕は、犯人じゃありませんよ。僕たちは、愛し合っていたんです。殺す必要なんか、全くなかったんです」

「念のためにききますが、あなたの血液型は、何ですか？」

「O型ですが、それがどうかしましたか？」

むっとした顔で、田中が、きき返した。

9

被害者松木かおりの解剖が終ったのは、昼過ぎである。

死因は窒息死。これは予想どおりだったが、もう一つ、被害者の膣《ちつ》内から、男性の精液が検出された。

警察が、最大の関心を持ったのは、この精液だった。これから、男性の血液型が判明する。

(もし、B型だったら?)

という危惧《きぐ》を、十津川をはじめ、捜査一課長、刑事部長たちが持っていた。

犯人の血液型がB型となると、これまでの暴行殺人事件と、全く同じパターンになってしまうからである。ひょっとして、すでに起訴した佐伯裕一郎は、真犯人ではないのではないかという疑惑が生れてくる。

マスコミは、こぞって、その疑惑をぶつけてくるだろう。警察の失態というのは、マスコミの好きな記事だからだ。

しかし、男の血液型は、Oという報告が入った。

警察は、その報告に、ほっと、胸を撫《な》でおろしたといっていい。

「よかったですね」

と、亀井は、正直な気持を、十津川にいった。

十津川は、複雑な表情で、

「一課長も、ほっとしたといっていたよ。これで、佐伯裕一郎が、金曜日の男だと決ったというんだ。今度の犯人は、金曜日の男の犯行を真似ただけだと見ているね」

「警部は、どうお考えですか？」

「血液型がO型だというから、今までの連続暴行殺人とは、別の犯人と考えざるを得ないだろうね。その点、佐伯裕一郎が、誤認逮捕じゃないとわかって、嬉《うれ》しいんだが——」

「まだ、何か気になることが、おありですか？」

「君はどうだい？」

十津川は、亀井に向って、きき返した。

「そうですねえ」

と、亀井は、しばらく考えてから、

「こういう事件には、えてして、それを真似る馬鹿な人間が出てくるものです。十月三日金曜日の事件も、それかも知れません。どこの誰かわかりませんが、O型の血液の男が、金曜日の男の新聞記事を読んで、それを真似て、金曜日の夜、若い女を襲ったんだと思います。ただ——」

「ただ、何だね？」

「若い女を襲って、くびを絞め、全裸にして暴行したあと殺すというのは、金曜日の男の真似だと思いますし、誰でも、真似られると思うのです。ただ、気になるのは――」

「殺された女の肌が、見事に陽焼けしていたことじゃないのかね？」

十津川がきくと、亀井は、ニッコリ笑って、

「そうなんです。危うく一命を取り止めた吉川知子をのぞいて、今までの三人の犠牲者は全て、見事に陽焼けしていて、その肌に、ビキニの水着の跡が、くっきりついていました。犯人は、ひょっとすると、それに欲情したのではないかと思ったくらいです。今度の松木かおりも、見事に陽焼けして、水着の跡がくっきりとついています。そこまで、金曜日の男を真似られるかどうかということに、引っかかるんですが」

「同感だね。私も気になってるんだ。だが、今度の事件は、われわれは、捜査できないよ」

「上の命令ですか？」

「ああ、私や、カメさんが担当すると、マスコミに、無用の疑惑を招きかねないからというんだ。その配慮もわからないじゃないがね」

「起訴された佐伯裕一郎は、いぜんとして、三つの暴行殺人を否認しているんですか？」

「そうらしい。だから、今度の事件は、しばらく、見守っているより仕方がないね」

10

一千万都市の東京では、絶えず、凶悪な事件が発生している。

従って、呑気《のんき》に、事件を見物というわけにはいかなかったし、もちろん、十津川だって、そんな時間があるとは思っていなかった。

十月五日、日曜日の銀座で、真昼に起きた殺人事件を、十津川と亀井は、担当することになった。

Mデパートの一階にあるネクタイ売場の女店員が、若い男の客に、いきなりナイフで刺されたのである。

衆人環視の中の事件だった。女店員は、すぐ、救急車で、近くの病院に運ばれたが、出血多量で死んでしまった。

ネクタイケースの上には、血がべったりと、こびりついて、凄惨《せいさん》な光景だった。日曜日で、デパートは混んでいたし、他の店員もいたので、犯人は、多数の人間に顔を見られていた。

年齢は二十五、六歳。身重一七〇センチくらいで、顔は、タレントのKに似ていた。また、被害者に向って、「おれを裏切りやがって！」と、怒鳴ってから刺したと証言している。

こうした事実から、犯人を割り出していくのは、比較的楽だった。

被害者と親しくしていた二十五歳の男が、浮びあがってきた。スナック勤めの男で、被害者と一時、同棲《どうせい》していたが、女の方が、サラリーマンと結婚することになって別れたが、未練がましく、つきまとっていたという。

十津川は、この男を手配した。

十津川は、そうしている間も、何となく、アパート「羽衣荘」で起きた暴行殺人事件のことが気になっていた。

所轄署では、殺された松木かおりと親しくしていた、同じN物産に勤める田中誠に、重要参考人として、出頭を求めた。

田中は、十月三日の金曜日の夜、松木かおりを、アパートまで車で送ったことは認めたが、殺した覚えはないと主張した。

「考えてもみて下さいよ」

と、田中は、いった。

「僕と彼女は愛し合っていたんです。結婚することになっていたんですよ。それなのに、なぜ、僕が、彼女を殺さなきゃならないんですか？」

「君の血液型は？」

と、小川《おがわ》刑事がきいた。

「O型ですが、それがどうかしたんですか？」

「松木かおりを殺した男も、O型の血液型と考えられるんでね」

「だから、僕を犯人だというんですか？　よして下さい。Ｏ型の男なんか、いくらでもいるでしょう？」

「問題は、彼女と親しくしていた君の血液型が、Ｏ型だということだよ。十月三日のことを、くわしく聞きたいね。アパートの管理人が、夜おそく、君と、彼女が帰って来たのを見ている。彼女は、そのあと殺されているんだよ」

「僕は、殺していませんよ。アパートに送ったあと、五、六分で帰りました。嘘じゃない」

「しかし、管理人は、君が帰ったのを見ていないんだよ。五、六分で帰ったことを証明できるかね」

「車で、まっすぐ、自分のマンションに帰りましたよ」

「それを証明してくれる者がいるかね？」

「僕は、ひとりでマンションに住んでるんです。彼女と結婚したら、一緒に住むつもりでいたんですよ。だから、証明してくれる人間なんかいませんよ。それが当然でしょう」

田中は、むっとした顔でいった。

小川刑事の方は、あくまで冷静に、

「被害者の身体の中には、君のものと思われる精液が入っていた。Ｏ型の男の精液だよ。君は、死ぬ直前の彼女と関係したのかね？」

「それはですね」

と、田中は一瞬、口ごもってから、

「正直にいうと、あの日、彼女を、僕のマンションに連れて行ったんです。お互に、ももやもやした気分になって、関係しましたよ。無理矢理じゃありません。お互に愛し合っていたから抱いたんですよ。別に、悪いことじゃないでしょう？　ええ。彼女と関係したのは、あの日が、最初です。そのあと、彼女のアパートまで送って行ったんです」

「それは、違うんじゃないのかね？」

「どう違うというんですか？」

「君は、送って行ったアパートで、急に、妙な気を起こして、彼女に襲いかかったんじゃないのかね？　それを、拒絶されたので、かッとなって、くびを絞め、失神させておいてから犯した。そのあと、もし、このことを公けにされたら、エリート社員としての地位が危くなるので殺してしまった。これが、本当なんじゃないのかね？」

「冗談じゃありませんよ。刑事さん。何回もいいますが、僕と彼女は、お互に愛し合っていたんです。それは証明できますよ」

「どうやってだね？」

「彼女からラブレターを貰《もら》っています。それを読んで貰えれば、僕たちが愛し合っていたこともわかるし、僕が、暴力に訴えなくても、彼女が、僕を受け入れてくれたことも、わかって下さると思うんですよ」

「同じ職場にいて、手紙をやり取りするのかね？」

「そりゃあ、愛し合えば、毎日顔を合せていたって、手紙を出しますよ。とにかく、僕の部屋の机の引出しを調べて下さい。彼女の手紙が、五通は入っていますから。もちろん、僕も、同じ数の手紙を彼女に出していますよ。僕が、持って来てもいいんですがね」

「いや、われわれが、持ってくるよ」

と、小川刑事は、いった。

11

銀座のデパートで起きた殺人事件は、その翌日、犯人が逮捕されて解決した。

十津川は、事件が終ると、どうしても、暴行殺人事件の行方が気になって、小川刑事に電話を入れてみた。

小川は、事件の経過を説明したあと、

「田中は、今、勾留《こうりゅう》中です」

「なぜだい？　田中のマンションで、被害者松木かおりのラブレターは見つからなかったのかね？」

「見つかりました。五通です。その中の二通は、ラブレターと呼んでもいいと思います。また、彼女の部屋からも、田中のラブレターが見つかりました。田中の手紙の方が、熱烈な内容でしたが」

「それなら、田中が、暴行して、殺す必要はなかったわけだろう？　彼女は、結婚式をあげるまでは、相手に、指も触れさせぬほど、堅い女だったのかね？」

「いや、そうは思えません」

「それなら、なぜ、田中の勾留を続けているのかね？」

「田中のマンションから、被害者のラブレターの他に、何人もの女から来た手紙も見つかったんです。ラブレターもあれば、もっと露骨な手紙もありました。女のヌード写真もです。その写真の裏には、女のキスマークがついていました」

「よくもてる男なんだな」

「若いし、なかなかの美男子です。それに、何よりも、田中は、エリート社員です。それも、ただのエリート社員じゃなく、N物産を牛耳っている一族の一員ですからね。女たちがアタックするのも、無理はないと思うんです」

「なるほどね」

「それで、被害者松木かおりが、田中のそんなところに愛想をつかしたのではないかと思うのです。十月三日の夜、彼女は、田中を、激しく、罵倒《ばとう》したのかも知れません。エリート社員で、女は、誰でも、自分のいいなりになると思っていた田中は、かッとして、彼女のくびを絞め、気絶させてから犯したのではないかと考えます。そのあと、彼女の口をふさぐつもりで殺したのだと」

「筋は通るがね」

「田中には、アリバイもありません。被害者のアパートに、一緒に来た時は、管理人に見られてますが、帰るところは、確認されていないんです。田中自身は、五、六分で帰ったといっていますが、これも、あてにはなりません」

「彼女の部屋の中にあった指紋は？」

「もっともはっきりしているのは、田中と、被害者の指紋です」

「田中は、被害者と結婚するつもりだったのかね？」

「そのつもりだったといっています。だから、殺す筈《はず》がないと。しかし、田中は、評判のプレイボーイですからね。本当に、そのつもりだったかどうかわかりません。適当に遊ぶつもりだったのに、相手に、ぴしゃりとやられて、自尊心が傷つけられ、かッとしたのではないかと思うのです」

「田中は、かッとすると、何をするかわからない性格なのかね？」

「甘やかされて育ち、N物産では、出世を約束されている男ですからね。二年前に、新宿のクラブの女性を殴って、負傷させたことがあります。酔ったあげくですが、自分のいうなりにならなかったというので、殴ったらしいのです。この時は、彼の父親が、五百万円も女に払って、示談にしてしまっています」

「しかしねえ。小川君。田中という男は、女に不自由はしていなかったんだろう？　それなら、一人の女に拒否されたぐらいで、相手を殺すだろうか？」

「そういう考え方もありますが、逆に、それだからこそ、さっきもいいましたように、突然、自分のいいなりにならない女性に出会うと、かッとなったと考えることも出来ます。二年前のクラブの女性への暴行が、そのいい例だと思うのです。それに、今のところ、田中以外に、容疑者がいないのです。金曜日の男は、捕って、すでに起訴されていますし」

12

十津川は、受話器を置くと、じっと、考え込んでしまった。

「どうされました？」

と、亀井刑事が、心配そうに、十津川の顔を見た。

「カメさん。コーヒーでも飲みに行かないか？」

「いいですね」

と、亀井が肯《うなず》き、二人は、警視庁内の喫茶室に足を運んだ。

コーヒーを頼んでから、十津川は、小川刑事との話を、亀井に知らせた。

「小川君は、最後に、金曜日の男は、すでに捕って、起訴されているから、田中という男以外に、容疑者はいないというんだ」

「警部は、その田中という男が、シロだとお考えなんですか？」

「いや、そういうことじゃないんだ。実際に事件を担当している小川君の方が、正しい判断を下しているだろうと思う。ただ、万一ということを考えたんだ。万一、松木かおりという女が、金曜日の男に殺されたのだとしたら、ただ単に、田中という男が無実というだけじゃない。佐伯裕一郎も、金曜日の男ではなかったということになる。つまり、二人の無実の男を逮捕したことになってしまうんだ」

「警部のご心配は、よくわかりますが、松木かおりを殺したのは、血液型が０の男なんです。金曜日の男じゃありません」

「それが、救いなんだがねえ」

十津川は、語尾を濁して、運ばれて来たコーヒーに、ミルクを入れた。

「警部は、少し、お考え過ぎのような気がしますが――」

「わかっているよ。だが、どうしても、気になってねえ。佐伯は、変り者で、小悪党だが、金曜日の男のような残忍なことが出来るかどうか、今でも、疑問に思えてくるんだ」

「それは、わかりますが」

と、亀井はいい、砂糖をたっぷり入れて、コーヒーを口に運んだ。

その時、若い宮崎《みやざき》刑事が、あたふたと、喫茶室に入って来て、きょろきょろと、見廻《みまわ》していたが、

「警部」

と、十津川のテーブルに駈《か》け寄って来た。

「新しい事件か？」

と、亀井が、きいた。

「そうじゃありませんが、松木かおりという女性が、暴行の上、殺された事件のことです」

「何か、新しい進展があったのかね？」

と、今度は、十津川がきいた。

「今、遺体を解剖した医師から連絡があって、膣《ちつ》内の精液ですが、O型以外に、B型のものも検出されたそうなんです」

「何だって！」

思わず、十津川は、大きな声を出した。近くにいたウエイトレスが、びっくりして、こっちを見た。

「今、いった通りです。最初に、O型のものが検出されたので、犯人はO型の男と考えたが、もう一度、調べたところ、B型の精液も見つかったというのです。つまり、被害者は、二人の男と関係したあと殺されたということです。捜査本部も、この報告を受けて、当惑しているそうです」

「B型の血液型の男か」

「妙なことになりましたね」

と、亀井が、眉《まゆ》を寄せた。

十津川は、煙草をくわえたが、火をつけずに、じっと考え込んでしまった。

「小川君の話だと、田中という男は、被害者をアパートに送る前に、自分のマンションで関係したことを認めているんだ。彼女のアパートに送ったあとは、すぐ帰ったともいっている。ひょっとすると、彼は、事実をいっているのかも知れない」

と、十津川は、考えながらいった。

亀井も、すぐ、十津川のいいたいことを理解して、

「田中が帰ったあと、血液型Bの男が、現われて、暴行のあげく、女を殺してしまったということも考えられるというわけですね」

「その通りだ。田中が犯人ではないとすれば、女を全裸にしたのは、彼ではない。B型の血液型の男だ。その男は、彼女を全裸にして、暴行し、くびを絞めて殺したことになる。金曜日の男と、全く同じなんだ。特に、陽焼けした女を狙っているところがね」

「どうしますか？」

「今は、小川君たちが、捜査に当っているから、私たちが、口をはさむところじゃないが、マスコミは、また、これを機会に、誤認逮捕ではなかったのかと、いい出すだろうね」

「そういえば、早くも、記者クラブから、記者会見を求めて来ているようです」

と、宮崎刑事が、いった。

犯人の顔

1

記者会見での三上刑事部長は、あくまでも強気だった。

記者たちの質問は、当然のことながら、今度の事件と、「金曜日の男」との関係に集中した。

「あまりにも、二つの事件が、似過ぎているとは思いませんか？」

と、記者がきいた。

これに対して、三上は、

「田中が、金曜日の男を真似たとすれば、似ていて当然でしょう。似ていなければ、かえっておかしいんだ」

と、いった。

もちろん、記者たちは、これで納得はしない。

「しかし、B型の血液型の精液が出たんでしょう？　それを、どう考えるんですか？　犯人として逮捕した田中の血液型は、B型じゃなかった筈《はず》ですよ」

「アメリカ人は、B型の血液型が少いが、日本人の場合は、よくある血液型だと聞いたことがあります。捜査一課にも、B型が七人もいる。つまり、こう考えたらいいと思う。被害者松木かおりは、事件当日、B型の血液型の男と関係した。そのあと、田中が、彼女に暴行し、殺害したのだと。こう考えれば、納得できるんじゃないかね」

「それを、証明できるんですか？」

「できると思っていますよ。被害者は、二十四歳だった。それに、美人で、なかなかの発展家だったとも聞いている。従って、男は、何人かいたと思っている。その中に、B型の血液型の男がいてもおかしくはないよ」

「しかし、部長。こういうことだって、考えられるんじゃありませんか。田中誠は、被害者をアパートまで送って行った。彼のマンションで、セックスしたあとですよ。これは、合意の上で。そのあと、B型の血液の男が、彼女の部屋に入り込んで、暴行したあげく、殺してしまったと。むしろ、このストーリーの方が、自然じゃありませんか？」

「私は、自然とは思わないね」

「そのB型の血液型の男が、あの金曜日の男だとしたら、自然じゃありませんか？」

「金曜日の男は、すでに、起訴されているんだよ。彼は、もう、東京拘置所にいる。今、世の中にいるのは、金曜日の男を真似た犯罪者、つまり、田中誠だ。そして、田中は、逮捕された。これが、事実だよ」

「すると、警察は、あくまで、すでに起訴されている佐伯裕一郎が、金曜日の男と考えているわけですね？」

「他に、誰がいるというのかね？　君たちだって、佐伯が、金曜日の男だということは、よくわかっている筈だよ。もう一つ、つけ加えさせて貰《もら》えばだね。金曜日の男のような大きな事件が起きると、嫌な連鎖反応が起きるものなんだ。以前にも、同じようなことがあった。例の火曜日の放火魔の事件だ。毎週、火曜日になると、東京都内で、放火事件が起きた。なかなか捕らず、夜の東京が恐怖に包まれて、君たちに、われわれ警察は、尻《しり》を叩《たた》かれたものだった。今度の事件のようにね」

三上は、いったん言葉を切って、ニヤッと笑った。

火曜日の放火魔は、二年前に起きた事件である。

特に、新宿区に多発し、人々をノイローゼ状態にした。十件近い放火のあと、犯人は逮捕されたのだが、理髪店の男だった。理髪店は、月曜日が休みなので、月曜日に、深夜スナックなどで、夜明け近くまで飲み、火曜日の早朝、自宅へ帰る途中で、火をつけていたのである。

「あの事件の時も」と、三上は、いった。

「火曜日の放火魔を真似た放火事件が、頻発した。今度も、同じだと、私は、思っていた。案の定、田中誠という男が、真似をして、女を暴行の上、殺害した」

「では、これからも、同じような事件が起きると、お考えですか？」

「君たちが、佐伯裕一郎は金曜日の男ではないかも知れないなどと、新聞に書いたら、余計、類似の事件が起きると思うよ。同じ手口で殺せば、全て、金曜日の男のせいにできるからね」

2

三上の自信に圧倒されたのか、新聞は、警察の捜査に疑問を投げかけるような記事はのせなかった。

しかし、三上は、一つの約束をしてしまったことになった。

被害者松木かおりの膣内から、B型の男の精液が検出された。三上は、彼女と関係のあった男が、合意の上で、彼女とセックスしたのだと、記者たちに明言した。

それを、証明しなければならなくなったのである。

刑事たちは、改めて、被害者松木かおりの周辺を洗った。

三上が想像した通り、かおりは、現代娘らしく、田中以外にも、何人かの男がいた。

刑事たちは、その中から、B型の血液型の男を選び出した。

二人の名前がメモされた。

本田《ほんだ》弘太郎《こうたろう》　二十六歳。
辻《つじ》　清一《せいいち》　二十五歳。

どちらも、被害者と同じ会社の人間だった。

この二人の中の一人が、事件の日、十月三日の夜、松木かおりとセックスしていればいいのだ。

刑事は、まず、本田弘太郎に会った。

N物産の人事課に勤める本田は、大学時代のクラスメイトである女性と、近く、結婚することになっていた。

「だから、松木君とのことを、あれこれいわれると困るんです」

と、本田は、刑事に向って、当惑した顔を見せた。

「しかし、彼女と、過去に関係があったことは事実でしょう？」

「そりゃあ、そうですが、もう切れていますよ。彼女、この頃は、出世コースにいる田中に乗りかえましたからね」

「十月三日に、彼女と会いませんでしたか？」

「三日というと、金曜日ですね。あの日なら、僕は、今の恋人と待ち合せて、映画を見に行きましたよ」

と、本田は、いった。

次は、同じN物産の輸入第一課にいる辻清一である。

辻も、最初は否定した。

「三日の金曜日に、松木君に会ってはいませんよ」

「しかし、君が、彼女と会っているのを目撃した人間がいるんですがね」

刑事が、カマをかけると、辻は、しばらく考えていたが、

「本当のことをいいましょう」

と、急に、口調を変えた。質問に当った刑事は、やっぱりと思いながら、

「十月三日に、彼女に会ったんですね？」

「そうです。会社が終ってから、松木君と、待ち合せました」

「それから、あなたの家へ連れて行ったんじゃありませんか？」

「そうなんです。僕のマンションに連れて行きました」

「そこで、彼女と関係したんですね？」

「ええ。そうです」

「時刻は、何時でしたか？」

「さあ、それは、何時頃でしたか――」

「夕方から九時頃までの間じゃなかったですか？」

「思い出しました。九時近くまでです。夜の九時まで、僕のマンションに、一緒にいました」

「あなたのマンションは、どこにありましたかね？」

「中央線《ちゆうおう》の三鷹《みたか》駅の近くです」

「今いったことは、間違いありませんね？」

と、刑事は念を押した。

辻は、微笑した。

「間違いありません」

3

三上刑事部長をはじめとして、警察全体が、辻清一の証言を得て、喜んだ。

十月三日夜の事件を、次のように説明できるからである。

N物産の辻清一が、仕事が終ったあと、被害者松木かおりを誘った。辻は、自分のマンションに、彼女を連れて行き、関係した。その時、彼女の膣《ちつ》内に、辻の精液が入った。九時頃になり、彼女が帰った。が、彼女は、自分のアパートへ帰る途中で、車を運転している田中に会った。

田中は、車に松木かおりを乗せ、彼女のアパートまで送って行った。着いたのが、十時頃で、それを、アパートの管理人が目撃した。

田中は、二階の彼女の部屋まで送って行ったあと、当然のことのように、彼女を抱こうとした。ところが、案に相違して、拒絶された。プレイボーイで、エリートコースを歩いている田中だけに、かッとして、彼女を暴行の上、殺してしまった。

ところが、殺してしまったあと、自分が、アパートの管理人に見られていたのを思い出した。

このままでは、自分が疑われるに決っている。

（どうしたらいいだろうか？）

そう考えた末、田中は、「金曜日の男」の犯行にしてしまおうと考えた。

金曜日の男は、すでに逮捕され、起訴されたのは知っていたが、それでも、少しは、警察を欺《だま》せると思ったのだろう。

田中は、そう考え、松木かおりを、真っ裸にして逃げた。

三上は、翌日の記者会見の席で、辻清一の話をした。

「これで、田中誠が犯人と、皆さんも、納得してくれたと思う。彼女の身体から、二人の男の精液が検出されたが、B型の方は、辻清一という男のものなんだ」

「辻という青年は、間違いなく、十月三日に被害者とセックスしたと証言したんですね？」

「その通りだ。九時頃まで、自分のマンションで一緒にいたと証言している。マンションは、三鷹にある。まだ信じられないのなら、辻清一に会って、聞いてみたらどうだね？」

三上は、自信満々にいった。

十津川と、亀井も、この事態を、喜びをもって、受け止めた。

「うるさい記者さんたちも、辻という青年に会って、納得したそうですよ」

と、亀井は、十津川にいった。

「これで、万事よかったということなのかね？」

「私は、そう思いますが」

「田中は、どういっているんだ？　松木かおり殺しを自供したのかね」

「いいえ。まだ否認しているそうです。辻清一の話をしても、そんな馬鹿な話はない。十月三日は、会社を終ってすぐ、松木かおりを、自分のマンションに連れて行き、そこで、セックスした。もちろん、合意の上でだといっています。十時頃になって、車で、彼女のアパートまで送って行った。その時、アパートの管理人に目撃された。アパートでは、彼女の部屋に入ったが、それは、コーヒーを飲んだだけで、すぐ帰ったというのです」

「今までの主張を繰り返しているわけだな？」

「そうです」

「辻という青年だがね。彼が、退社後、松木かおりを連れて、自分のマンションに帰るところを、誰かに目撃されているのかね？」

「いや、目撃している者はおりません。田中の場合も同様です」

「辻というのは、どんな青年なんだね？　カメさんは、会ったんだろう」

「N物産の輸入第一課へ行って、会ってみました。中肉中背で、スポーツマンタイプの青年です。大学時代には、サッカーをやっていたといっていました。最近の若者には珍しく、礼儀正しい男でしたよ。田中ほど、N物産の中で、エリートコースを歩いているわけではありませんが、同僚の評判もいい、まあ、好青年です。それだけに、彼の証言が、信用されたということでしょうが」

「ちょっと、おかしいとは思わないかね」

「何がですか？」

「辻清一は、今の若者には珍しく、礼儀正しい好青年なんだろう？」

「その通りです」

「そのくせ、辻は、自分のマンションに、彼女を連れ込みながら、そのあと、放り出して、送って行かなかったという。普通なら、きちんと、彼女の家まで、送って行くんじゃないかね？　しかも、夜おそくなっているんだ。私だって彼の立場なら、心配だから、ちゃんと送って行くがね。放り出したから、彼女が、ひとりで帰る途中、車に乗った田中と出会ったというんだから」

「なるほど。その点は、気がつきませんでした。何か理由があって、辻が、彼女を送って行かなかったんだと思いますが」

「辻という男が、嘘をついているという可能性は、考えられないのかね？」

「嘘をつく理由がないような気がしますね。田中に対して、特別に恨みを持っているとは考えられませんし、十月三日に、松木かおりと関係したことで、別に、トクをするとは思えませんので」

「これで、いよいよ、田中誠の有罪が確定したことになるのかな」

　十津川は、そういいながら、どこか、心の隅に引っかかるものを感じていた。

4

次の金曜日は、十月十日。体育の日だった。

都心の雑誌社に勤める久永紀子《ひさながのりこ》は、この日、恋人の杉山和男《すぎやまかずお》と二人で、奥日光《おくにっこう》の紅葉を楽しんだ。

杉山は、大学の先輩で、中央新聞の記者をしていた。

彼の運転する車で、東京に帰って来たのが、午後九時近くだった。

紀子のマンションのある下高井戸《しもたかいど》まで来て、駅近くのスナックに入った。

紀子は、来週の月曜日から、オーストラリアに六日間行くことになっていた。

紀子が働いている雑誌社では、「スキャンダル」という男性週刊誌を出している。そのグラビア写真を撮るための雑誌社のオーストラリア行だった。

「スキャンダル」では、ヌード写真が売り物の一つなので、毎月一回ぐらい、グアムやハワイ行の仕事がある。英語の上手《うま》い紀子の仕事は、カメラマンやタレント、モデルに同行して、現地との折衝である。

ピザを食べながら、二人で、その話をしていたが、ふと、杉山の方が、

「今日は、金曜日だったね」

と、思い出したようにいった。

当然、二十三歳の紀子は、「金曜日の男」のことを思い出した。

「でも、あの事件は、もう解決したんでしょう？」

と、中央新聞で、社会部の記者をしている杉山にきいた。

「ああ、犯人は起訴されて、来月早々から、公判が始まるんじゃなかったかな。まず、死刑は、間違いないだろうね」

「それなら、別に心配はないわ」

「ただ、こういう事件は、真似する者が出てくるんでね」

「そういえば、この前の金曜日にも、似た事件があったんでしょう？　新聞で見たわ」

「そうなんだ。犯人は、商社員だったけどね」

「でも、私は大丈夫よ。大学時代に、カラテをやっていたから」

気の強い紀子は、そういって、笑った。

大学時代に、カラテをやっていたのは事実だが、段をとるところまでは、いっていなかった。

それでも、杉山としては心配だったのだろう。マンションの入口まで送って来た。二階の部屋まで送りたかったのだが、丁度、管理人が、顔を出したので、杉山は、そこから帰ってしまった。

紀子は、二階にあがり、自分の部屋の前で、ハンドバッグから、キーを取り出した。ドアを開けて、部屋に入ろうとした時である。

突然、背後から、強い力で、どんと、押された。

思わず、部屋の中によろめきながら、倒れ込んだ。小さな悲鳴をあげる。

俯伏《うつぶ》せに、畳の上に倒れたところへ、男が、おおいかぶさってきた。

その男の手が、紀子ののど首に回されて、息がつけなくなった。

「静かにしろ！」

と、男がいった。

「く、苦しい！」

紀子が、もがく。

男は、片手で、彼女のくびを絞めながら、もう片方の手で、スカートをまくりあげた。

陽焼けした、すらりと伸びた両足が、付け根のあたりまで、むき出しになった。

「ビキニ姿で、男と、いちゃいちゃしやがって」

男が、押し殺した声でいった。

紀子は、悲鳴をあげたくても、のどを絞められているので、声にならなかった。

「いつも、花柄のビキニを使ってるのか？　おれは、お前のことを、何でも知ってるんだ。おれは――」

男は、ぶつぶつと、そんなことを呟《つぶや》きながら、紀子の下着を脱がしにかかった。

紀子は、次第に、気が遠くなってくるのを感じた。

（このまま、殺されるのだろうか？）

と、紀子が思ったとき、遠くで、足音がし、それから、急に、ドアがノックされた。

男の手がゆるんだ。

誰かが、また、ドアをノックした。

男は、あわてて、窓の方に逃げ出した。窓を開けて、飛びおりる。

ほとんど同時に、ドアを開けて、杉山が、部屋に飛び込んで来た。

杉山は、車のところまで帰ったものの、何となく気になって、戻って来たのである。

社会部記者として、先週金曜日に殺された松木かおりの遺体を見ていたからかも知れない。

「大丈夫か！」

と、杉山は、怒鳴って紀子を抱き起こした。

紀子は、激しく、咳《せき》込んだ。咳込むたびに、涙が出た。

「大丈夫よ」

と、いったのは、しばらく、咳込んだあとである。

杉山は、すぐ、一一〇番した。

十月十日金曜日、午後十一時五分だった。

5

十津川は、亀井刑事と、下高井戸の現場に急行した。

金曜日夜の事件だということ。しかも、襲われた女性が、危うく助かったことを聞いたからである。

佐伯裕一郎を「金曜日の男」として、警察は逮捕し、検察が起訴した。

しかし、十津川は、ひょっとして、佐伯は金曜日の男ではないのではないかという不安を感じていた。

先週の金曜日に、松木かおりというＯＬが、自宅アパートで殺された事件でも、十津川は、同じ不安を覚えたのである。

だが、それを確認する手段がなかった。というのは、被害者が、殺されてしまっているからだ。

その点、今度は、助かっている。

襲われた女は、犯人の顔を見ているかも知れないし、声を聞いているかも知れない。

上手《うま》くいけば、十津川の不安に、答が出されるかも知れないのだ。

京王線の下高井戸駅近くのマンションに到着すると、十津川と亀井は、すぐ、被害者の久永紀子に会った。

事件の直後だったが、雑誌記者という職業からか、十津川の質問に、はきはき答えてくれた。

「彼が戻って来てくれたんで、危うく助かったんですわ」

紀子は、恋人で、新聞記者の杉山に眼をやった。

杉山は、ニコニコ笑っている。

紀子の方は、のどに、赤い痕《あと》が出来ていた。犯人に絞められた時に、ついたのだろう。

「犯人の顔を見ましたか？」

と、十津川は、きいた。

「それが、いきなり背中を押されて、倒れたところを、のしかかるようにして、くびを絞められたんです。犯人の顔を見る余裕なんかありませんでしたわ」

紀子は、かすれた声でいった。まだ、のどが痛むらしく、小さく咳をした。

十津川は、失望した。犯人の顔を見たのではないかという期待が、まず外れたからである。

「でも、声は、聞きましたわ」

と、紀子がいい、十津川は、眼を光らせた。

「本当ですか？」

「ええ。私のくびを絞めながら、犯人は、いろいろと、喋《しゃべ》ったんです」

「どんなことをですか？」

「それが、どうしてもわからないんですけど、私のことをよく知ってるんです」

「くわしく話して下さい」

「おれは、お前のことを、よく知ってるっていいましたわ」

「それから？」

「お前の陽焼けした肌に、ビキニがよく似合うなっていったんですけど、私の水着の模様を知ってましたわ」

「その水着は、ここにありますか？」

「ええ」

紀子は、洋服ダンスの引出しからビキニの水着を取り出してきて、十津川に見せた。

カラフルで、大胆な模様のビキニだった。

「この模様を、犯人がいったんですか？」

「ええ。そうなんです」

「すると、犯人は、あなたが、プールなんかで、この水着を着ているのを見たに違いありませんね」

十津川が、自分の考えをいうと、紀子は、首を横に振った。

「それは違いますわ」

「なぜです？」

「私は、『スキャンダル』という男性向けの雑誌の編集をやっているんです。知っていらっしゃいますか？　この雑誌のこと」

「名前だけは、聞いたことがありますね。賑《にぎ》やかな雑誌でしょう？」

「ええ。盛り沢山の雑誌ですわ。売り物は、若い女性タレントや歌手の水着や、ヌード写真なんですけど、その撮影に、グアム、サイパンや、フィリッピン、時には、オーストラリアなんかに出かけます。私も、時々、そんな撮影に同行するんです。この間も、フィリッピンのセブ島に、行ったんですけど、その時、この水着をはじめて着たんですわ。プールで着たことなんか、一度もありません」

「どこで買った水着ですか？」

「これ、買ったんじゃないんです。Nレーヨンで、来年用に試作した水着です。それを、貰《もら》ったんですわ」

「すると、この水着を着たのは、フィリッピンのセブ島でだけですか？」

「ええ。だから、あの犯人が、なぜ知っているのだろうかと、薄気味悪くなってしまって」

6

「セブ島に同行したのは、何人ですか？」

と、十津川は、きいた。

「カメラマンの水城《みずき》先生と助手の西本《にしもと》クン。私。それに、水着モデルが二人の五人ですわ」

「セブ島というと、最近は、日本人の観光客も多いんじゃありませんか？」

「ええ。景色がきれいなので、日本人の観光客が多くなりましたわ」

「その観光客が、現地で、あなたの水着姿を見たということは、ありませんか？」

「それは、ないと思いますわ」

「セブ島の西海岸の沖に、潮が引くと、海面に浮び上ってくる砂浜があるんです。私たちは、舟で、そこまで運んで貰って、写真撮影をしたんです。周囲《まわり》に、日本人は、一人もいませんでしたわ」

「その時、あなたは、この水着姿になった？」

「ええ。その時だけですわ」

「すると、犯人は、水城というカメラマンと、西本という助手のどちらかということになりますね」

十津川が、いうと、紀子は、当惑した顔になって、

「それは、違うと思いますけど——」

「違うんですか？」

「ええ」

「しかし、犯人の顔は、見ていないんでしょう？　見ていなくて、カメラマンや、助手ではないとわかりましたか？」

「ええ。声が違いましたもの。水城先生や、西本クンの声じゃありませんでしたわ」

「それは、確かですか？　わざと作った声なら、別人のように聞こえることもありますよ」

「いいえ。作ったって声じゃなかったんです。普通に話す喋り方でしたわ。それでも、

「なぜです？」

初めて聞く声でした」

「しかし、あなたの水着の柄まで知っていたんですね？」

「ええ。それで、助かった今でも、薄気味悪いんです。どこで、水着姿をのぞき見されていたんだろうかって」

「この部屋で、水着姿になったことはありませんか？　Nレーヨンから貰ったんでしょう？　それを、似合うだろうかと、ここで、着て見たのを、犯人が、偶然、のぞき見していたということも考えられるでしょう。それで、妙な気を起こし、いつか、あなたを襲おうと思っていた——」

「それは、違いますわ」

「なぜですか？」

「このビキニは、セブ島へ行ってから、渡されたんです。だから、この部屋で、着てみたことはありませんもの」

「なるほど」

と、肯《うなず》いてから、今度は、恋人の杉山に眼を向けて、

「犯人は、あなたが戻って来たので、あわてて、窓から逃げたということですね？」

「そうだと思います」

「逃げる犯人を見ましたか？」

「それが、残念ながら見ていないんですよ」

と、杉山は、残念そうに、舌打ちをして、

「何となく心配になって、引き返して、ノックしたんですが、返事がないんです。おかしいなと思って、体当りで、ドアを開けたときには、犯人は、もう窓から逃げたところでしたね。窓が開いてました。あわてて、窓の下を見たんですが、犯人の姿は、もう見えませんでした」

「警部」

と、窓のまわりを調べていた亀井刑事が、十津川を呼んだ。

「何だい？」

と、十津川が、近づくと、

「この窓の掛金のところを見て下さい。これは、血痕《けっこん》じゃないですか」

とがった掛金に、赤黒いものが、こびりついている。

間違いなく、血痕だった。

「窓の外を見たとき、この掛金で、指を切りませんでしたか？」

と、十津川は、杉山を振り返った。

「いや、何も」

と、杉山は、両手をこちらに向けて広げて見せた。

7

久永紀子も、手に怪我はしていなかった。とすると、犯人が、逃げようと、あわてて窓を開けた時、とがった掛金で、指先を切ったに違いない。

十津川はこの血痕を、鑑識に調べて貰うことにした。

その結果、血痕の血液型は、B型とわかった。

（あるいは、B型と出るのではないか）

と、考えていただけに、十津川は、やはりという気がしたが、正直にいって、当惑も覚えた。

三上刑事部長は、明らさまに、この結果に、渋面を作った。

「また、B型の血液型かね」

と、三上は、十津川の報告に、舌打ちをした。

「そうです。久永紀子を暴行しようとして、未遂で逃走した犯人は、B型の血液型の男だったわけです」

「しかし、窓の掛金についていた血痕が、果して、犯人のものかどうか、わからんのだろう？　断定できるのかね？　被害者の血かも知れんし、恋人の新聞記者の血かも知れんのだろう？」

「二人の血液型も調べてみました。被害者久永紀子はAB型、恋人の杉山和男はO型です」

「最近、掛金についた血だということも確かなのかね？　古い血痕なら、今度の事件には関係ないんだろう？」

「変色の具合から見て、数時間以内についた血痕だということでした」

「参ったね」

と、三上は腕を組んで、考え込み、

「また、マスコミが騒ぐだろうな。本当に、金曜日の男は捕ったんですか？　金曜日の男は、まだ、平気で歩き廻《まわ》っているんじゃないですかとね。まさか、君までが、金曜日の男が、まだ東京の街をうろつき廻っているというんじゃあるまいね？　どうなんだ？」

「わかりません。わからなくなったといった方がいいでしょう。とにかく、先週の金曜日十月三日に殺された女が、死の直前、B型の血液型の男とセックスしたことは事実ですし、今度の暴行未遂事件の犯人が、B型の血液型の男であることも、間違いありません。こう続けて、B型の男が殺人現場に現われると、ひょっとすると、金曜日の男は、まだ、夜の東京の街をうろつき廻っているのではあるまいかと、考えたくなるんです」

十津川は、正直にいった。

三上は、ますます、不機嫌な顔になった。

「君までが、そんなことをいっては困るね。金曜日の男は、起訴されて、間もなく、公判が始まるんだ。その時期に、金曜日の男は、まだ、東京の街を歩き廻っているかも知れませんなどと、第一線の刑事が発言したら、どうなるんだね？　警察の威信に傷がつくだけじゃない。市民の警察に対する信頼も地に落ちてしまうんだよ。それが、わかっているのかね」

「しかし、部長。B型の血液型の男が、二つの事件に関係していることだけは、事実なんです。この事実に、眼をつぶることは出来ません」

「どうするつもりだね？」

「二つの事件を、私に捜査させて下さい。私は、警察の人間として、事実を解明したいのです」

「しかし、十津川君。間違っても、金曜日の男が、他にいるようなことを口走っては困るよ」

「わかりました。その点は、気をつけて捜査します」

と、十津川は、約束した。

8

「三上部長は、おかんむりだったでしょう？」

亀井が、十津川に向って、心配そうにきいた。

十津川には、頑固なところがあって、時に、上層部と衝突することがあったからである。

今度の事件についても、一応は、佐伯裕一郎が金曜日の男という警察の方針に従ってはいるが、疑念はかくそうとしなかった。

それが、ちょっとした言動に出てしまう。三上刑事部長が、そんな十津川の動きを、快く思っていないことは、亀井も気付いていた。

警察も、一つの機構である以上、秩序を乱すことは許されない。大きな事件になればなるほど、捜査本部内に意見の対立が生れやすい。

帝銀《ていぎん》事件の時にも、警察内の意見は二つに分かれた。日本の細菌部隊の線を追っていた刑事の中には、あくまでも、平沢貞通《ひらさわさだみち》はシロと考え、それがしこりとなって、警察を辞めた者もある。

今度の連続暴行殺人事件で、十津川が、そんなことにならなければいいがと、亀井は、思ったのだ。

「部長が何といおうと、私は、真実を追究したいんだ」

と、十津川は、いった。

三上刑事部長には、「わかりました」と、十津川は、いった。

もちろん、「金曜日の男」について、疑惑めいた言葉を口にする気はない。そんなことをすれば、部長のいう通り、市民の不安感を助長するだけだろう。

だが、これからの捜査の過程で、今までの結論に疑惑が生れてきたとしても、そこで、捜査を中止する気はなかった。

十月十日の事件については、下高井戸署に、捜査本部が設けられた。

合同捜査本部が作られなかったのは、あくまでも、十月三日の事件とは、別の事件だという考えからだった。

十月三日の事件は、被害者松木かおりを、マンションまで送って来た田中誠が犯人。今度の暴行殺人未遂事件は、「金曜日の男」を真似た犯人というのが、三上刑事部長の考え方だった。

十津川は、まず、久永紀子のマンション周辺の聞き込みから始めた。

犯人は、二階の窓から飛びおりて逃走した。深夜である。目撃者探しは難しいだろうが誰かが見ていたら、有力な手掛りになる。

そのために、十五人の刑事が動員された。

一日目は、何の収穫もなかったが、二日目になって、待望の目撃者が、見つかった。

現場から二百メートルほど離れた団地に住む四十歳のサラリーマンだった。

会社の同僚と麻雀《マージャン》をしておそくなり、現場近くを歩いていると、いきなり、暗がりから飛び出して来た男がいたという。

時刻や、場所から考えて、久永紀子を襲った犯人の可能性が濃かった。

十津川は、さっそく、その男に会った。

中肉中背の、いかにもサラリーマンタイプの男である。名前は、長谷川保《はせがわたもつ》。鉄鋼関係の会社の課長補佐だという。

「あの時は、びっくりしました」

と、長谷川は、十津川にいった。

「暗がりから、いきなり飛び出して来ましたからね。ぶつかって、危うく転びそうになりましたよ。それなのに、すいませんの一言もいわない。腹が立ちましたよ」

「顔は見ましたか？」

「いや。いきなりですからね。しかし、後姿は、じっくり見てやりましたよ」

「どんな服装をしていました？」

「青っぽいジーンズに、今、若者がやたらにはいている白いスニーカーをはいていましたね。上は、白っぽいジャンパー。いや、今や、ブルゾンとかいうんでしたっけ」

「頭髪はどうです？」

「長髪でしたね」

「背の高さや、年齢なんかはどうですか？」

「背は一七〇センチぐらいでしょうね。年齢は、若い筈《はず》ですよ」

「ジーンズに、スニーカーという恰好《かっこう》をしていたからですか？」

「いや。走り方ですよ。あの走り方は、どう見たって、二十代ですよ。三十代でも前半でしょう。四十代ではがたんと脚力が落ちますからね。警部さんにだって、覚えがあるでしょう？」

逆に、きかれて、十津川は、苦笑した。

第二の暴行殺人事件の時、三木伸介という目撃者が出た。

三木は、若い男で、身長一七〇センチくらいと証言した。

よく似ている。

「その他に、何か気がついたことはありませんか？」

「あとで気がついたんですが、上衣の胸のあたりに、血痕《けっこん》がついていましたよ。恐らく、その男にぶつかった時についたんです」

「その上衣は？」

「明日にでも、クリーニングに出したいと思っているんですが」

「その前に、こちらで調べさせて下さい」

と、十津川は、いった。

長谷川の背広は、すぐ、科研に廻されて、血液型が調べられた。

やはり、B型と判明した。

しかし、長谷川保に目撃された犯人は、下高井戸駅近くで消えてしまった。

まだ、京王線の終電車に間に合う時間だったが、駅員は、それらしい男を目撃していなかった。

歩いて逃げたのかも知れないし、消えたあたりに、車をかくしておいたのかも知れない。

しかし、今度の未遂事件で、十津川が、もっとも重視したのは、別のことだった。

襲われた久永紀子が、最近、セブ島で泳いできて、見事に陽焼けしていることが第一。

第二は、犯人が、彼女の水着の柄を知っていて、陽焼けした肌に、そのビキニがよく似合うといったことである。

たった一人、吉川知子をのぞいて、他の五人は、全て、見事に陽焼けしていた。これは、偶然なのだろうか？

それに、犯人は、なぜ、久永紀子の水着の柄を知っていたのだろうか？

9

「五人ともなると、これは、もう偶然とは思えないな」

と、十津川は、いった。

「被害者が、見事に陽焼けしていたことですか？」

亀井が、きいた。

「そうさ。唯一の例外は、吉川知子だが、彼女は、待ち伏せされたのではなく、スナックで拾われたんだ。彼女の襲われ方自体が、例外なんだよ」

「しかし、警部。そう考えることは――」

「わかってるよ。カメさん」

と、十津川は、亀井を見て、

「今までの被害者たちを、一つの推理の中に入れることは、佐伯裕一郎が、金曜日の男ではないことを認めることになるというんだろう？」

「その通りです」

「しかし、カメさんだって、ここまでくると、別の事件とは考えにくいだろう？」

「それは、そうですが――」

「陽焼けした肌の若い女を襲うというのは、犯人の気まぐれではなく、犯人の意志と考えないわけにはいかないんだ。最近の二件を、金曜日の男を真似た犯人と考えることも出来るが、果して、襲う女を、陽焼けした肌と限定するなど、深く真似するものだろうかね」

「すると、警部は、金曜日の男は、佐伯ではなく、いぜんとして、街を自由に歩き廻《まわ》って、新しい犠牲者を狙っていると、お考えなんですね？」

亀井は、確認するように、きいた。

「その通りだよ。われわれは、間違えたんだ。佐伯裕一郎は、金曜日の男ではなかった。従って、十月三日に殺された松木かおりについても、犯人は、田中誠という男じゃないんだ」

「しかし、警部。十月三日の事件では、辻清一という証人がいます。B型の血液型の男で、あの夜、被害者松木かおりと、自分のマンションで関係したと証言しています。これが事実とすると、彼女を暴行して殺したのは、金曜日の男ではないことになってしまいますが」

「カメさんは、その辻清一に会って来てくれないか」

「会って、どうします？」

「ちょっと、脅してみて欲しいんだ。下手をすると、金曜日の男にされるぞとね。嘘をついているとすれば、それで、驚いて、尻尾《しっぽ》をだすだろう」

亀井は、すぐ、N物産に、辻清一を訪ねて行った。が、三時間ほどして帰って来ると、

「警部の考えた通りでした」

と、報告した。

「やっぱり、嘘をついていたのか？」

「辻は、あの日の夜九時半頃、交通事故を起こしているんです」

「なるほどね。それを隠すためか」

「刑事が来て、あの日の夜、松木かおりと関係しなかったかときかれたので、渡りに舟と思ったそうです。事故を起こした頃、つまり、十月三日の午後九時半頃、松木かおりが、自分のマンションに来ていて、十時頃まで一緒に寝ていたと証言したんです。交通事故に対して、完全なアリバイになりますからね」

「そんなことだろうと思ったよ」

「これで、いよいよ、金曜日の男が、まだ、街なかを歩き廻っていることが確実になりましたね」

「そうだな。このことを、一課長や、刑事部長に報告しなければならないが――」

と、十津川は、言葉を切って、考える表情をした。

本多捜査一課長は、苦虫を嚙《か》みつぶしながらも、事実は、事実として受け止めるだろう。だが、三上刑事部長の方は、どうだろうか？

捜査一課長は、刑事からの叩《たた》き上げだし、捜査の第一線に近いから、実務的な判断を、下すだろうが、刑事部長は、純然たる管理職で、政治的判断を下してくるに違いない。

（そうだとすると――）

10

本多捜査一課長は、十津川の報告を聞くと、

「参ったな」

と、溜息《ためいき》をついた。

それなり、本多は、しばらく黙っていた。

「困ったね。十津川君」

と、また溜息をついた。

「しかし、事実は、事実として受け入れざるを得ないと思います。辻清一が、嘘をついていたことも事実です。この事実を認めずに、金曜日の男が、すでに起訴されているという考えに固執していると、今後も、次々に、被害者が出てくると思います」

十津川は、本多の顔を、まっすぐに見つめた。

「わかっている」と、本多は、視線をそらせていった。

「だが、部長は認めんよ。警察が、敗北宣言をするようなものだからな」

「しかし、これ以上、事実に眼をそむけていると、犠牲者が増えるだけじゃありません。無実の人間を犯人にする危険があります。多分、次の金曜日にも、東京のどこかで、若い女が、襲われるでしょう」

「そう思うかね？」

「金曜日の男は、逮捕されていないのです。事件が起きるに決っています。それなのに、われわれは、事件に対して、備えることが出来ません。金曜日の男は、すでに、逮捕されていることになっているからです。それだけではありません。新しい犠牲者が出たとき、彼女の恋人や、ボーイフレンドの中に犯人がいるという先入主を抱くことになってしまいます。連続暴行殺人犯の犯行ではないという前提が出来てしまっているからです」

「君は、どうすればいいと思うのかね？」

「おわかりの筈《はず》です。われわれに、自由な捜査をさせて頂きたいのです。そうすれば、私は、本物の金曜日の男を逮捕する自信があります」

「どんな男か、わかったのかね？」

「少しずつ、わかって来ました。途中で、佐伯裕一郎に眼がいかなければ、もっと早く、犯人像がつかめたと思います。彼が、新宿のスナックで吉川知子という女性を口説き、ラブ・ホテルに連れ込んで、暴行しようとしたために、捜査に迷いが生れてしまったのです。被害者の中で、吉川知子だけは、例外だということに早く気がつけばよかったんですが」

「スナックで拾われた女だから、例外だというわけかね？」

「違います。彼女が、陽焼けしていなかったからです」

「陽焼けか」

「現在までに、六人の女性が、襲われ、その中の二人は助かり、四人が殺されました。助かった一人の吉川知子を除いて、他の五人は、全員、見事に陽焼けした肌をしているんです。それも、顔だけじゃありません。全身、見事に陽焼けしていました。そのために、ビキニの水着の痕《あと》が、白く浮き上って、セクシーでした」

「すると、君は、犯人は、陽焼けした肌の若い女に、異常な執着を持つ男だといいたいのかね？」

「今までの事件を考えると、そう思わざるを得ません」

「しかし、それには、二つの疑問があるよ」

と、本多はいった。

「どんなことでしょうか？」

「第一は、なぜ、犯人が、陽焼けした肌の女ばかりを狙うのかという理由だ。それは、見当がついているのかね？」

「正直にいって、わかりません」

「第二の疑問は、犯人が、どうやって、そんな女を見つけ出すのかということだ。この疑問は、前にも出た筈だよ。その時、わからなかったんじゃないかね？」

「吉川知子が襲われたので、偶然ということになったのでした」

「その通りだ。今は、テニスブームで、若い女性のテニス熱は大変なものだ。しかし、テニスや、ゴルフをやっている女性は、顔や、手は陽焼けするが、他の部分は陽に焼けない。だから、犯人が、顔の陽焼けしている女性を選んで襲ったとしても、その中には、顔や手足だけという女性も含まれていなければおかしい。ところが、吉川知子を除く五人は、全て、全身陽焼けしていた。犯人が、君のいうように、陽焼けした女だけを狙ったのだとしたら、どうやって、そういう女を見つけたかが問題になる。毎週金曜日に起きた事件を調べてみたが、他に、暴行殺人事件は起きていないし、未遂もない。ということは、犯人が、あらかじめ、襲う相手が、全身陽焼けしていることを知っていたことになるからね」

「おっしゃる通りです」

「その疑問に、どう答えるつもりかね？　前に、都内のプールの監視員が犯人ではないかと考えたが、これも、被害者の中に、プールには行かない女がいて、駄目になったんだろう？」

「そうです。特に、今度の久永紀子で、いろいろなことがわかりました。犯人は、彼女がフィリッピンの海でしか身につけなかったビキニの水着の模様を知っていたのです。

これは、重大なことだと思います」

「犯人を限定できるという意味でかね？」

「違います」

「違う？」

本多は、変な顔をした。

「この暴行未遂事件だけを、独立した事件と考えれば、確かに、これは、犯人を限定できる材料です。その水着のことを知っている人間が犯人ということになりますから」

「そうだな」

「フィリッピンのセブ島に出かけたのは、久永紀子と、モデルの女、それにカメラマンと助手です。また、彼女の恋人の杉山和男も、水着のことは知っていたに違いありません。しかし彼女は、自分を襲った男は、杉山でも、セブ島に同行したカメラマンや助手でもないと証言しているのです。それに、彼女を襲った男が、第一の事件からの犯人、つまり、金曜日の男と考えると、セブ島に同行したカメラマンや、新聞記者の杉山は、除外せざるを得ないのです。他の事件では、この二人は、全く浮び上って来ませんから」

「じゃあ、何もわからずということかね？」

「理由はわかりませんが、犯人が陽焼けした肌の女に、異常ともいえる執着を持っていること、襲う女のことをよく知っていること、この二つは、間違いないと思っています」

11

十津川は、自信を持っていった。

「その二つだけで、金曜日の男を見つけ出せるかね？」

「やってみます」

「しかし、十津川君。狙われた六人、いや、吉川知子をのぞくと、五人だが、その五人に、陽焼け以外の共通性はないんだろう？」

「ありません。少くとも、今のところはです。若い女ばかりですが、年齢は同じではありません。出身地も、出た学校も、学歴も違います。一時は、三林美容院の客という共通点があるように見え、そのために、ヘア・デザイナーの佐伯裕一郎を犯人だと考えてしまったのですが、六人目の久永紀子は、この美容院に行ったことはないといっています」

「住所も、ばらばらだったんじゃないか？」

「その通りです。近くの者もいますが、離れた住所の者もいます」

「それでも、犯人像を浮び上らせることが出来るのかね？」

「やらなければなりません」

「部長は、絶対に承知はせんよ。それでも、やるかね？」

「やります。次の金曜日までに、犯人を見つけ出すつもりです。これ以上、犠牲者を出したくはありませんから」

「しかし、君が、金曜日の男を見つけ出して、逮捕できたとしても、それは、警察の勝利ではなくて、逆に敗北を認めることになるんだよ。そして、佐伯裕一郎と、田中誠の二人が、誤認逮捕ということになるんだ」

「わかっています。しかし、だからといって、このまま、眼をつぶっているわけにはいきません。課長も、そう思われるでしょう？」

　十津川は、じっと、本多の顔を見た。

　本多は、また、じっと考え込んでいたが、しばらくすると、急に、ニッコリ笑って、

「わかった。部長には、私が話をしておく。恐らく、承知はなさらんだろう。しかし、君は、自分の信念に従って、行動したまえ」

「ありがとうございます」

「ただし、マスコミには、当分、伏せておいた方がいいな。事なかれ主義でいうんじゃない。マスコミが知れば、邪魔をされるに決っているからだ。真犯人の逮捕よりも、誤認逮捕の方が、マスコミには、ニュースだからね」

「わかっています」

と、十津川は、肯《うなず》いた。

「それで、何から調べるつもりだね？」

「もう一度、久永紀子に会ってみるつもりです。彼女は、何といっても、金曜日の男に襲われながら助かった女性ですから」

と、十津川は、いった。

12

久永紀子は、自室のマンションで、元気に、原稿を書いていた。

明後日《あさって》の月曜日には、オーストラリアに、取材に出かけるという。

「グレート・バリア・リーフの取材に行くんです」

と、紀子は、楽しそうにいった。

「よかった」

と、十津川は、微笑して、

「行く前に、ぜひとも、おききしたいことがありましてね」

「犯人の顔だったら、先日もいったように、私は、見ていないんです。彼にも、どんな男だったか、思い出してごらんといわれるんですけど」

紀子は、肩をすくめて見せた。

「背後《うしろ》から襲われたのなら、顔を見なくて当然ですよ」

と、十津川は、いった。

紀子は、意外そうな表情をした。

「あなたは、変っていらっしゃるわ。別に失望なさらないんですか？」

「事実まで変える気はないからです。正直な答えが欲しいだけです。橋田由美子、谷本清美、君原久仁子、松木かおり、この四人の名前に聞き覚えはありませんか？」

「いいえ。ぜんぜん。本当ですわ」

「そうだろうと思いました」

「え？」

「今のは、金曜日ごとに殺された女性の名前です」

「そうでしたの。私が、五人目になるところでしたのね？」

「そうです」

「でも、金曜日の男は、捕った筈《はず》でしょう？」

「実は、もう一人いたのです」

そんないい方を、十津川はした。

「でも、わかりませんわ。なぜ、私が狙われたのか」

「どうして、不思議なんですか？」

「この近くに、ある紡績工場の女子寮があるんです。そこには、若くて、ぴちぴちした娘が、沢山いるんですよ。なぜ、彼女たちを狙わずに、私を狙ったのかわからないんです。それも、わざわざ、このマンションにまで押しかけて来て」

「それは、犯人が、あなたに強い魅力を感じたからでしょう。犯人は、あなたをマークしていたんです。電車の中や、街の中で、誰かに後をつけられたという記憶はありませんか？」

「いいえ。全くありませんわ。私って、わりと、勘が鋭い方なんですけど。申しわけありません」

「いや。それでいいんです」

と、十津川は、微笑した。

久永紀子は、頭の切れる女性だ。自分でいうように、勘も鋭そうである。

それに、暴行魔の視線は、一種独特のいやらしさを持っている。だから、もし、金曜日の男が、彼女をつけ廻《まわ》していたとすれば、当然、気付いていたろう。

（金曜日の男は、彼女をつけ廻したりはしていなかったのだ）

十津川は、そう結論した。

つまり、街の中で、偶然、彼女に眼をつけ、襲う機会を狙っていたわけではないのだ。

恐らく、前の四人の女性も同じことだったろう。

もし、犯人が、彼女たちをつけ廻していたら、四人の中の誰かが、気味の悪い男が、自分をつけていると、周囲の人間にいっていた筈だからである。

捜査する上では、不利な条件だが、犯人の条件の一つには、違いなかった。

十津川は、紀子に礼をいい、亀井を促して、マンションを出た。

「何も、収穫がありませんでしたね」

と、亀井が、いうと、十津川は、首を横に振って、

「いや、いろいろとあったさ。狙われた女性たちの間に、何の関係もないことが再確認されたし、犯人が、彼女たちを、街で見つけたのではないこともはっきりした。つまり、犯人は、独自の猟場を持っているんだ」

「独自の猟場ですか？」

「そうさ。そこで、犯人は、獲物を見つけているんだ」

「しかし、警部。五人の女の間には、何の関係もないわけでしょう？　一時は、三林美容院の名が浮びましたが、これも、共通点ではなくなりました。とすると、どんな猟場に、彼女たちは、集っていたんでしょうか？　それに、警部。犯人は、その猟場で、彼女たちが、見事に陽焼けしていることや、ビキニの水着の柄まで眺めていたということになるんですか？」

「そうだよ。そうでなければ、おかしいんだ」

「それでは、まるで、犯人がハレムを持ち、そこに彼女たちがいて、毎日、彼女たちの裸を観賞していたみたいじゃありませんか？」

亀井は、もちろん、冗談のつもりで、いったのである。

だが、十津川は、笑わずに、「ハレムね」と、呟《つぶや》いた。

「カメさんのいう通り、犯人は、ハレムを持っているのかも知れないよ。その中から、これまでに、五人の犠牲者を選んだんじゃないかな。次の犠牲者も、恐らく、そのハレムの中から見つけ出すんだろう。陽焼けした肌の、ビキニのよく似合う女をだよ」

「しかし、警部。現代にハレムがあるなんて聞いたことがありませんよ」

「犯人にとってのハレムさ。それならあるよ」

十津川は、急に足を止めると、近くにあった本屋へつかつかと入って行った。

ハレム

1

二、三分して、本屋から出て来た十津川は、二冊の本の片方を、亀井に渡した。
カバーをかぶせてあるので、亀井は、何の本かわからず、

「何ですか？　これは」

と、十津川にきいた。

「まあ、広げてみたまえ」

十津川が、ニヤッと笑った。

亀井は、何気なく、ペラペラとめくってみて、「あれ？」と、声を出した。

若い女性タレントたちの水着写真集だった。

十代後半から二十代前半のタレントが多いせいで、圧倒的に、ビキニの水着である。

中には、堂々と、ヌードになっているタレントもいる。

グアムかサイパンあたりで撮ったらしく、青っ青な海に、陽焼けした彼女たちの肌が、見事なコントラストを見せている。

思い切って、水着を剝《と》った女たちは、その痕《あと》が、白く浮きあがって見える。

「私みたいな中年男には、眼の保養ですが、これが、何か意味があるんですか？」

と、亀井がきいた。

「ハレムだよ。それが」

「え？」

「一人の若者が、その写真集を買ったとする。頁をめくるたびに、美しく、魅力的な娘が、彼に、ほほえみかけてくる。水着姿で、時には、完全なヌードでだ。彼は、空想の中で、ハレムの王様になれる。美しい女たちは、彼が、頁をめくるたびに、従順に、肌を見せてくれるんだ。彼は、どの女が、どんなスタイルをしているか、どれほど陽焼けしているか、どんな水着を着ているか知っている。つまり、彼のハレムだよ」

「なるほど。そういう見方もありますね」

「だから、若者たちに、こういう写真集が売れるのさ。例えば、この写真集には、十二人の若いタレントの写真がのっている。ということは、この本を買った若者は、十二人の女について、顔立ちから、肌の陽焼けの具合、水着の柄まで知っていることになる。それに、身長、バスト、ウエスト、ヒップのサイズも書いてあるし、ファンレターの送り先まで書いてあるから、住所もわかるわけだ」

「つまり、金曜日の男も同じようなものだったというわけですか？」

「そう考えたんだがね」

「しかし、警部。彼に殺された女たちは、この写真集の女性のようなタレントや、モデルじゃありません。いわば、素人の女性たちです。彼女たちのヌードや水着姿の載った本は、どこにも売っていませんよ」

「果して、そうかな？」

「え？」

「これを見たまえ」

十津川は、もう一冊を、亀井に渡した。

こちらは、名の通った若い男性向けの週刊誌だった。

頁をめくっていくとこちらも、若い女性のヌード写真がのっている。

その一つが、いかにも、素人っぽい娘のヌード写真で、

〈とうとう脱いじゃった！

K大二年生の高橋《たかはし》弘子《ひろこ》クン〉

と、書いてある。

「どうだい？　カメさん」

と、十津川は、のぞき込むように見ながら、

「最近は、素人の娘さんが、平気で、ヌードになって、雑誌のグラビアを飾る時代なんだ。今までに殺された女たちは、いずれも、若くて、美人で、いい身体をしている。もし、カメラマンに誘われて、どこかの週刊誌に、ヌード写真をのせたのかも知れない。もし、そうだとしたら、金曜日の男は、そうしたグラビアを集めて、彼のハレムを作っていた

ということも考えられるじゃないか」

「なるほど。それは、ありますね」

と、亀井は、眼を輝かせた。

2

問題は、殺された四人と、殺されかけた久永紀子の五人が、果して、何かの雑誌に、ヌードなり、水着写真がのったかどうかということだった。

十津川と亀井は、もう一度、久永紀子に会った。

紀子は、雑誌のグラビアの仕事で、モデルの女の子や、カメラマンと共に、南の島に行ったことは、前から認めている。

「あなたも、素晴しいスタイルをしていらっしゃる」

と、十津川はいった。

紀子は、微笑した。

「どうも、ありがとう。でも、それが今度の事件と、どう関係してくるんですか？」

「今、われわれが、あなたの水着姿が、どこかの雑誌を飾ったことがないか調べていま す。今は、週刊誌なんかに、素人の女性の水着写真や、時には、ヌード写真までのって いますのでね」

「つまり、私を襲った犯人は、どこかの雑誌にのった水着姿の写真を見て、変な気を起こし、私を襲ったんじゃないかということですの？」

「その通りです。それなら、犯人が、水着の柄を知っていても、おかしくはありませんから」

「確かに、そうですわね」

と、紀子は、肯《うなず》いたが、

「でも、残念ながら、私の水着姿を、どこの雑誌にものせたことはありませんわ。別に、気取って、断っているというんじゃないんです。正直にいうと、彼が不賛成だからなんです」

と、いって、首をすくめて見せた。

「知らない中に、写真を撮られて雑誌にのせられてしまったということは、ありませんか？」

と、十津川は、重ねてきいた。

「ありませんわ。そんなことは」

「そうですか」

「ご期待に添えなくて、申しわけないんですけど」

「いや、そんなことはありません。いずれにしろ、どちらか、はっきりすればいいんですから」

十津川は、紀子に向って、ニッコリと笑ってから、亀井を促して、彼女のマンションを辞した。

「最初から、出鼻をくじかれましたね」

と、亀井が、残念そうにいった。

十津川は、並んで歩きながら、

「そうでもないさ」

「しかし、彼女は、自分の水着姿なり、ヌードが、雑誌にのったことはないといっていましたが」

「ああ、わかってるよ。だが、彼女は、自分は、別に、雑誌にのせることは嫌じゃなかったが、彼が不賛成だから、のせなかったといっていたじゃないか」

「ええ」

「とすると、こんなケースも考えられるよ。どこかの雑誌に頼まれて、水着姿をのせたが、彼がうるさいので、のったことは否定しているということがだよ」

「なるほど。もし、それがわかると、新聞記者の恋人に、そんなことをしたから、襲われたんだといわれやしないかという不安ですね」

「だから、他の四人に当ってみよう」

「といっても、四人とも殺されてしまっていますが？」

「犯人が、われわれの推理どおり、彼女たちの水着姿なり、ヌードがのった雑誌を見て、狙いをつけたとしよう。連続暴行殺人は、今年の九月から始っている。ということは、五年も六年も前の雑誌にのった写真ではないということだよ。第一、二人目の犠牲者の谷本清美は、二十歳の学生だったから、五、六年前では、十四、五歳になってしまう。恐らく、去年、今年の雑誌だろう」

「わかりました。よく、水着やヌードののる雑誌を、片っ端から調べてみます」

「偽名でのっている場合もあるだろうから、彼女たちの顔写真と、よく照らし合せて調べてくれ」

と、十津川は、いった。

その日から、亀井たち七人の刑事の出版社廻《まわ》りが始った。

出版社へ行っては、その社で出している雑誌のバックナンバーを去年、今年と二年分出して貰《もら》い、グラビア頁を、調べていくのである。

すでに、廃刊になっている雑誌についても調べてみた。

しかし、四人の水着姿は、なかなか、出て来なかった。

やっと、四人の中の一人、谷本清美の水着姿を、「週刊ギャルソン」の去年の夏の号のグラビアに発見した。

発見した時は、思わず、刑事たちの口から万歳が飛び出した。

〈各大学の水着美人〉

というタイトルで、ミス・S大として、谷本清美のビキニ姿が、のっていたのである。

しかし、三日間かかって、見つかったのはそれ一つだった。

他の三人、RS商事のOLだった二十四歳の橋田由美子、クラブのホステスをしていた三十歳の君原久仁子、そして、N物産のOLだった二十四歳の松木かおりの三人の水着姿は、どの雑誌にものっていなかった。

3

念のために、そうした水着写真や、ヌード写真を撮るカメラマンたちにも会って、三人と、久永紀子の写真を見せたが、どのカメラマンも、首を横に振って、撮った覚えはないといった。

その中の一人は、久永紀子と一緒に、モデルを連れて、海外へ写真を撮りに行ったカメラマンだった。

「彼女は、生はんかなモデルなんかより、ずっといいプロポーションをしてますからね。それに眼をつけたある週刊誌が、僕に、彼女のヌードを撮ってくれないかと頼んだことがあるんです。それで、ずいぶん、くどいたんですがねえ。とうとう駄目でしたね。ヌード写真はおろか、水着写真も、雑誌にのせるのを拒否されましたよ。彼女の恋人がうるさいらしくてね」

と、カメラマンは、苦笑して見せた。

十津川は、また、大きな壁にぶつかってしまったのを感じた。

焦燥も深くなってくる。

また、金曜日が近づいているからである。

犯人が、行き当りばったりに、襲う女を決めているのではないとわかってきた。犯人は、あらかじめ、襲う相手を決めて、夜の街に出てくるのだ。そして、尾行するか、待ち伏せするかしている。

その選ぶ基準を知りたい。どうして、犠牲者のことを、よく知っているのかも知りたいのだ。

犯人が、彼なりのハレムを持っているに違いないという十津川の気持は変らない。そう考えないと、今度の事件での犯人の行動に、説明がつかないからである。

「今頃、金曜日の男は、次の犠牲者を選んでいることだろうな」

と、十津川は、溜息《ためいき》まじりに呟《つぶや》いた。

彼のハレムがどんなものかわかれば、予防措置もとれるし、上手《うま》くいけば、逮捕もできるのだが、肝心なことがわからなくては、手の打ちようがない。

「おとり捜査に踏み切ったらどうでしょうか？」

亀井が、提案した。

「おとり捜査？」

「そうです。若い婦警で、今年の夏、海へでも行って陽焼けした娘《こ》を、おとりにしたら、ひょっとすると、犯人が、引っかかってくるんじゃないでしょうか」

「それは、君の意見かい？」

「さっき、一課長が、顔をのぞかせて、いわれたんです。すでに、候補者を何名かチェックしてあるともいわれていました」

「課長のサジェスションじゃあ、採用せざるを得ないだろうな。それに、今のところ、次の金曜日に、有効な予防措置をとれそうにない。そうなると、どんなことでもしなきゃならないからね」

「おとり捜査は、有効だと思われますか?」

「そうだねえ」

十津川は、難しい顔をした。

金曜日の男が、行き当りばったりに、出会った若い女を襲っているのであれば、若い婦警を、おとりに使う方法は、有効かも知れない。

しかし、十津川の見るところ、犯人は、前もって、襲う女を決めているように見える。住所も、名前も、あらかじめ知っていて、尾行のあとか、待ち伏せしていて、襲いかかっているとしか思えない。

そうだとすると、次の金曜日に襲う女は、もう決っている可能性が強いのだ。

(この推理が当っていれば、おとり捜査は、何の役にも立つまい)

だが、金曜日の男が、どうやって、犠牲者を選び出しているのかわからない以上、どんな頼りない方法でも、やってみる必要がある。

十津川は、本多捜査一課長に会って、三人の若い婦警を、紹介された。

いずれも、二十三歳から二十五歳までの若さで、体力もあり、今年の夏、都内のプールで水泳の訓練を二週間受けたというだけに、陽焼けした顔をしていた。

「今日は、十月十五日の水曜日だ。今日から、彼女たちに、街を歩いて貰うかね？」

と、本多が、十津川にきいた。

「それは、意味がありません。金曜日の男は、顔だけでなく、全身が陽焼けしている女性を狙うんですから」

「といって、まさか、彼女たちに、裸で、町中を歩いて貰うわけにもいかんだろう」

本多が、笑いながらいった。

「今日から、都内の屋内プールで泳いで貰います。屋外プールは、もう終りましたが、温水プールは、やっている筈《はず》です。ひょっとすると、犯人は、プールで、犠牲者を探しているかも知れませんから」

「わかった。彼女たちに、都内の温水プールで泳いで貰おう」

「出来れば、ビキニの派手な水着をつけて泳いで貰いたいですね。金曜日の男は、ビキニの水着の女性に関心があるようですから」

「しかし、なぜ、陽焼けした女性ばかりを狙うのかね？　私みたいな中年男は、白い肌の女性の方に魅力を感じるがねえ」

本多は、首をひねっている。

「犯人は、若い女の陽焼けした肌に魅力を感じるのかも知れませんが、逆に、憎んでいるのかも知れません。どうも、憎んでいるので、暴行した上、殺したんじゃないかと、思うようになってきました」

「陽焼けした肌の女性を憎むというのは、どういう気持なんだろう？」

「一つ考えられるのは、犯人が、いつも、陽の当らない場所にいるのではないかということです」

「例えば？」

「刑務所の独房に入っている囚人なんかは、一日中、陽の射さない場所にいるわけです」

「だが、囚人は、日曜にだって、外出は出来ないよ」

と、本多は、いった。

4

最近、東京都内には、温水プールが増えた。

「健康」が、商売になるとわかってから、ヘルスセンターが増加し、そこには、たいてい、温水プールが、付属しているからである。

選ばれた三人の婦人警官は、この日から、水着を持って、都内の温水プールを廻って歩くことになった。

男の刑事三人が、何気ない風をよそおって、彼女たちの泳ぐプールに入り、眼を光らせた。

　彼女たちに向って、妙な視線を浴びせる男がいたら、マークするつもりだったのだが、翌日の十月十六日の木曜日に、新宿のヘルスクラブのプールで、三人の婦警の一人が、三十五、六の男に、お茶に誘われただけだった。

　健康維持のために、温水プールに通う男性というのは、意外にまじめなのだということもわかった。

　お茶に誘った三十五、六の男にしても、誘われた婦警が、それに応じて、喫茶店に行き、それとなく聞き出すと、気弱なサラリーマンだった。

　この男のことは、念のために、身辺を調べたが、過去の事件についてのアリバイが、証明された。

　これといった収穫のないままに、十月十七日の金曜日がやって来た。

　第一の被害者、橋田由美子が殺された九月五日の金曜日から数えて、すでに、一か月半近くが過ぎている。

　九月二十六日の金曜日に襲われた吉川知子だけは、金曜日の男の犯行ではなかった、と、十津川は、考えている。

　その一人を除いても、今日までに、五人の女性が襲われ、その中の四人が、殺されているのだ。

　殺された彼女たちのためにも、一刻も早く、金曜日の男を、逮捕しなければならない。

十月も半ばになると、さすがに、夜に入って、肌寒さが感じられた。

三人の婦警は、午後九時に、捜査本部を出た。

危険な時間帯は、午後十時から十二時の間である。

彼女たちは、ばらばらに分かれて、東京の街の暗がりを歩くことにした。

金曜日の男が、五人の女を襲った場所は、一か所にかたまってはいない。

京王線の周辺のこともあれば、西武線の周辺のこともある。

まだ、事件が起きていない場所といえば、上野《うえの》、浅草《あさくさ》、そして、江東といった、東京の古い下町だけである。

なぜ、その地区で、金曜日の男が、女を襲わないのか、十津川にも、わからなかった。偶然かも知れないし、何か理由があるのかも知れない。

三人の婦警は、今までに、女が襲われた場所の近くを歩くことになった。

もちろん、彼女たちには、屈強な男の刑事がついていたし、小型の無線機を持たせた。

十津川は、捜査本部で、じっと、待った。

おとりに、金曜日の男が、引っかかってくる確率は、ほとんどゼロに近いと思いながら、犯人が、どこかの室内プールで、彼女たちの一人に眼をつけて、今夜、襲って来てくれるのではないかという期待も持っての電話待ちだった。

壁には、都内の地図がかけられ、三人の婦警の動きが、赤いピンで示されていた。

午後十一時を過ぎた。が、魅力的で、若い三人の婦警は、誰も、襲われなかった。

5

午後十一時四十分。

渋谷《しぶや》区初台の甲州街道沿いにある派出所に、一人の若い女が、飛び込んできた。

真青な顔で、がたがた震えながら、

「あそこで！　あそこで！」

と、意味のよくわからない言葉を、うわ言のように、繰り返した。

派出所にいた若い警官は、

「あそこって、どこですか？」

と、きいた。

「あそこで！」

と、また、女は、絶叫し、路地の奥を指さした。

路地の奥で、何かあったらしい。それも、女の様子からみて、ただならぬことのようだ。

「案内して下さい」

と、警官はいった。

警官は、若い女に案内されて、路地の奥へ歩いて行った。

近くに、賑《にぎ》やかな商店街があるのだが、こちらの路地の方は、いつも、人通りが少い。

その上、間もなく、午前零時である。一層、人の気配はなかった。

両側は、町工場の塀や、大きな邸《やしき》の塀になっている。

その一角に、小さな建売住宅が、三軒ばかり並んでいた。

もとは、三十坪ほどの土地に、古びた木造の二階屋が建っていたのだが、それを買い取った建設会社が、いわゆるミニ開発をしたのである。土地を三つに分けて、わずか十坪の土地に、二階建の家を造り、売りに出していた。

一戸二千六百万円。高過ぎて、なかなか売れずにいて、不用心だと思っていたのだが、その一軒の玄関の扉が開いている。

女は、その扉を指さして、

「あそこから、悲鳴が」

と、いった。

警官は、大きく深呼吸をしてから、右手に警棒を構え、左手に懐中電灯を持って、半開きの扉から中に入ってみた。

一階は、ダイニングルームと、じゅうたんの敷かれた洋間が一つだけという狭さである。

その六畳の洋間のじゅうたんの上を、懐中電灯で照らした時、若い警官は、思わず、

「あッ」と、声をあげた。

ブルーの安物のじゅうたんの上に、全裸の女が、仰向けに倒れていたからである。

傍に、引きちぎられた衣服や、ハンドバッグが、散乱している。

警官の背後からのぞき込んだ女が、甲高い悲鳴をあげた。

（落ち着くんだ）

と、警官は、自分にいい聞かせた。

（これは、事件なんだ。とすれば、現場保存が大事だし、連絡もしなければならないぞ）

若いだけに、頭が、かッとしてくるのを、一生懸命におさえて、背後の女に、

「静かにして」

と、いってから、裸身の傍に屈《かが》み込んだ。

（死んでいるのだろうか！　そうだとすると、これは、最近、頻発している若い女に対する暴行殺人だな）

と、考えたとき、突然、裸の女が、苦しげに、呻《うめ》き声をあげた。

死んではいなかったのだ。

6

救急車が、まず、駈《か》けつけた。

女は、すぐ、毛布に身体をくるまれ、酸素吸入を続けながら、病院へ運ばれた。

十津川のもとに、この報告が届いたのは、更に十五、六分してからだった。

「やられたな」

と、十津川は、落ち着いた声で、亀井刑事にいってから、

「三人の婦警さんには、もう、帰ってくるように伝えてくれ。犯人は、おとりには、引っかからなかったんだ」

「連絡します」

と、亀井が、電話に手を伸した。

おとり捜査は、失敗した。

（また、一人の若い女性を犠牲にしてしまったか）

と、一瞬、思ったのだが、被害者が、どうやら、命を取り止めたらしいと知って、ほっとした。彼が、落ち着いているのは、そのせいだった。

十津川は、電話を掛け終った亀井を連れて、渋谷区初台の現場に出かけた。

現場は、初動捜査の最中だった。十津川は、まず、発見者の女に会った。

新宿のスナックで働く、石田《いしだ》ゆり子《こ》という二十歳の女だった。

「あたしは、この先に住んでるんですけど、ここまで来たら、この家の中から、女の人の悲鳴が聞こえたんです」

石田ゆり子は、だいぶ落ち着いたとみえて、はきはきと話してくれた。根は、活潑《かっぱつ》な娘なのだろう。

「それで、どうしました？」

　と、十津川が、きいた。

「悲鳴の聞こえた方を、立ち止って見たんです。そしたら、突然、男の人が飛び出して来ました」

「顔を見ましたか？」

「あたしの方を見たのは確かですけど、薄暗いので。それに、怖くなって、あたしは、逃げ出してしまったんです」

「でも、若いかどうかぐらいは、わかったんじゃありませんか？」

「ええ。若い男でしたわ」

「その他に、わかったことは、何でもいって下さい」

「身長は、中位でした」

「一七〇センチくらい？」

「ええ」

「服装はどうです？　背広を着ていましたか？　それとも、ジャンパーか何かですか？」

「何か黒っぽい服を着てましたけど、それが背広だったかどうか――」

「手に何か持っていましたか？」

「いいえ。何も持っていませんでした」

彼女の記憶は、はっきりしたところと、不明なところがあるらしい。それだけ、恐怖が大きかったということかも知れない。

次に、引き裂かれた被害者の衣服や、放り出されているハンドバッグに眼をやった。

「被害者は、ＯＬですね」

と、亀井が、ハンドバッグの中身を調べながら、十津川にいった。

「定期入れに、身分証明書が入っていますが、東京丸《まる》の内《うち》にあるＫ鉄鋼の人事課となっています。住所は、この近くです」

亀井のいう通り、定期は、東京駅から、京王線の初台になっていた。

名前は、小野《おの》みどり。年齢は二十四歳である。

問題は、彼女が、助かってくれて、犯人のことを話してくれるかどうかだった。

7

十津川と亀井は、その足で、被害者の入院している病院へ廻《まわ》った。

しかし、医者は、今、鎮静剤を注射して寝かせてあるので、しばらく話は控えて欲しいといった。

「気がついたのですが、とにかく、極度に興奮していましてね。まず、眠らせなければと思ったんです」

医者は、緊張した顔でいった。

「わかります。眼がさめるのを待ちましょう」

と、十津川は、いった。

医者によれば、命に別状はないという。それだけでも、十津川には救いであった。

十津川は、しばらく間を置いてから、

「この事件は、殺人未遂でもあります」

と、医者にいった。

「警部が、何をおっしゃりたいか、よくわかりますよ」

と、医者は、いってくれた。

「そういって頂くと助かります。辛《つら》い質問をしなければなりませんのでね。第一の問題は、被害者が、男に暴行されたかどうかですが、こうした質問は、当人よりも、あなたに答えて頂いた方がいいと思いますが」

「暴行を受けていますね。抵抗したらしく、身体の二か所に、打撲の痕《あと》が見られます」

「彼女は、陽に焼けていましたか？」

「ええ。きれいに、陽に焼けていましたが――」

「ずばりとききますが、男の精液は、検出されたんですか？」

「こうした時には、膣《ちつ》内の洗滌《せんじょう》をします。確かに、男の精液は、検出されましたよ」

「血液型もわかりますか？」

「ええ。B型です」

「やっぱり、B型ですか」

と、中年の医者は、十津川の言葉を聞きとがめて、

「やっぱり？」

「警察は、犯人に心当りがあるんですか？」

「いや、そんなことはありません。暴行犯には、B型の血液型が多いと聞いたことがあるものですからね」

と、十津川は、嘘をついた。

まだ、世間的には、金曜日の男は、逮捕されたことになっていたからである。

夜明け近くなって、やっと、被害者の小野みどりが、眠りからさめた。

十津川と亀井は、病院の待合室のベンチで、五時間あまり、じっと待ったことになる。

それでも、医者は、十津川たちの質問を許可してくれなかった。

「患者は、誰にも会いたくないといっています。あの状態では、質問は無理ですね。特に、警察の質問は」

「いつになったら、質問できますか？」

十津川は、焦りを抑えて、医者にきいた。

「わかりませんね。とにかく、患者の精神状態が非常に不安定なので、心配なのです」

「他に、何かいっていませんか？」

「吉田《よしだ》さんに会いたいといっています。恐らく、恋人か何かでしょう。電話番号を聞き

ましたが」

「私がかけましょう」

と、十津川は、いった。

メモを受け取ると、待合室の赤電話を使って、ダイヤルを回した。

寝呆《ねぼ》けたような男の声が出た。この時間では、仕方がないだろう。

十津川は、苦笑しながら、

「私は、捜査一課の十津川といいます」

と、告げた。

とたんに、相手の口調が、はっきりした。

「警察が、何の用です？」

「小野みどりさんを知っていますか？」

「彼女が、どうかしたんですか？」

男の声が、急に、甲高くなった。

やはり、恋人らしいと、十津川は、思いながら、

「ちょっと怪我をして、今、新宿のSという病院に運ばれてきています」

「怪我？　どんな怪我なんですか？」

「たいした怪我ではありません。彼女は、あなたに会いたいといっています」

「すぐ行きます。S病院ですね？」

た。

二十分ほどして、病院の裏に車の停まる音がして、二十五、六の男が、飛び込んで来た。

とだけ、十津川は、いった。

「それは、こちらへ来て頂いてから説明します」

「しかし、なぜ、警察が？」

「そうです」

「吉田さんですか」

と、声をかけると、男は、小さく肯《うなず》いてから、

「彼女、どうなんですか？」

「大丈夫です。今、眠っていますよ」

「怪我というと、誰かに、殴られでもしたんですか」

と、吉田は、きいてから、急に、顔色を変えて、

「まさか、彼女は――」

「狂犬に襲われたと思った方がいいですね」

「怪我は、ひどいんですか？」

「身体の怪我というより、精神的な傷の方が深いでしょう。われわれとしては、小野みどりさんに会って、犯人のことを聞きたいのですが、誰にも会いたくないというものですからね。今は、あなただけに会いたいといっています」

「すぐ、会って来ます。病室は、どこですか？」

「二階です。会っておあげなさい。ただ――」

「ただ、何です？」

「あなたに、お願いがあるんです」

「どんなことですか？」

「われわれとしては、犯人を、何としても捕えたい。あなたも、同じだと思う。それで、小野みどりさんにきいて貰《もら》いたいことがあるんです」

「何をきけばいいんですか？」

「私の推理に間違いなければ、犯人は、小野みどりさんを知っていた筈《はず》なんです」

「じゃあ、顔見知りの男が、彼女を襲ったんですか？」

「そういう意味じゃありません。小野さんの方は、犯人を知らなかったが、犯人は、彼女を知っていた。そういう関係だと思うのです。犯人が、それらしいことを口にしなかったかどうか、きいて欲しいのです」

「それがわかれば、犯人逮捕に役立つんですか？」

「役立ちます」

「わかりました」

　と、吉田は肯いて、階段をあがって行った。

8

また、待つことになった。

亀井は、腕時計を見、それから、煙草に火をつけた。

「今度も、犯人は、被害者を知っていたと、思われますか？」

「多分ね。だから、被害者にきいてくれるように頼んだんだ」

「知っていたとなると、また、わからなくなりますね」

「なぜ、知っていたかだろう？」

「そうです。警部は、犯人のハレムといわれましたが、どこに、犯人のハレムがあるのか。私は、電車の中というのを、ちょっと考えてみたんですが」

「電車ね」

「この場合、ハレムというより、猟場といった方が適切ですが。犯人が、サラリーマンで、山手線なり、中央線なり、或《あるい》は、地下鉄なりを利用して、通勤しているとします。犯人は、電車の中で、次に襲う犠牲者を見つけるわけです。若くて、自分好みの女性をです。見つかったら、あとをつける。そうやって、自宅を見つけておいてから、金曜日の夜、待ち伏せして、襲いかかる。通勤の電車の中なら、いくらでも、犠牲者は見つけられます。OLもいるし、女子大生もいます。また、犯人が、麻雀《マージャン》でもして遅くなって、終電車に乗れば、クラブやスナックのホステスが沢山、乗っています。第三の事件で殺された君原久仁子は、ナイトクラブのホステスですが、犯人は、終電車で見つけたのかも知れません」

「なるほど。電車の中で物色したか」

「被害者は、一か所に集中していなくて、都内に散らばっていますが、それも、説明ができます」

「どんな風にだね？」

「例えば、犯人は、中央線で通勤していたとします。その中で、次の犠牲者を物色していたが、なかなか、自分好みの女が見つからない。そこで、次の日は、少し早く起きて、山手線に乗ってみたり、私鉄に乗ってみたりする。そうして見つければ、都内のいろいろな場所に住む女を見つけられるわけです」

「なるほど」

「もう一つ、被害者が、上野、浅草、或いは、隅田川《すみだ》の向うの江東といわれる地区に出ないのは、あの地区が、犯人の通勤圏から、あまりにも離れているからではないでしょうか？」

「うん。おもしろい考え方だな」

と、十津川は、微笑したが、

「しかし、君のその考えには、一つだけ、欠点があるね。電車の中では、女性が、完全に陽焼けしているかどうかまではわからんだろう。顔の陽焼けはわかるだろうがね」

と、いった。

「確かに、そこが弱いんですが——」

亀井は、溜息《ためいき》をついた。

吉田は、一時間あまりして、小野みどりの病室から出て来た。

「どうでした？」

と、十津川が、きいた。

吉田は、激しい苦痛に耐えるように、じっと、唇を嚙《か》んでいたが、

「あなたにいわれたことは、聞いてきましたよ」

と、嶮《けわ》しい口調でいった。

「残酷な質問をさせてしまって、申しわけないと思っていますが、犯人逮捕のためには、どうしても、必要なことでしたのでね」

「とにかく、彼女の返事は伝えます。いきなり、背後から襲われたので、顔は見なかったといっています。犯人は、いろいろ、嫌らしいことをいったといっていますが、こんなことをいったそうです。お前のことは、よく知っている。何から何まで知っている。右の乳房の下に、大きなホクロのあることもと」

「本当に、そのホクロは、あるんですか？」

「あります」

「ビキニの水着を着た場合、そのホクロは、わかりますか？」

「ええ。よく見れば、わかりますよ。しかし、それが、どうかしたんですか？」

「しかし、小野みどりさんは、犯人に心当りはないと？」

「ええ。全く、心当りがないといっています。犯人の声も、初めて聞く声だったと」

「そうですか」

「もういいでしょう？」

吉田は、怒ったようにいい、また、二階にあがって行ってしまった。

十津川と、亀井は、顔を見合せた。

「やはり、犯人は、小野みどりを知っていたんですね」

と、亀井が、小さな溜息をついた。

「問題は、なぜ、知っていたかということになるんだが――」

「それがわかれば、犯人の目星がつくかも知れませんね」

「犯人は、必ず、小野みどりのヌードか、ビキニ姿を、どこかで見ている筈なんだ。そうでなければ、乳房の下のホクロまで知っている筈はない」

「そういえば、吉田という男も、陽焼けした顔をしていましたよ。二人で、今年の夏、どこかの海へ行ったんだと思います」

「それを、犯人は、見たのかな？　いや、違うな。もう十月だ。夏の記憶を頼りに、女を狙うというのは、少し、気が長過ぎる」

「あとで、彼に、どこへ泳ぎに行ったか、きいてみましょう」

9

吉田が、待合室に出てきた。

「彼女、やっと、眠りました」

と、吉田は、ほっとした表情で、十津川にいった。

十津川は、青年に、煙草をすすめた。

「小野みどりさんとは、結婚するつもりですか？」

「ええ。そのつもりで、つき合ってきました」

「ずいぶん、顔が陽焼けしていますが、今年の夏は、海へ行ったんですか？」

「ええ。沖縄に、五日間ほど行って来ました」

「彼女も一緒ですか？」

「ええ。もちろん」

「行かれたのは、いつ頃ですか？」

「七、八月は、混みますからね。九月に入ってからです。それでも、かなり、混んでいましたが」

「小野みどりさんは、美人だし、スタイルもいい。どこかの雑誌の水着モデルになったことはありませんか？」

「いや、ありません」

「あなたに内緒でということは、ないですか？」

十津川が、きくと、吉田は、はっきりと頭を横に振った。

「そんなことは、絶対にありませんよ」

「なぜ、そういい切れるんですか？　あなたが駄目だといっても、内緒で、モデルをやっているかも知れんでしょう？　恋人に内緒で、スナックで働いている女性もいるし——

——」

「僕は、駄目とはいいませんよ。彼女が、モデルをやりたければ、やりなさいと、いっているんです。だから、彼女が、内緒でモデルをやっていた筈《はず》はないんです」

「そうですか」と、十津川は、肯《うなず》いた。

「沖縄でのことですが、五日間といいましたね？」

「ええ」

「その間、どこかの雑誌社なり、新聞なりが、勝手に、あなた方の写真を撮って、無断で、新聞、雑誌にのせたことはなかったですか？」

「ありませんね」

「そうですか」

と、十津川は、ちょっと考えてから、

「あなた方自身で、写真は、撮られたんでしょう？」

「ええ。カメラを持って行きましたからね」

「彼女の水着姿も、撮りましたか？」

「もちろんですよ。沖縄には、泳ぎに行ったんですから」

「その写真は、どうしました？」

「二枚ずつ引き伸して、僕と彼女のアルバムに貼ってありますが」

「誰かに見せましたか？」

「ええ。見せましたよ。僕たちに共通の友人たちに見せましたが、それが、どうかしましたか？」

「その人たちは、当然、前から、あなたや、小野みどりさんのことは、よく知っているわけですね？」

「ええ。よく知っている仲間ですよ」

と、吉田は、いった。

10

犠牲者たちの共通の仲間が、犯人なのだろうか？

吉川知子をのぞいた六人は、見事に陽焼けしていた。恋人や友人と一緒に、海に行っているのだから、当然、写真を撮ったろう。その写真を見せた人間の中に、犯人がいたのではないか。

六人に共通した友人なり知人なりが一人いたとする。その人間が、六人の水着写真を見たとすれば、金曜日の男になる可能性はあるのだ。

「調べてみますか？」

と、亀井が、きいた。

「一応、調べてみてくれ」

と、十津川は、いったが、

「しかし、助かった久永紀子は、犯人について、全く知らない男だったと証言しているんだよ。背後から襲われたので、顔は見ていないが、声は聞いている。その声に聞き覚えはないと証言している。自分の水着写真を見せるくらいの人間なら、声だって、よく知っていると思うんだが」

「男の方の友人かも知れませんよ。被害者の恋人なり友だちなりが、彼女たちの水着写真を、自慢たらしく見せた。それに反感を持った男が、犯人だとすれば、被害者の女性が、相手を知らなくても、おかしくはないと思うのですが」

亀井が、いった。

「それは、考えられるね。特に、女にもてない男なら、反感を持つだろう。一応、六人の被害者の恋人か友人の周囲にいる人間を、徹底的に洗ってみてくれ。被害者の水着写真を見せた男をだ」

十津川がいい、亀井たち刑事は、すぐ、捜査にかかった。

しかし、この捜査は、結局、失望しかもたらさなかった。

六人の被害者の間に、何の関係もなかったのと同じように、彼女たちの恋人なり、友人なりの間にも、共通点はなかった。

従って、彼等から、水着写真を見せて貰《もら》った人間は、ばらばらであって、たった一人の男が、全部の水着写真を見ることはあり得なかったのである。

「やはり駄目だったね」

と、十津川は、さして、失望を覚えずに、そう結論した。

被害者の間に、これといった関係がない以上、この捜査で、犯人が浮び上ってくる可能性は少いと思っていたからである。

「ところで、カメさん」

と、十津川は、やおら、三五ミリカメラを取り出して、机の上に置いた。

「どうされたんです？　そのカメラは？」

「家から持って来たのさ。これで、カメさんを撮ってやるよ」

「私をですか？」

「ああ、外に出ようか。部屋の中は、暗いからね」

十津川は、首をかしげている亀井を、強引に、庭に連れ出して、ぱちぱちやった。

二十四枚撮りのカラーフィルムを、あっという間に撮り終えると、部屋に戻って、巻き戻し、カメラから取り出した。

「さて、これをどうするかだが、カメさんなら、どうするね？」

「もちろん、現像を頼みに行きますが」

「そうだ。ＤＰ店に頼みに行く筈だ」

「それが、事件と、どう関係してくるわけですか？」

亀井はわけがわからないという顔で、十津川を見た。

まだ、十津川の意図が、呑《の》み込めないのだ。

「犯人は、被害者の水着写真を見た。これは間違いないと思っている。それ以外に、犯人が、あらかじめ、被害者の身体が陽焼けしていることや、水着の柄まで知っている筈がないからだよ。しかし、被害者が、雑誌のグラビア写真にのったことはなかった。となると、プライベイトに撮った水着写真を見たとしか考えられないわけだよ」

「そこまでは、わかりますが、その線も、駄目だったんじゃありませんか？」

「そうなんだ。しかし、私は、この線が捨て切れない。だから、写真を撮ったところから追いかけていってみようと思うんだがね。最近は、みんな、カラーフィルムで撮る筈だ。となると、自分で、現像したり、引き伸したりするのは難しいから、被害者なり、彼女の恋人なりは、撮った写真を、街のＤＰ店に持って行ったと思う」

「そうですね」

「そう考えると、彼女たちに、全く関係のない人間が、彼女たちの水着姿を見る可能性が出てくるじゃないか」

「あッ」

と、亀井は、小さく声をあげて、

「DP店の主人ですね」

「そうだよ。あるDP店に、若い女の水着写真のDPの仕事が集ったとしよう。夏の盛りから、秋の初めにかけては、水着のフィルムが、多く持ち込まれるだろうからね。店の主人は、自分の気に入った水着写真を、ひそかに、アルバムに貼っておく。それがつまり——」

「彼のハレム——ですか？」

「そうだ。DPを頼む時には、住所や名前を書く。だから、水着の女の住所や名前も、わかってしまうことになる。時には、女の恋人か、ボーイフレンドが頼みに来るときもあるだろう。そんな時には、女の住所や名前はわからないが、どうしても知りたければ、男の方を調べるか、尾行すれば、自然に、女の住所や、名前もわかってくる」

「しかし、警部。被害者の住所は、東京中に散らばっています。その恋人や、友人の住所もです。とすると、DPを頼みに行く店も、同じ店ではないと思いますが」

「カメさんの疑問は当然だ。私も、その点を考えてみたよ。それで、調べてみた。昔は、写真のDPは、カメラの専門店が、自分のところでやっていた。ところが、最近は、スーパーや、たばこ屋、クリーニング店、薬局なんかに、DPの窓口があって、そこでやってくれる。こうした窓口は、今、全国で十四、五万あるというんだね。それに比べて、専門店の方は、一万店しかない。しかも、料金の面でも、専門店は、太刀打ち出来ないそうだ。私の家内も、写真のDPを頼みに行くのは、近くのカメラ店ではなくて、スーパーマーケットだといっていたよ。そこの方が、二、三割は、安いからだそうだ。そういう窓口だけのところは、そこでは、DPはしないで、大きな現像所へ持って行く。こう考えてくると、被害者が、都内に散らばっていて、自宅近くに、DPを頼みに行っても、構わないいんじゃないかね？」

「なるほど」

「六人の被害者が、どこにDPを頼んだか、至急、調べてみてくれ」

11

新しい突破口を求めて、再び、刑事たちが走り廻《まわ》った。

必死だった。

警察の面子《めんつ》がかかっていたし、また、次の金曜日が、近づいてもいたからである。

三日後、亀井は、眼を輝かせて、十津川に報告した。

「警部の推理が当ったようです」

「同じ会社が、DPをやっていたのかね？」

「中央フィルム現像という会社です。この会社は、大きな現像所を、都内に二つ持っています。そして、都内のスーパーマーケット、薬店、たばこ店などに、一千近い窓口を持っています。ところで、六人の被害者ですが、都内のスーパーや、薬店のDP窓口に、頼んでいますが、どれも、中央フィルムの窓口なんです」

「やっぱりね。その中央フィルムでは、金曜日が、休みなんじゃないのか？」

「その通りです。金曜日が休日になっています。なぜ、金曜日にしたのかと聞いてみますと、土、日に遊びに行くことが多いので、月曜日に、一番仕事が集中し、金曜日が、一番暇になるからだそうです」

「二つの現像所は、受け持つ範囲が決っているんだろう？」

「そうです。中央フィルムの現像所は、新宿と、上野にあります。上野の現像所は、主として、上野、浅草から、江東方面を受け持っています」

「それで、その方面に、被害者が出ていなかったんだ。つまり、犯人は、上野の現像所の職員ではなく、新宿の現像所で働く職員ということになるね」

「私も、そう思いました。それで、新宿西口にある中央フィルムの現像所へ行って来ました」

「うん。それで？」

「この現像所には、百六十五人の職員が働いています。うち、男は、七割の百十八人。もっと、しぼって、この中から、事務系統の人間と、管理職を除くと、残りは、八十六人になります。この八十六人が、実際に、DPの仕事をやっているわけです」

「八十六人か」

「そうです。この中に、犯人がいるんでしょうか？」

「恐らくね。その中で、B型の血液型の男は、わかっていないのかね？」

「この会社では、職員の血液型まで調べていないんです。残念ながら」

「すると、犯人をしぼれないわけか」

「明日は水曜日です。会社に頼んで、全員の血液型を調べて貰いますか？」

「前には、調べたことがないんだろう？」

「そうです」

「だとすると、犯人は、必ず疑うな」

「高飛びしてしまいますか？」

「それなら、かえって、自ら犯人だと自白するようなものだから助かるが、困るのは、用心して、証拠を消してしまうことだ」

「証拠といいますと？」

「六人の犠牲者の水着写真だよ。こういう変質者は、襲った女性の写真を、後生大事に持っているものだからね」

「そうですね。しかし、このままでは、八十六人を、しぼることが出来ませんが」

「最後に襲われた小野みどりだがね。DPを頼んだのは、いつなんだ？」

と、十津川が、きいた。

亀井は、手帳を取り出して、

「十月十二日の日曜日です」

「何だって？　襲われる五日前なのか」

十津川は、大きな声を出した。

「そうです。沖縄で写真を撮って来ながら、ＤＰに出すのを、忘れてしまっていたんだそうです」

「犯人は、ストックといいますと？」

「ストックを持っていなかったんだ」

「新しい犠牲者のストックさ。五日前に注文されたフィルムの中の女性を襲ったのは、ストックがなかったためとしか考えようがないじゃないか」

「なるほど。しかし、それが、犯人逮捕の役に立ちますか？」

「立つさ。犯人に、罠《わな》を仕掛けられる」

「罠ですか」

「そうだ。罠だ。すでに十月の中旬に入っている。水着写真のフィルムは、少くなるんじゃないかね。そうなると、犯人のハレムに、新たな犠牲者は、もういない確率が大きいよ」

「なるほど。誰か、若い女の水着写真のフィルムを、中央フィルムのＤＰ窓口に持ち込めば、犯人が飛びついて来るかも知れませんね」

亀井が、ニヤッと笑った。

「十月十七日に、おとりに使った婦警が三人いた。その中の一人の水着写真を、今日中にどこかで撮って、そのフィルムのDPを、中央フィルムの窓口で頼むんだ」

「一人でいいですか？」

「一人がいい。集中できるからね。今日中に、室内プールか、テレビの撮影所を利用して、水着写真をフィルム一本分、撮るんだ。自然らしさを出すためには、男と一緒の写真もあった方がいいな」

「じゃあ、若い西本君に、モデルになって貰《もら》いましょう」

「彼は陽焼けしているかい？」

「この間、上半身裸になっているのを見たら、まっ黒に陽焼けしていました。もっとも、海で、優雅に焼けたんじゃなくて、時々、パンツ一枚で、ジョギングしたからだそうです」

「それならいい」

と、十津川は、オーケイを出した。

すぐ、西本刑事と、三人の婦警の一人、石山千恵子《いしやまちえこ》が呼ばれた。

二人は、十津川の命令に従って、都内の室内プールに出かけて行った。

石山千恵子の方は、大胆なビキニの水着になった。彼女だけの写真も撮ったし、西本と二人並んでの写真も撮った。

三十六枚撮りのフィルム一本を、撮ってから、二人は、捜査本部に帰った。

「よく撮れたかね？」

十津川がきいた。

ピント外れや、露出不足の写真で、犯人の食欲を刺激しなかったら、罠にはならなくなるからである。

「うまく撮れましたよ。それに、彼女の水着姿は、なかなか魅力的でした」

と、西本は、ニヤニヤした。

翌、二十二日の水曜日。石山千恵子は、自宅近くのスーパーマーケットに行き、そこの入口のところに作られた、中央フィルムのDP窓口に、フィルムを持って行った。

「なるべく早く、お願いしたいんですけど」

と、千恵子は、窓口にいた若い女性職員に、フィルムを差し出した。

「それでは、これに、住所と名前を書いて下さい」

と、相手の女性職員は、事務的に、フィルムを入れる袋を、千恵子の前に置いた。

袋の裏に、住所、氏名、電話番号などを書く欄がある。

中野《なかの》区東中野三丁目　東中野荘　二〇六号
石山千恵子

と、千恵子は、本当の住所と名前を書いた。

その欄は、二重になっていて、間に、カーボン紙が入っている。

相手は、写しの方を千恵子にくれて、フィルムを、その袋に投げ込んでから、

「土曜日の二十五日には出来ています」

と、いった。

千恵子は、写しを持って、捜査本部に帰った。

今日中に、千恵子のフィルムは、新宿にある中央フィルムの現像所へ廻されるだろう。とすると、明日の木曜日には、彼女の魅力的な水着写真を、犯人は見る筈《はず》だ。他のものが現像したとしても、同じ職場だから、見るチャンスはある。恐らく、職員同士、美人の写真だと、それを、見せ合っているのだろう。

「問題は、犯人が、食いついてくれるかどうかだな」

と、十津川が、いった。

「そう願いたいですね」

亀井も、いった。

だが、食いついたかどうかは、わからなくても、明後日《あさって》の金曜日には、千恵子をガードしなければならない。

そして、犯人が、千恵子を襲えば、逮捕のチャンスがある。

対決

1

また、金曜日がやって来た。

十月二十四日。金曜日。警察としては、どうしても、犯人にとって最後の金曜日にしなければならない日だった。

犯人は、餌に飛びついただろうか？

それは、まだわからない。

十津川の計算どおりなら、今夜、おとりの石山千恵子婦警が、金曜日の男に、狙われる筈である。

石山千恵子は、中央線の東中野駅近くのアパート「東中野荘」に住んでいる。

その住所は、DPの申込書に記入した。

犯人が、それを見たなら、間違いなく、今夜、アパートに忍び込んでくるか、或《ある》いは、アパート近くに、待ち構えているだろう。

十津川は、一つのストーリイを考えた。

恋人役の西本刑事が、石山千恵子を映画に誘い、夜の十一時頃、アパートまで送り届ける。

二人は、アパートの前で別れ、彼女は、自分の部屋に入る。

これまでの事件に照らして考えると、金曜日の男は、狙った女が、家にいない場合は、じっと、待っている。そして、夜おそく帰って来たところを襲っている。

今夜は、その通りに、石山婦警を襲わせなければならないのである。

千恵子の部屋には、あらかじめ、桜井《さくらい》刑事をひそませておくことにした。

その他、アパートの周辺にも、私服の刑事を、ひそませておく。

西本刑事には、実際に、千恵子を連れて、映画を見に行かせた。

犯人が、どこで、監視しているか、わからなかったからである。ちょっとした不注意で、犯人に、警戒心を起こさせてはならなかった。

西本刑事は、石山千恵子と、新宿で夕食をとり、歌舞伎町の映画館に入った。

恋人同士らしくということから、甘いラブ・ストーリイの映画を見たのだが、事件のことが頭にあるので、そのストーリイが、ほとんど、頭に入らなかった。

映画館を出たのが、十時少し過ぎである。

むしろ、女の石山千恵子の方が落ち着いていて、

「楽しかったわ」

と、明るい顔でいった。

「僕は、ストーリイが、よくわからなかった。やっぱり、緊張していたんだな」

「じゃあ、スーパーマンでも見た方がよかったかしら」

と、千恵子はクスクス笑った。

「君は、落ち着いているね。見直したよ」

「怖いことは怖いの。でも、皆さんが、いざとなれば、助けて下さると確信しているから。そうでしょう？」

「もちろん、万全の態勢を敷いていますよ。絶対に、君を殺させやしない。今夜こそ、金曜日の男を、捕えてやる」

二人は、明治《めいじ》通りで、タクシーを拾った。

電車で帰るか、タクシーにするかについては、会議で、もめたのである。

若い恋人同士なのだから、ふところも寂しい筈である。映画の帰りは、電車で帰るのが普通ではあるまいかという意見と、最近の若者は、ぜいたくだから、彼女を送って行くのに、タクシーを使うだろうという意見が出て、結局、タクシーということになったのである。

アパートの前で、タクシーをおりた。

さすがに、ここへ来ると、千恵子も、緊張した。こわばった顔になっている。

「お休み」

と、西本がいった。

千恵子の方も、口元に微笑を浮べて、

「お休みなさい。今日は楽しかったわ」

と、いった。

西本は、待たせてあったタクシーに乗った。

2

千恵子は、ひとりになった。

いや、アパートの周辺にも、彼女の部屋にも、刑事が張り込んでいる筈だから、ひとりではないのだが、どこを見廻しても、刑事の姿は見えない。巧妙にかくれているからとわかっていても、ふと、心細くなる。

午後十時四十二分。

時刻に、申し分はない。一番、金曜日の男が、若い女を襲う時間である。

千恵子は、アパートに入った。

入口のところにある管理人室は、もう閉って、窓にはカーテンがかかっていた。

アパート全体が、寝入ってしまったように、静かである。

千恵子は、階段をあがって、二階の隅にある自分の部屋まで歩いて行った。

ハンドバッグから、キーを取り出して、錠をあける。廊下に、全神経を集中して、ドアを開けた。が、背後から襲いかかってくる者はいなかった。

部屋に入ってから、後手に、ドアを閉め、部屋の明りをつけた。

六畳に、バス、トイレ、キッチンのついた部屋である。

桜井刑事は、押入れに身をひそめている筈だった。

台所に行き、お湯をわかしにかかった。のどが渇いたので、お茶を飲みたくなったのである。

(どうやら、金曜日の男は、ここには来ないらしい)

と、千恵子は思った。

もし、自分を襲うつもりなら、当然、もう襲っていなければならない筈だからである。前のいくつかの事件では、犯人は、女の帰りを、途中の暗がりで待ち伏せしていて襲いかかるか、女が、自分の部屋に入ろうとしたとき、突然、背後から押し込むようにして襲っている。

「桜井さん」

と、千恵子は、押入れの傍に行き、呼んでみた。

「お茶をいれましたけど、飲みません? どうやら、犯人は、罠《わな》にかからなかったみたいですわ」

しかし、桜井刑事の返事はなかったし、押入れから、出てくる気配もなかった。

千恵子は、急に不安になってきた。

「桜井さん。桜井刑事!」

と、千恵子は、呼びながら、押入れを開けた。

そのとたん、ジャンパー姿の桜井刑事が、血まみれの顔で、どさりと、畳の上に倒れ込んできた。

「わあッ」

思わず、悲鳴をあげそうになるのを、千恵子は、必死に、口を手で押さえた。

自分は、婦人警官なのだという意識が、働いたからである。

桜井刑事の身体は、横に転がったまま動かない。

(犯人は、まだ、この部屋にいるのだろうか？)

千恵子は、ハンドバッグから、口径二二ミリの小型拳銃《けんじゅう》を取り出すと、安全装置を外し、それを右手に持って、改めて、部屋の中を見廻《みまわ》した。

犯人が、ひそんでいるとすれば、トイレと、バスルームしかない。

拳銃を構えたまま、電話を引き寄せ、あらかじめ、決められているダイヤルを回した。

「石山婦警です。桜井刑事が、やられました」

「犯人は？」

「逃げたのか、まだ部屋にいるのかわかりません」

「すぐ行く」

電話が切れた。

もし、今の声を聞いて、犯人が、トイレかバスルームから飛び出して来たら、千恵子は、引金を引くつもりになっていた。

だが、誰も現われない中《うち》に、十津川警部と、亀井刑事が、部屋に飛び込んできた。

千恵子は、二人とトイレと、バスルームを調べてみた。

どちらにも、犯人はいなかった。

すぐ、救急車が来て、桜井刑事を運んで行った。

「桜井さんは、助かるんですか？」

青い顔で、千恵子がきいた。

「ひどく殴られているからね。助かってくれと、祈るより仕方がないな」

と、十津川がいった。

桜井は、若いが、用心深いし、柔道二段の腕を持っている。その桜井が、めちゃめちゃに殴られているところをみると、恐らく、ふいを突かれたのだろう。

「犯人は、どこから入って、どこから逃げたんでしょうか？」

と、千恵子は、十津川にきいた。

「ドアには、鍵《かぎ》がかかっていたんだね？」

「はい。キーであけました。窓も、カギがかかっていました」

「じゃあ、残るのは、天井だな」

十津川は、押入れを開け、懐中電灯で、天井を照らしてみた。

板が、少し、ずれている箇所が見つかった。その真下の床に、埃《ほこ》りが落ちている。

「ここだな」

と、十津川がいうと、亀井が、天井板をずらして、もぐり込んでいった。

がさごそと、しばらく音がしていたが、十二、三分して、亀井が戻って来た。手足を、埃りまみれにしたまま、

「三つ先の二〇三号室の天井から入ったようです」

「その部屋、空いているんです。住んでいた人が、先月、引っ越したんで」

と、千恵子がいった。

「じゃあ、犯人は、二〇三号室が空き部屋なのを知って、そこから天井を伝って、ここに来たんだ。ところが、押入れに、桜井刑事がひそんでいた。桜井君も、まさか、犯人が、頭の上から来るとは思っていなかったんだろう」

亀井が、いまいましげにいった。

押入れの中には、血が飛び散り、それが、赤黒く乾いている。

多分、犯人は、ハンマーか、スパナのようなもので、いきなり、桜井刑事を殴りつけ、意識を失ったところを、更に、殴ったのだろう。

「問題は、犯人が、桜井君を、刑事と知って、襲ったかどうかだな」

と、十津川が、いった。

3

「それはないと思います」

亀井が、きっぱりと、いった。

「なぜ、そう思うんだね？」

十津川が、きいた。

「桜井君は、ジャンパーの内ポケットに、拳銃をかくしていました。それが、奪われていません。恐らく、犯人は、自分が、いつも、女を襲っているので、押入れにかくれていた桜井君も、同じ仲間と思ったのではないでしょうか？　もし、警察と思ったのなら、桜井君を殴り倒したあと、身体検査をして、拳銃を奪い取っていた筈《はず》です。ああいう犯罪者にとって、拳銃は、大変、魅力のあるものに違いありませんから」

亀井は、自信をもっていった。

「犯人が、気付かなかったとすれば、この罠は、もう一度、使えるな」

十津川がいうと、千恵子は、びっくりした顔で、

「もう一度ですか？」

「怖いかね？」

「いいえ。桜井刑事の仇討《かたきう》ちをしたいですから、もう一度、やらせて頂きます。でも、また、私を襲うでしょうか」

「カメさんのいうように、桜井君を刑事と思わなかったとすれば、もう一度、君を襲う可能性は強いと思うね。今までの事件から考えて、犯人は、自信家で、しつこい男だ。一度失敗しても、また、やってくるね」

「でも、桜井刑事のことが、新聞に出てしまったら、犯人は、用心してしまうと思いますけど」

「マスコミは、抑えるよ」

と、十津川は、いった。

そのあと、十津川は、部屋の電話で、桜井刑事が運ばれた病院に連絡をとってみた。

電話に出た医師は、重態だが、命は、取り止めると思うといった。

「しかし、しばらくは、意識が戻らないでしょう。面会も、もちろん、禁止です」

「とにかく、彼を助けて下さい。お願いします」

と、十津川はいって、受話器を置いた。

十津川と、亀井は、アパートを出た。

時刻は、すでに、午前零時を過ぎている。

「次の金曜日には、もう一度、石山婦警を、おとりに使うおつもりですか？」

と、車に向って歩きながら、亀井が、きいた。

「次の金曜日まで、犯人が捕まらなければね。しかし、それまでに、犯人を逮捕してみせるさ。今日、石山君のアパートに、金曜日の男と思われる人間が侵入した。ということは、犯人が、中央フィルムの新宿現像所で働いている人間だと証明されたことになる」

「現像の仕事をしている男の社員を、片っ端から洗ってみることにします」

「そうしてくれ。ただし、犯人にわからぬようにね」

「わかりました」

「それから、今夜の聞き込みだ。われわれは、アパートから逃げ出す犯人を見なかったが、誰か、怪しい人物を目撃した人間がいるかも知れない」

と、十津川は、いった。

朝になると、まず、現場付近の聞き込みが開始された。

マスコミは、十津川が抑えたので、桜井刑事重態のニュースは、テレビにも、新聞にも出なかった。

アパートの住人に、怪しい人物の目撃者はいなかった。

しかし、アパートから、三十メートルほど離れた場所で、帰宅途中のサラリーマンが、一人の人物と、一台の車を目撃していた。

時刻は、午後八時四十分頃である。アパート「東中野荘」の方から、一人の男が、駈《か》けて来て、道路に止めてあった車に乗り込み、あわただしく、走り去った。

それが、このサラリーマンの証言だった。

十津川が、この証言を重視したのは、走って来た男が、手に、スパナのようなものを持っていたと、いったからである。

「それに、噛《か》みつくような顔をしているので、殴られるんじゃないかと思って、あわてて、逃げましたよ」

と、その中年のサラリーマンは、青い顔でいった。

「相手の顔は、はっきり見たんですね？」

十津川がきくと、中年のサラリーマンは、急に、自信のない顔になって、

「それが、思い出そうとするんですが、上手《うま》く思い出せなくて」

「しかし、噛みつくような顔をしていたので、怖かったといわれた筈ですよ。そうなら、相手の顔を、はっきり見たんじゃありませんか？」

「そうなんですが、どんな眼をしていたか、どんな口をしていたかという細かいことを思い出そうとすると、いっこうに浮んで来ないんです。申しわけないんですが」

「いや。そういうこともあるかも知れませんね。右手に、スパナを持っていたことは、確かですね？」

「白く光る細長いものを持っていたことは、間違いありません。最初は、ナイフかなと思ったんですが、あれは、ナイフじゃありませんね。スパナだと思います」

「その男は、車に乗って、走り去ったんですね？」

「ええ。怖くなって、いったん逃げたんですが、途中で、立ち止って、振り返ったら、車に乗るところだったんです」

「どんな車か覚えていますか？」

「白い車ですよ。あれは、中型というのかな」

「どこの何という車かわかりませんか？」

「私は、運転免許証を持ったことがないんですよ。もちろん、車もです。だから、車の名前も知りません。ただ、そう小さくも、大きくもない、中型の車だったことだけは確かですよ。それに、色は白だった」

「ナンバーは、見ませんでしたか？」

「ええ。何しろ、あの辺りは、薄暗かったし、それに――」

「それに、何です？」

「ナンバープレートが、汚れていて、見えにくかったみたいなんです。泥がついていて。前の日に雨が降ったから、泥がはねあがったんじゃないでしょうか？」

「なるほど」

と、十津川は、微笑した。

相手は、眉《まゆ》をひそめて、

「私が、何かおかしいことをいいましたか？」

「いや。どうも、よく話してくれました」

と、十津川は、礼をいった。

十津川が笑ったのは、そのサラリーマンが、好人物だと思ったからである。

昨日、雨が降ったから、泥がはねて、ナンバープレートがよく見えなかったといった。

が、それが、犯人の車なら、わざと、泥をこすりつけていた可能性の方が強いのである。

「その男が、金曜日の男の可能性が強いですね」

と、亀井がいった。

「だが、犯人の顔は、よく覚えていないというんだ。恐怖だけが、先に立ってしまったんだろう。暗い通りで、スパナを持った男が、血相変えて走ってくれば、顔をよく見ようと思うより先に、怖くなって逃げるのが自然だからね」

「それに、怯《おび》えた時に見た印象というのは、当てになりません。小男が大男に見えたり、女みたいな優男の筈が、鬼みたいな顔だったといったりしますからね」

「白い車というのは、信じていいだろう。犯人が、車に乗ってしまって、ほっとしてから見たんだからね。ナンバープレートに、泥がついていたのまで覚えていたんだから、この時は、冷静だったと思うよ」

「白い中型車ですか。カローラか、サニークラスの白い車でしょうが、あのクラスの白い車というと、もっとも台数が多いですからね。中央フィルムの新宿現像所の職員も、このクラスの車を持っている者が、一番多いでしょう」

亀井の予想は、当っていた。

極秘裏に調べたところ、中型の白い車を持った男の社員で、二十代、三十代の数は、十二名に達した。

今は、ほとんどの若者が、車を持ち、それが、たいてい、白い車なのだ。

「十二名を、少しずつ絞って行こう」

と、十津川はいった。

社員の血液型検査は行われていないので、血液型から、犯人を絞っていくことは出来ない。としたら、何があるだろうか？

4

妻帯者か、独身かで絞るわけにはいかなかった。最近の性犯罪は、妻帯者の方が多いくらいなのだ。

イギリスで、売春婦を次々に殺していった「現代の切り裂き魔」も、妻帯者だった。

「ヒントは、いくつかある」

と、十津川は、部下たちを前にして、いった。

「第一は、九月二十六日の金曜日だ。この日、佐伯裕一郎が、新宿のスナックで拾った吉川知子を、ラブ・ホテルで殺そうとしたので、彼を金曜日の男と思い込んでしまったのだが、これが間違いだったことは、もう、わかっている。ただ、この日、他に、若い女性に対する暴行殺人事件は、起きていない。つまり、この日、金曜日の男は、仕事を休んだんだ。これほど、几帳面《きちようめん》に、金曜日ごとに、若い女性を襲っている男がだよ」

「つまり、九月二十六日には、どうしても、襲えない事情があったということですね？」

と、亀井が、きいた。

「そうだ。未遂もなかったから、襲って失敗したわけでもない。会社で、臨時の仕事をやらされたか、それとも、犯人自身が、病気で寝込んでいたかだろう。それを、まず、調べてくれ」

「他に、犯人を限定できる条件がありますか？」

「被害者の女性が、全て、陽焼けしていたことがある」

「しかし、それは、犯人の仕事が、フィルムの現像所で、太陽の光に恵まれないので、自然に、肌の陽焼けした女性に憧《あこが》れたからでしょう。その点は、全員、条件は、同じだと思いますが」

「いや、そうとばかりはいえないよ。ひとりを除いて、他の者は、金曜日の男ではないわけだからね」

「警部が、何をいおうとされているのか、よくわかりませんが」

「私は、こう考えたんだ。暗い現像所で働いていても、発散する場所さえあれば、連続暴行殺人には走るまい。現に、中央フィルムの現像所で働いている人たちは、犯人をのぞいて、何もやっていないからね。だから、犯人には、他の職員と違ったものがあった筈《はず》だ。人一倍、陽焼けした肌に対して、強い憧れをもっていた理由がね」

「それは、どういうことでしょうか？」

「現像、焼付、引伸しというのは、特殊技能だろう。普通のサラリーマンなんかよりも、いい給料を貰《もら》ってるんじゃないのかね」

「そうですね。中央フィルムでは、平均、三十万から五十万円の月給を貰っていますし、ボーナスも、いいようです」

「それなら、金を貯めて、グアムでもハワイでも行けるわけだ」

「そうですね」

「仕事は、太陽の射さない場所でしていたとしても、一年に二回か三回、旅行に行けば、ストレスは消えるんじゃないかな。グアムやハワイでなくても、沖縄あたりへ行って、海で肌を焼けば、陽焼けした肌への異常な憧れも、生れて来ないだろう」

「すると、職員の中で、陽焼けしてない男が、容疑者ということになりますか？」

亀井がきくと、十津川は、笑って、

「そう早呑《はやの》み込みしなさんな。陽焼けが嫌いな人間だっているからね。私なんかは、真っ赤に陽焼けした女性より、色白な女性の方がいい。現像の仕事をしている人にだって、同じ考えの人もいる筈だ」

「するとどういうことですか？」

「犯人は、今、私がいったような、気持の捌《は》け口がなかった男ということになるんじゃないかね？」

「なるほど。いい給料をとっているが、何かの理由で、借金があったりして、夏を楽しめなかった人間ということになりますね」

「その通りさ。例えば、バクチ好きで、サラ金からも、借金をしている男なら、毎日、陽の目を見ずにしている仕事の捌け口に、日光のさんさんと降り注ぐ南の海へも行けないだろうからね。不満はうっ積してくる筈だよ」

「金に困っている男がいるかどうか調べてみます」

と、亀井はいった。

5

三人の男が、容疑線上に浮んできた。

いずれも、もちろん、中央フィルムの新宿現像所で、働く男たちで、一人が妻帯者、あとの二人は、独身である。

佐藤弘《さとうひろし》（二九）妻と三歳の男の子あり
杉本一男《すぎもとかずお》（二六）独身
古井哲郎《ふるいてつろう》（二五）独身

の三人である。

佐藤は、京王線の調布に家を新築したために、二千万円の借金をしている。毎月、十五万円のローンを返済しているので、家計は苦しい。

佐藤の小遣いも、月三万円で、その中から、昼食代、煙草代なども出している。妻の君子《きみこ》（二七）は、現在、二番目の子供を宿していて、妊娠七か月であり、従って、夫婦のセックスも、控えている。

杉本は、バクチ好きで、賭《か》け麻雀《マージャン》、競馬、それに、最近は、競輪にもこっていて、会社の共済組合から百万円を借り、それでは足りずに、サラ金からも、二百万近い借金をしている。

古井の場合は、交通事故による借金だった。車で、自転車に乗っている老人をはねて、重傷を負わせてしまったのである。示談にして貰ったので、刑務所行にはならなかったが、丁度、保険が切れていたので、相手の入院費や、補償金として、五百万円の借金をしてしまった。

「いずれも、背の高さは、一七〇センチ前後です」

と、亀井が、十津川に、報告した。

「三人の血液型がわかれば、一発なんですがねえ」

若い青木刑事が、口惜《くや》しそうにいった。

だが、突然、血液型の検査でもしたら、相手に警戒されてしまうだろう。

「三人に、前科はないのかね？」

と、十津川がきいた。

「婦女暴行の前科だが」

「三人とも逮捕されたことはありません」

「性格はどうだね？」

「佐藤と古井は、内向的で、杉本は、外向的です。三人をよく知っている友人たちに聞いたんですが、いずれも、若い女性を暴行したあげく、殺すような人間には見えないということです」

「最初から、凶悪犯とわかるような人間なら、とっくに捕っているだろうね」

「これから、どうしますか？」

「九月二十六日の金曜日に、犯人は、何もしなかった。だから、この三人が、九月二十六日は、何をしていたか調べて欲しい。会社は休日の筈だが、何らかの理由で、犯人は、この日の夜、外出できなかったに違いないからだ。それが上手《うま》くいかなかったら、この三人を徹底的に、尾行し、監視するより仕方がないな」

と、十津川は、いった。

6

九月二十六日についての捜査は、上手くいかなかった。

特に、独身の二人については、休日の行動が、つかみにくかった。

二人とも、都内のアパートに住んでいるのだが、隣り近所が、彼等の行動について、全く無関心だったからである。

従って、尾行に重点が、おかれることになった。

二人一組の刑事が、三人の尾行に当った。

家から、新宿現像所までの尾行、そして、会社が終ってからの尾行である。

家族持ちの佐藤は、さすがに、まっすぐ、新築の家に帰ることが多かった。

杉本は、相変らず、友だちを誘って、麻雀をすることが多かった。

新宿の麻雀屋で、杉本が、十二時近くまで遊んでいる間、尾行の刑事二人は、外で、じっと待たなければならない。

古井の行動は、三人の中では、一番、変っていたといえるかも知れない。

夜の新宿の町を、ただ歩くのである。盛り場を、ただ歩く。映画館の看板を眺め、パチンコ屋をのぞき、カメラ店などのショーウインドーをのぞく。

「金がないので、ただ、眺めているだけなんでしょう」

と、古井の尾行に当った青木と、白石の二人の刑事が、十津川に報告した。

「すると、欲求不満になっているかも知れないな」

「金がなければ、トルコで遊ぶということも出来ません」

と、若い青木が、いった。

「古井に、恋人はいないのかね？」

「いれば、一緒に、映画に行くなり、食事するなりするんじゃありませんか」

「恋人もなしか」

「古井が、金曜日の男だと、私は、思いますね」

と、青木は、断定するようにいった。

十津川は、慎重に、

「それは、まだわからんよ」

「しかし、警部。佐藤弘は、子供というものがあります。奥さんと、セックスが出来ないといっても、可愛い盛りの子供がいれば、不満は、発散するんじゃないでしょうか」

「杉本一男は、どうだね？」

「この男には、麻雀という楽しみがあります。私も、時々、麻雀をやりますが、これは、不満の捌け口になるものです。そこへいくと、古井には、何の捌け口もありませんし」

「夜の盛り場を歩き廻《まわ》ることが、結構、捌け口になっているのかも知れんよ」

「そうは、思えませんね」

「まあ、慎重に尾行してくれ」

と、十津川は、いった。

十月二十七日の月曜日も、古井は、会社を出ると、新宿の盛り場に向った。

今夜は、少しは、金があるのか、まずパチンコ屋に入って、五百円ほど使って、マイルドセブンを二箱手に入れた。

そのあと、コマ劇場の方向へ向って歩いて行く。

青木と白石の二人の刑事は、そのあとをつけた。

新宿歌舞伎町は、いつものように、人であふれていた。

若者の町らしく、若いアベックが多い。それを見て、古井は、どんな気持だろう？

自分は、莫大《ばくだい》な借金のために、小遣いも、ままにならない。恋人もいない。そんな古井が、仲のいいアベックを見ると、攻撃的になるかも知れない。

「どういう気で、こんなところを歩いているのかね？」

つけながら、青木が、小声で、白石にささやいた。

「わからんね。警部のいわれる通りなら、犯人には、ハレムがある筈《はず》だから、ここで、次の獲物を物色しているわけでもないと思うんだが」

と、白石がいったとき、突然、前方で、悲鳴があがった。

人波が、さっと、両側にわかれて、空白になった場所で、二人のつけていた古井と、チンピラ風の男二人とが、喧嘩《けんか》を始めた。今の悲鳴は、近くを歩いていた若い女が、チンピラの片方が手にしたナイフを見て、あげたものだった。

何が原因で、喧嘩が始まったのかわからなかった。

あっという間に、チンピラの一人が、ナイフで、古井の横腹を刺し、古井は、傷口を押さえて、その場に、うずくまってしまった。

どっと、血が噴き出している。

青木は、反射的に、片方のチンピラに飛びかかった。

白石が、古井を抱き起こすようにしながら、

「救急車を呼んでくれ！」

と、怒鳴った。

7

古井は、すぐ、救急車で、近くの外科病院に運ばれ、手術を受けた。

彼を刺したチンピラの一人は、青木が、逮捕し、逃げたもう一人は、指名手配された。

喧嘩の原因は、肩が触れたかどうかという、つまらないことだった。どうやら、二人組の方は、最初から、喧嘩を売る気だったらしい。

古井の傷は、十二針も縫うような重さだったが、幸い、命は取り止めた。

白石は、病院に詰めていたが、手術がすんで、出て来た医師に、警察手帳を見せて、

「先生に、お願いがあります」

と、いった。

小柄な医師は、微笑して、

「患者は、助かりますよ。それは、約束します。幸い、急所を外れていますからね」

「患者は、だいぶ出血があったと思います。その血から、彼の血液型を調べて頂きたいんです」

「あの患者に、輸血の必要はありませんよ」

「そうじゃなくて、どうしても、彼の血液型を知りたいんです」

「あの患者が、何か事件に関係しているんですか」

「いや、そうはいっていません。ただ、血液型を知りたいだけです」

「いいでしょう。調べてみましょう」

と、医師は、いってくれた。

白石は、いったん、捜査本部の十津川に、事件を報告してから、待合室で、血液型がわかるのを待った。

二時間待った。

さっきの医師が出て来て、「わかりましたよ」と、白石にいった。

「あの患者の血液型はA型ですね」

「A型?」

白石は、信じられないという顔で、医師を見つめた。

「どうかしましたか?」

と、医師が、不審そうに、白石の顔を見た。

「いや。てっきり、B型じゃないかと思っていたもんですから」

「B型じゃありません。O型に近いA型です」

医師は、きっぱりといった。

この瞬間、古井哲郎は、容疑者のリストから除外されたのである。

これで、残るのは、佐藤弘と、杉本一男の二人になった。

8

二人に対する尾行は、連日、続けられた。

その一方で、近所での聞き込みも実施された。

佐藤は、子ぼんのうで、休みの日など、近くの公園で、三歳の男の子を遊ばせている姿を見かけるという声がある反面、気まぐれで、町で会って、こちらがあいさつしても、そ知らぬ顔をしていたりして、何を考えているのかわからぬという声も聞こえてきた。

もう一人の杉本については、誰もが指摘するのは、借金で首が回らない現在でも、いぜんとして、バクチ好きということである。

上司や、親戚《しんせき》などから、競馬、競輪はやめるように忠告されているようだが、いぜんとして、やめないらしい。

そのため、自ら志願して、夜勤などもしているようだが、それでも、借金の返済は、なかなかのようだった。

どちらも、容疑者としての資格を備えていることになる。

しかし、二人が、金曜日の男だということは、あり得ない。これまでの暴行殺人のやり方、B型の血液型だということを考えると、共犯説はとれない。一人の犯行としか考えられないのである。

どちらか一人に、絞りたい。

「佐藤か杉本か、どちらかに、わざと、喧嘩を吹っかけたらどうでしょうか？」

と、若い青木が、思い切った提案もしたりした。

「喧嘩を吹っかけて、どうするんだい？」

亀井が、笑いながらきいた。

「鼻でも、一発殴れば、鼻血が出ます。それで、血液型がわかりますよ」

「その男が、B型の血液型ならいいが、違っていたらどうなるんだ？　警察官に喧嘩を吹きかけられたとして、告訴されるぞ」

「B型でも問題があるよ」

と、十津川が、いった。

「なぜですか？　犯人とわかれば、喧嘩したことくらい、どうでもよくはなりませんか？」

「血液型がBだから、犯人に違いないと決めるわけにはいかないからだよ。もう一人が、同じB型かも知れないじゃないか。だから、二人の中の一人が、B型でないことがわかれば、容疑者を一人に絞れるが、B型だったら、絞れないんだ。それを考えたら、片方に、喧嘩を売るなんて馬鹿なことは出来んね。第一、そんなことで、血液型を確認して、それをもとに起訴したって、法廷では、証拠に採用されないよ」

「それなら、家宅捜査はどうですか？」

と、安井刑事が、十津川にきいた。

「両方とも、家宅捜査をやるのかね？」

「いや、杉本一男の方だけです。佐藤の方は、家族が一緒に住んでいるから難しいでしょう。その点、杉本の方は、ひとりでアパート暮しですから、彼が、会社に出ている間に、楽に、彼の部屋を調べられます」

「それで？」

「警部がいわれた通り、犯人は、今までに殺した女と、先日、殺しそこなった石山婦警の水着写真を持っていると思います。それが、犯人のハレムですから。もし、杉本の部屋に、彼女たちの水着写真があれば、金曜日の男に間違いないと思います。なければ、佐藤弘が、犯人と考えていいと思うのです」

「犯人なら、女たちの水着写真を持っているだろうという点は、賛成だね」

と、十津川は、いった。

「それなら、やってみようじゃありませんか」

安井が、顔を突き出すようにして、いった。

「しかし、まだ、どちらが犯人かわからないんだ。もし、杉本が犯人でなかったら、不法な家宅捜査ということになる」

「警部。考えて下さい。すでに、四人の女が暴行され、殺されているんです。その他に、石山婦警を含めて三人が、憎むべき犯人のために、殺されかけています。次の金曜日には、またやるでしょう。責任は、私が負います。杉本一男のアパートを調べさせて下さい」

9

十津川は、決断しかねた。

安井のいう通り、二人の家宅捜査をすれば、何か、わかるかも知れない。

まず、考えられるのは、犠牲者の写真である。

普通の犯罪者は、必死になって、犯罪の証拠をかくそうとするものだが、「金曜日の男」のような偏執狂的な犯人になると、逆の場合が多い。

アメリカで、自分が殺した女の顔を一人一人、写真に撮っていた犯人がいた。その写真も、襲われた女が、恐怖に怯《おび》えた表情をしたときの写真だった。

殺した女の髪の毛を切り取って、保存していた暴行殺人鬼もいた。

こうした行動は、特に、連続殺人などの犯人に多い。

だから、今度の「金曜日の男」も、一方で、証拠を消す努力をしているだろうが、一方で、自分の犯行を誇示するようなものを、持っている可能性も強いのだ。

第一に考えられるのが、犠牲者の水着写真である。

犯人は、水着写真のハレムを持っていたと考えられている。

普通に考えられるのは、一人殺すごとに、一枚ずつ、破り捨てるか、焼き捨ててしまうことだが、それは、普通の考え方だと、十津川は、思う。

だが、今度の犯人は、そうはするまいと、思った。殺したことによって、犯人は、彼女が完全に自分のものになったと考え、彼女の写真は、大事にとっておくのではないだろうか。

犯人にとって、それは、輝かしい戦果なのだ。

それを考えると、家宅捜査のメリットは、十分にある。しかし、それにも拘《かかわ》らず、十津川が、決断しかねたのは、まだ、いぜんとして、二人の容疑がかたまっていないことにあった。

二人が共犯とは考えられないから、どちらかが、金曜日の男である。

その確信はある。

だが、決め手がなかった。だから、全くシロの人間の家宅捜査をしてしまう可能性が、ついて廻《まわ》るのである。

その上、表面上は、「金曜日の男」は、すでに逮捕されて、裁判が進行中なのだ。もし、家宅捜査をやっても、二人の中のどちらが犯人とも決しかね、その上、弁護士に告訴されたら、どうなるのかという不安があった。

下手をすると、警察が、誤認逮捕をしていると、バクロされかねない。

警察の内部が、二つに分れていると、マスコミに、書き立てられる恐れもある。

そうした不安が、十津川の決断の邪魔をしているのである。

しかし、二人の中のどちらが、金曜日の男か決めかねている間に、時間だけは、容赦なく、過ぎていった。

また、金曜日がやってくる。

その切迫感が、とうとう、十津川を踏み切らせた。

「まず、独り者の杉本一男の方を、調べよう」

と、十津川は、部下の刑事たちを集めていった。

十月二十九日の水曜日。次の金曜日の二日前である。

10

問題化した時に備えて、杉本一男のアパートの捜査は、亀井と安井の二人のベテラン刑事が、当ることになった。

九月五日のまだ暑い最中に始ったこの事件だったが、すでに、秋風が冷たく感じられる季節になってしまっている。

二か月近くが、経過しているのである。

そのことが、二人のベテラン刑事の表情を硬いものにしていた。ただ、二か月過ぎたというだけではない。何人もの死者を出していたからである。

午前十時に、杉本のアパートに着いた。

杉本は、午後五時まで、会社から帰って来ない筈《はず》だった。

亀井が、管理人に話をした。

「必要な家宅捜査で、令状もここにある。ただし、本人にはいわないように」

「杉本さんが、何かしたんですか？」
五十二、三歳の痩《や》せた管理人は、もう、青い顔になっていた。
亀井は、相手を落ち着かせるように、微笑した。

「まだ、何をしたという段階じゃないんだ。ただ、容疑者の一人というだけだが、杉本さんのためにも、部屋を調べて、シロ、クロの判断をしたくてね。それで、調べるんだから、あなたにも、立ち会って貰《もら》う」

「私が、立ち会うんですか？」

「そうだよ。あとで、何かが失くなったということになると、困るからね」

「部屋を開けてくれないか」

と、傍から、安井が、いった。

管理人が、二階の杉本の部屋を開けてくれた。

六畳に三畳、それに、小さな台所とトイレがついている。風呂《ふろ》はない。

典型的なアパートの部屋の造りといえるかも知れない。

三畳には、畳の上にじゅうたんを敷き、ベッドが置かれていた。そこを、寝室にしているようだ。

六畳には、机や、書棚や、洋服ダンス、テレビ、それに、小型のオーディオなどが、所狭しと並んでいた。

「二百万もサラ金から借りているにしては、かなり、優雅な生活をしているねえ」

と、安井が、小声でいった。

管理人は、入口のところに立って、青い顔で、二人の刑事を見ていた。

書棚には、五、六十冊の本が並んでいたが、統一がとれていなかった。

話題のベストセラーがあるかと思うと、「株の儲《もう》け方」とか、「競馬必勝法」などという本がある。

「女についての二十四章」という題の本もあった。

めちゃくちゃな感じもするが、一般の人の書棚は、たいてい、こんなものだろうという気もしなくはなかった。

亀井の書棚だって、文学書の隣りに、金魚の飼い方を書いた本が置いてあったりするからである。

週刊誌も、沢山、部屋の隅に積んであったが、雑誌の中に、「フレンドシップ」という男女の交際誌を、毎月購読しているらしく、九冊ばかり入っていた。

亀井は、その一冊を、手にとって、頁を繰ってみた。

男、女の両方からの、交際希望の投書がのっている。顔写真入りのもあるし、中には、水着姿で、投書している女性もあった。

若い男なら、こんな雑誌を購読していても別におかしくはないとも思えるし、杉本が犯人だとすれば、この雑誌からも、犠牲者を探していたともとれる。

現に、男女交際誌に投書をして、ペンフレンドになり、相手の女性を呼び出して暴行の上、殺した事件も起きている。

亀井たちは、最後に、机の引出しを調べてみた。

雑然と、いろいろなものが入っている。というより、突っ込んである。

こわれた腕時計、ボールペン、外れた競馬の投票券や、宝くじ。そうかと思うと、友人などからの年賀状が、ゴムで束ねて、入っていたりした。

一番下の引出しには、週刊誌などが入っていたが、その下に、大きな封筒が見つかった。

厚手の茶封筒で、セロテープで封印がしてある。

亀井は、手袋をはめた手で、慎重に、セロテープを、はがしていった。週刊誌一冊分ぐらいの厚みがあって、気になったからである。

「あったよ」

と、亀井が、中身を見て、安井に向って、ニヤッと笑って見せた。

大きく引き伸したカラー写真が、約三十枚。

どれも、若い女の水着写真だった。

第一の犠牲者の橋田由美子の写真が、一枚、二枚、三枚と見つかった。どれも、ビキニ姿の写真である。

裏には、彼女の住所と、名前も書いてある。

次は、第二の犠牲者となった、S大の学生の谷本清美だった。

こちらは、四枚もある。どれも、見事に陽焼けしたビキニ姿だった。第三の犠牲者、君原久仁子の写真も、もちろんある。

彼女の場合は、三十歳で、ホステスということもあって、やや、太り気味だった。それだけに、ビキニ姿が、ひどく、肉感的である。

「全部あるね」

と、安井がいった。

警察が、おとり捜査に使った石山婦警の水着姿までが、入っていた。

どの写真も、ビキニの水着で、ニッコリと笑いかけている。

もちろん、この写真を撮った、恋人なり、ボーイフレンドなりに笑いかけているのだが、犯人は、写真を並べて、眺めているとき、自分に向って、ほほえみかけていると、錯覚したのではないだろうか。

自分に向って、誘うような笑い方をしているくせに、現実には、自分のものではない。他の男のものだということが、犯人にとって、無性に腹が立ち、許せなかったのではないのか。

「これで、決ったな」

と、安井が、興奮を抑えるように、ちょっと、ぎこちない声で呟《つぶや》いた。

「石山婦警が、まだ、最後だとすると、次の金曜日に、犯人は、もう一度、彼女を狙う可能性があるね」

「なに、その前に、逮捕するさ」

と、安井が、いった。

二人は、改めて、管理人に口止めしてから、カラー写真の入った茶封筒を持って、警視庁へ帰った。

11

机の上に、三十枚のカラー写真が、並べられた。

いずれも、若い女の水着写真である。しかも、素人が撮ったものだけに、うまくはないが、逆に、実在感がある。

「こう並べると、壮観だね」

と、十津川が、いった。

「犯人は、毎日、会社から帰ってくると、こうやって、並べて眺めていたのかも知れませんね」

と、亀井が、いった。

確かに、これは、ハレムである。架空のハレムだが、犯人は、それを、架空のハレムでなくしようとしたのだろうか？

「桜井刑事の病状は、どうですか？」

と、安井が、きいた。

「生命に別状はないが、まだ、意識不明だそうだ」

十津川が、答えると、安井は、きッとした顔になって、

「彼のためにも、一刻も早く、杉本を逮捕して下さい」

「令状は、間もなく、貰える筈《はず》だよ」

と、十津川は、いった。

杉本一男に対する逮捕令状が出たのは、午後二時だった。

この時間は、まだ、杉本は、会社から帰宅していない筈だった。

中央フィルムの新宿現像所へ行って、職場で、杉本を逮捕するか、それとも、アパートに帰ったところを逮捕するかが、論議された。

普通は、帰宅したところを逮捕するのだが、何といっても、相手は、殺人鬼である。一刻も早く逮捕したいという気持になるのが、当然だった。

「新宿現像所で、逮捕しよう」

と、十津川は、決断した。

十津川と、亀井、それに、安井と田島の四人が、車で、新宿に向った。

二人の刑事に、現像所の正面入口と、裏口をかためさせておいてから、十津川は、亀井と、中に入った。

所長に会って、杉本一男を、逮捕したい旨を告げた。

「所長室へ、呼んで貰えませんか」

と、十津川がいうと、所長は、当惑した顔で、

「杉本は、もう、帰りましたが――」

「帰宅した？」

十津川の顔色が変った。

「ええ。昼になって、身体の調子が悪いので、早退したいといって来たので、帰したんですが」

「しまった」

と、十津川は思わず、声に出していった。

ひと足おくれたのだ。

十津川と亀井は、所長室を飛び出すと、安井と田島を呼び集め、車で、杉木のアパートに急行した。

だだッと、彼の部屋に殺到した。

午前中に会った管理人が、びっくりした顔で、見つめている。

ドアには、錠がおりていたが、亀井たちが、猛烈な体当りで、ぶちこわした。

部屋の中は、空っぽだった。

「杉本は、どこへ行ったんだ？」

と、安井が、管理人に向って、怒鳴った。

「知りませんよ」

管理人が、怯《おび》えた声で、答えた。

「帰って来たのは、見ていないのかね？」

「見てません」

「この近くで、杉本が、行きそうな場所は？」

「知りません。ときどき、大通りのパチンコ屋へ行っているようでしたが」

「その他には？」

「知りませんよ。私は、住人の番人じゃないんだから」

「杉本は、車は持ってないのか？」

「この近くに、貸駐車場があって、そこに、車を預けてあるって、聞いたことがあります」

「どんな車だね？」

「そんなこと、知りません」

「そこへ案内してくれ」

と、安井が、大声でいった。

12

アパートから、百メートルほど離れた空地が、貸駐車場になっていた。

十台の車が並ぶようになっていて、壁のところに、名前が書いてある。

ない。

「杉本」という名前もあった。が、車はなかった。

（車に乗って、逃げたのだろうか？）

そう考えるのが、当を得ているようだった。

もし、そうなら、車のナンバーと、種類を、至急、調べて、手配をしなければならない。

十津川は、直ちに、東京都陸運局に電話し、杉本一男の名前を告げて、車の種類を調べて貰《もら》った。

車種は、白のニッサン・スカイラインGTで、ナンバーもわかった。

それに基づいて、全国に、指名手配が行われた。

容疑名は、暴行および、殺人である。

しかし、夜に入っても、手配の車も、杉本一男も、見つからなかった。

「杉本は、昼に帰宅して、机の引出しから、あの写真入りの茶封筒が失くなっているのを知り、警察の手が廻《まわ》ったと知って、逃げ出したんだろうな」

と、十津川は、東京の地図を見つめながらいった。

まだ、杉本は、この地図の中にいるのだろうか？　それとも、車という手段を利用して、高飛びしてしまったのか。

東京からの出口は、全て、チェックされている。国道には、検問所が、設けられた。

が、何といっても、杉本一男が、早退したのが、十二時頃で、逮捕状が出て、アパートに着いたのが、午後二時半である。その間に、二時間半の差がある。車を飛ばせば、豊橋《とよはし》あたりまで、すでに、逃げている時間だった。北なら、水戸《みと》あたりまで行っているかも知れない。

「杉本の立ち廻りそうなところにも、全て、手配してくれ」

と、十津川は、亀井たちにいった。

杉本の郷里、知人、友人宅、それに、彼がよく行く場所。あらゆる場所に、手配が必要だった。

何といっても、杉本は、「金曜日の男」である。今までは、必ず、金曜日に、若い女を襲っていたが、逃亡したとなると、話は、別だった。そせつな的になって、今夜にでも、女性を襲い、暴行し、殺害する可能性もあった。それだけは、何としても、防がなければならなかった。

しかし、杉本は、どこに逃げたのかわからない。ただ、知らせを待つより仕方がなかった。

杉本の郷里は、中央フィルムの人事課で調べて貰い、北陸の福井とわかり、すぐ、県警本部に連絡がとられた。

この郷里には、両親と、兄夫婦がいる。逃げるとすれば、ここに立ち寄る公算が大きいのだが、翌朝になっても、県警からは、何の報告も入らなかった。

都内にある杉本の知人宅へは、亀井たちが、自分で、出かけて行った。

だが、杉本は、どこかへ消えてしまって、どこにも現われなかった。

こうした、物々しい捜査を、マスコミが、嗅《か》ぎつけない筈はなかった。

三十日の夕方になると、新聞記者たちが、押しかけて来て、記者会見を要求してきた。

「どう発表したらいいかね？」

本多捜査一課長が、当惑した顔で、十津川に、相談した。

「問題は、杉本一男を、金曜日の男として、発表するかどうかですね」

「しかし、そう発表すると、佐伯裕一郎が、誤認逮捕だったことを、認めることになってしまうよ」

「それは、いつかは認めなければならないことですから」

と、十津川は、いった。

その時、電話が入った。

杉本の白いスカイラインが見つかったという連絡だった。

最後の金曜日

1

場所は、世田谷区烏山《からすやま》。甲州街道から、少し入ったところである。

そこの空地に、杉本の白いスカイラインGTは、放置されていた。

十津川が、現場に着いた時には、鑑識の連中が、車体に取りついて、ドアや、ハンドルの指紋検出に当っていた。

十津川は、彼等の邪魔にならないように、背後から、そっと、運転席をのぞき込んだ。

鑑識の中野《なかの》技官が、十津川に気付いた。

「そんなところにいないで、どんどん、運転席に入って調べて結構ですよ。われわれの仕事は、もう終りましたから」

と、いった。

「いや、もう見るものは、見てしまいましたから」

十津川は、微笑した。

「見るものは見たって、そこからじゃ、何も見えんでしょう？」

中野は、変な顔をした。

「燃料計を見たんです。ここからだと、まだ、Eになっていないんだが――」

「ええ。まだ、タンクには、半分以上入っていますよ。それが、どうかしましたか？」

「タイヤは四本とも正常だし、どこにも、故障箇所はないようですね」

「さっき、エンジンの調子を調べてみましたが、いい音がしましたよ。車検をとったのが二か月前らしいから、調子はいいんでしょうね」

「それに、燃料も、半分以上残っているのに、杉本は、なぜ、こんなところで、車を乗り捨てたのか？」

「なるほど。面白い疑問ですね」

と、中野は、肯《うなず》いたが、

「しかし、そういう疑問を解くのは、あなた方、捜査一課の仕事でしたね」

と、いって、他の鑑識課員と一緒に、車の外に出た。

亀井が、傍に来て、十津川と同じように、運転席をのぞき込んだ。

「杉本は、ここまで逃げて来て、どうして、車を捨てたのか、私にも、不可解ですね」

と、亀井が、いった。

十津川は、周囲を見廻した。

昔は、この辺りは、雑木林や、畠《はたけ》だけの場所だったのだろうが、今は、ところどころに、置き忘れられたように、小さな雑木林が残っているものの、マンションや、建売住宅が建ち並んでいる。

中古車販売の営業所が、二つ、三つと見えるのは、車が必要な郊外のせいだろう。

ここから一番近いのは、京王線の千歳《ちとせ》烏山駅だが、歩けば、三十分はかかるだろう。京王線に乗るためなら、なぜ、こんな場所に停めたのだろうか？

「この近くに、杉本の女が、住んでいるんじゃないでしょうか？」

と、亀井が、いった。

「そんな女がいるのなら、金曜日ごとに、若い女を襲ったりはしないだろう」

「そうすると、非常線を抜けるために、自分の車に乗っていてはまずいので、ここでおりて、他人の車を盗んだんでしょうか？」

「それも、ちょっと考えられないね。杉本は昼に、会社を早退したんだ。アパートに帰って、例の写真が無くなっているのに気付いた。アパートの管理人が、われわれが、部屋を調べたと話をしたのかも知れない。それで、車で、逃げた。まっすぐ、車を飛ばしたとすると、ここへ来たのは、おそくとも、午後二時半以前だよ。われわれが、杉本の逃げたのを知り、非常線を張ったのは、午後四時過ぎだ。つまり、杉本が、ここへ来たときは、まだ、非常線は、張られていなかったんだよ」

「確かに、そうですね。しかし、そうなると、なぜ、こんなところで、車をおりたのか」

「ここで、誰かに、会ったのかも知れないな。だから、車から降りた――」

「誰にです？」

「わからんよ」

と、十津川が、いったとき、中野技官が、「十津川さん」と、呼んだ。

「指紋の検出で、妙なことが、一つありますよ」

「どんなことです？」

「ハンドルに、指紋が一つもついていないんですよ」

2

「本当ですか？」

「ええ。一つもなしです。恐らく、運転していた人間が、おりるときに、拭《ふ》き取ったんでしょうね」

「手袋をはめて運転していたのかも知れんでしょう。こういうGT車を運転する若者は、よく、レーサーを気取って、皮手袋をはめていることがありますからね」

十津川がいうと、中野は、

「私も、そう考えたんですが、運転席横の小物入れを見て下さい」

と、いった。

十津川が、そこを見ると、使い込んだ小羊の皮手袋が入っていた。取り出してみると、指先が、出るようになった手袋だった。

これなら、いやでも、指紋は、ハンドルにつくだろう。

「なるほど、妙ですね」

と、十津川が、いった。

「この車は、杉本のものだから、彼が、ハンドルの指紋を拭きとる必要はないわけですね」

亀井が、首をかしげた。

「そうさ。杉本なら、そんなことする必要はないし、無意味なんだ。考えられるのは、杉本以外の人間が、車を、ここまで運転して来たということだね」

「しかし、誰が？」

「われわれは、間違った人間を、犯人と思い込んでいたのかも知れんぞ」

と、十津川は、嶮《けわ》しい表情になった。

「杉本が、犯人でないとすると、残るのは、妻子持ちの佐藤弘ですが」

「その佐藤が、金曜日の男なのかも知れないな。彼の家は調布だから、この先だ」

「しかし、警部。杉本の部屋には、被害者たちの水着写真が、袋に入れて、机の引出しに入っていたんです。あれは、どう説明しますか？」

「佐藤が犯人なら、杉本に疑いの眼を向けさせるために、あの写真を利用したことになる」

「そうだとすると、どうやって、写真を、杉本の部屋に置いたんでしょうか？　彼の留守に忍び込んで――」

「いや、そんなことはしないだろう。多分、佐藤は、笑いながら、杉本に、こういったんだと思うね。こういう写真を集めたんだが、何しろ、うちに置いておくと、家内がうるさいから、しばらく、預かってくれないかとね。若い女の水着写真だからね。杉本だって、きっと、ニヤニヤ笑いながら、引き受けたと思うよ」

「なるほど」

「今日、たまたま、杉本は、身体の具合が悪くて、早退した。アパートに帰ってみると、預かった写真が無くなっている。杉本は、びっくりして、会社の佐藤に電話した。佐藤は、彼が犯人なら、警察が、押収したに違いないとわかった筈《はず》だよ。ここで上手に立ち廻《まわ》れば、杉本を、完全に、金曜日の男に、仕立てあげられると、佐藤は、考えた」

「そこで、ここへ、杉本を呼び出したわけですか？」

亀井が、きくと、十津川は、首を横に振った。

「こんな遠くまで呼び出したら、杉本が、疑いを抱くよ。それに、ここまで、この車を運転して来たのが杉本なら、ハンドルの指紋を拭き消すことはないんだ」

「そうでしたね。指紋のことを、忘れていました」

亀井は、頭をかいた。

「もっと杉本のアパートに近いところで、人の気配のないところへ、呼び出したんだろう。そして、杉本を殺してしまう。彼が姿を消せば、逃げたと思わせられるからね」

「殺してから、杉本の車で、ここまで運んだということですか？」

「そうだ」

「死体をかくす場所というと――」

と、亀井は、見廻してから、

「すぐそこの雑木林しかありませんね」

3

昔は、大きな雑木林だったのだろう。が、少しずつ、切り売りして、家が建ち、今では、五百坪ほどの狭さである。

しかし、死体をかくすには、手頃だった。

十津川たちは、懐中電灯を持って、その雑木林に入って行った。

地面には、落葉が積っている。

「慎重に調べてくれ」

と、十津川は、いった。

鑑識や、地元の警察も協力してくれた。

少しでも怪しい場所があると、しゃがみ込んで、両手で、落葉をかきわけて、地面を調べてみた。

一時間ほどで、この雑木林は、調べつくされた。だが、どこにも、死体を埋めた形跡はなかった。

「他に埋めたんでしょうか？」

　と、手についた泥をはたきながら、亀井は、十津川を見た。

「この辺で、他に、死体を埋められるような場所はないかね」

　と、十津川は、いってから、急に、大きく舌打ちをして、

「死体は、運んで来なかったのかも知れんぞ」

「と、いいますと？」

「最初に会ったところで殺し、そこに、死体をかくしてしまえば、わざわざ、こんなところまで、死体を運んで来なくてもいいんだ。車だけ持って来て、捨てておけば、杉本が、ここまで車で逃げて来たと思わせられる」

「では、杉本の死体は、どこに？」

「わからんし、死体が見つからなければ、佐藤は、とぼけていられる。カメさん。君は、すぐ、佐藤の家へ行ってみてくれ」

「わかりました」

　と、亀井は、肯《うなず》き、田島刑事と一緒に、車に乗った。

「どうも、妙な具合になってきましたね」

　安井刑事がいった。

「今日は、木曜日だったね？」

　十津川は、腕時計を見ながら、確めるように、きいた。

「そうです。明日が、金曜日です」

「もう、佐藤弘が犯人と決ったようなものだが――」

「すぐ、佐藤を逮捕したらどうでしょうか？」

「杉本の死体が見つからない限り無理だな。杉本も、佐藤に殺されたに違いないというのは、あくまでも、われわれの推理でしかないんだからね」

「これから、どうしますか？」

「やらなければならないことは、二つある。第一は、佐藤を徹底的にマークすること。第二は、杉本の死体を見つけ出すことだ」

十津川が、心配なのは、杉本の死体が見つからない中に、明日になってしまうことだった。

佐藤は、警察が自分の身近まで、捜査の手を伸して来ていることは、知っている筈である。だからこそ、杉本を、犯人に仕立てあげようとしたのだろう。

普通の犯人なら、しばらく、じっと息を殺して、様子をうかがうだろう。或《あ》いは、いち早く、姿を消してしまうかも知れない。

だが、この金曜日の男は、そうしないだろう。偏執狂で、金曜日ごとに、獲物を狙うことに、生甲斐《いきがい》を感じているようなところがある。

だから、明日の夜までに、佐藤を逮捕しなければ、彼は、危険を承知で、若い女を襲うかも知れないのだ。

といって、安井にいったように、今の状況では、逮捕は難しい。犠牲者の写真を持っていたのは、杉本だし、借金があるとか、妻との間がうまくいっていないだけでは、逮捕はできない。

逮捕して、血液型を調べたらどうか？　恐らく、というより、佐藤の血液型は、間違いなく、B型だろう。しかし、行方不明の杉本の血液型も、Bかも知れないのだ。

「われわれも、捜査本部に戻ることにしよう」

と、十津川は、いった。

十津川たちが、捜査本部に帰ってすぐ、調布の佐藤の家に行った亀井から電話が入った。

「今、佐藤の家の近くから電話しています」

と、亀井が、いった。

「それで、佐藤はいたかね」

「それが、まだ帰っていないんです」

「帰っていないって、もう、午前十二時近いぞ」

「奥さんに会ったんですが、まだ、帰宅していないということです。居留守を使っているようには見えませんでした」

「そうか――」

「三歳になる男の子にも会ったんですが」

「うん」

「佐藤に、全く似ていません。男の子は、母親に似るといいますが、それでも、一か所か二か所、父親に似ているところがあるものでしょう？　私も、口元と、眼が、死んだおやじにそっくりだといわれたものです。しかし、その男の子は、佐藤と、全く違う顔をしていますよ。私が、佐藤なら、ショックですね。だんだん、自分に似ていない顔になっていくのは」

「奥さんの浮気の結果か」

「そうだとすると、佐藤が、金曜日の男になった動機の何パーセントかは、それで、説明がつくと思います」

「女性全体に対する不信と憎しみというわけだな。だが、奥さんを殺すことは出来ない。今度こそ、自分の子供が、お腹の中に入っているからだ。といって、三歳の男の子を見るたびに、自分が、妻に裏切られたのだという思いにかられる。それで、どうしようもなくなって、若い女を、暴行し、殺害していたのかも知れないな」

「私は、これからどうしますか」

「とにかく、佐藤の家を見張っていてくれ」

「わかりました」

「この時間になっても、帰宅しないのが気になるね」

と、十津川は、最後は、独り言のようにいって、電話を切った。

時計は、十二時を回った。

(金曜日になった――)

と、思ったとき、十津川の胸を、突然、不安がよぎった。

4

今まで、犯人は、金曜日の夜、若い女を襲ってきた。

今は、周囲は暗いが、正確にいえば、金曜日の夜ではなく、朝だろう。

しかし、十津川の推理に間違いがなければ、何時間か前に、佐藤は、杉本を殺しているのだ。その興奮が尾を引いて、新たな犠牲者を求めるかも知れない。

ともかく、今日は、もう金曜日なのだから。

(杉本の持っていた写真の中に、新しい女はいなかったが――)

犯人のハレムは、石山婦警が最後だった。

それでも、今、犯人が、女を襲うとしたら、誰を選ぶだろうか?

いや、犯人は、一貫して、陽焼けした肌の女性を選んでいる。

とすれば、どう選ぶかは、自《おの》ずと決ってくる。

犯人が、今までに襲って失敗した女の中から、選ぶだろう。

失敗したのは、三人だけである。

K鉄鋼人事課のOL　小野みどり

雑誌記者　久永紀子
そして、婦人警官　石山千恵子である。

犯人にしてみれば、彼女たちの証言によって、自分が追いつめられたという逆恨みもあるかも知れない。

「来てくれ」

と、十津川は、急いで、刑事たちを集めた。

亀井と田島が、調布に行っているので、残っているのは、四人だけだった。

「急いで、この三人の女性の家へ行って貰《もら》いたい。小野みどりも、もう退院して、自宅へ帰っている筈《はず》だ。安井君と加島君は、久永紀子の家、白石君と青木君は、小野みどりのところ、私は、石山婦警のところへ行ってみる」

「それでは、警部だけが一人になってしまいますが」

「いいさ。私の場合は、相手が石山婦警だから、二人とも考えられる」

と、十津川は、いった。

二組の刑事たちが出かけると、十津川は、石山婦警の住んでいるアパートに電話をかけた。

「もし、もし」

という寝呆《ねぼ》けた石山千恵子の声が聞こえた。

十津川は、ほっとしながら、「私だ。十津川だ」と、いった。

「何か、変ったことはないかね？」

「変ったことといいますと？」

「そうだな。妙な電話がかかってきたとかだが」

「そういえば、今夜、三回も、嫌がらせの電話がかかって来ました。鳴ったので、私が出ると、相手は、黙っているんです」

「その電話は、いつ頃、かかって来たんだね？」

「十一時過ぎに、続けて三回もです。気持が悪くて」

「間違い電話じゃないんだな？」

「違いますわ。こっちが、もし、もしと、いくら呼んでも、相手は、じっと、黙って聞いているんです。相手が息を殺して聞いているのがわかるんです」

「よし。私がすぐ行く。錠をおろして、じっとしてるんだ」

「警部が。何かあるんですか？」

「金曜日の男が、また、君を狙っている可能性があるんだ。他の刑事も、金曜日の男が未遂に終った女性のところへ行かせた。犯人は、佐藤弘という妻子持ちの男と思われる」

「妻子持ちなんですか？　それで、私は、どうしたら？」

「近くへ着いたら、もう一度、電話する。その時に、くわしい打ち合せをしよう。それまでは、部屋から一歩も出るんじゃない」

十津川は、途中で、もう一度、石山千恵子に、電話を入れた。それだけ、不安が、強かったのである。

5

しかし、今度は、いくら鳴らしても、石山婦警は、電話口に出て来なかった。

冷静な十津川の顔が、この時ばかりは、蒼《あお》ざめてしまった。すでに、佐藤弘が、石山千恵子に襲いかかったのだろうか。

しかし、彼女には、二十分前に、電話で注意し、鍵《かぎ》をかけて、部屋から出ないようにいったのである。

佐藤が、彼女のアパートに行ったとしても、ドアを開けなければ、襲いかかれるものではない。それに、気配を察したとすれば、彼女は、すぐ、一一〇番するだろう。

十津川が、石山婦警のアパートに着いたのは、午前一時近かった。

アパートは、ひっそりと静まり返り、事件の起きた気配はなかった。パトカーも来ていない。

他の刑事たちも、集って来た。

杉本一男のアパート周辺を捜査していた西本刑事は、車で駈《か》けつけて来るなり、十津川に、

「杉本の死体が、見つかりました」

と、報告した。

「場所は？」

「彼のアパートの近くにある空地です。浅く穴を掘って、埋めてありました。その近くに、タイヤの跡がついていましたから、犯人の佐藤は、空地に、杉本を呼び出して殺し、埋めたあと、杉本の車で、千歳烏山に行ったものと思います。杉本が逃亡したと思わせるためでしょう」

と、西本がいったとき、アパートの中に入っていた亀井刑事が、頭を振りながら、出て来た。

「石山婦警の部屋は、きちんと、錠がおりていたので、管理人にあけて貰って、調べて来ました。部屋の中は、きちんとしていて、乱れていません。犯人が、襲ったという形跡は、全くありませんね」

「じゃあ、自分から、外へ出て行ったのか」

「そうとしか考えられませんが、警部が、わざわざ注意されたのに、なぜ、自分から、こんな遅い時間に、アパートを出て行ったのか、全く、見当がつきませんね」

「自分から出て行くのがおかしいとなると、誰かに、呼び出されたということになるね」

「誰にですか？」

「この近くに、石山婦警の親戚《しんせき》や知人はいなかったかね？」

十津川が、きき返した。

部下の刑事たちは、顔を見合せていたが、

「聞いていませんね」

と、亀井が、いった。

十津川の顔が、次第に嶮《けわ》しくなってくる。時間がたてばたつほど、石山婦警の身が、心配になってくるのだ。

「桜井刑事は、まだ、入院している。病院はこの近くだろう？」

「そうです。アパート内で襲われましたから近くの病院へ入院中です」

「そこへ、念のために、電話してみてくれ。石山婦警が、呼び出されたとすれば、病院のことしか考えられん」

「わかりました」

亀井が、すぐ、アパートの管理人室で電話を借り、病院へ連絡してみたが、何の動きもないとわかった。

「これで、余計、わからなくなりましたね」

と、亀井がいった時、けたたましいサイレンの音をひびかせて、パトカーが、走って来た。

パトカーは、十津川たちの近くまで来て止まり、すぐ、制服姿の警官が、おりて来た。若い警官だが、その眼が、血走っている。

「どうしたんだ？」

と、十津川の方から、声をかけた。

「この先の派出所で、警官が一人、襲われました。瀕死《ひんし》の重傷で、今、病院へ運ばれました。それで、怪しい奴が、この辺りに立ち廻《まわ》っていないかと、調べているんですが」

「それで、何を奪《と》られたんだ？　拳銃《けんじゅう》か？　それとも、警察手帳かね？」

「それが、全部です」

「全部だって？」

「そうです。制服から、警察手帳、拳銃など全て盗まれました。従って、犯人は、警官に変装して、何かやるつもりだと思われます」

「そいつが、警察官の恰好《かっこう》で石山婦警を呼び出したんだ」

と、十津川は、断定した。

それなら、石山婦警が、アパートを出たとしても、おかしくはない。

「連れ出したとすれば、この周辺だろう。すぐ、手分けして、探してくれ！」

と、十津川は、亀井たちに向って怒鳴った。

6

石山千恵子は、さっきから、何となく、おかしいなと感じていた。

その警官は、いきなり、激しくドアを叩《たた》き、

「すぐ来て下さい！　十津川警部が、呼んでおられます！」

と、叫んだのだ。

チェーンロックをかけたまま、ドアを細めに開けて応対すると、確かに、警察官だし、警察手帳も持っていた。

「何があったの？」

と、きくと、

「この先で、金曜日の男と思われる容疑者を逮捕したのですが、男は、否認しています。それで、警部が、あなたなら、犯人かどうかわかるのではないかといわれて、私が、迎えに来たのです。すぐ、一緒に来て下さい」

と、いった。

その言葉で、あわてて、出て来たのだが、冷静になって考えると、この警官のいうことは、おかしいのだ。

なぜなら、今は、犯人が佐藤弘とわかった筈《はず》だからである。さっき、十津川警部が、電話で、そういって来ているではないか。

千恵子は、佐藤弘の顔は、知らないが、十津川は、中央フィルムの新宿現像所で、見ている筈だ。

それなのに、なぜ、犯人かどうかの判断に、千恵子を呼ぶ必要があるのか？　第一、彼女は、犯人を見ていない。

（おかしい）

と、思うと、前を行く警官のいろいろな動作が、不自然に見えて来た。

すぐ来て下さいと、叫んで連れ出しておきながら、アパートの裏の暗がりまでくると、急に、歩調をゆるめてしまっている。それに、よく見ると、警官の制服が、何となく、決っていないのだ。

「ちょっと、待って」

と、千恵子は、男に声をかけた。

「警部さんは、どこにいるの？　あんたは、本当に、警察官なの？」

「――――」

男は、黙って、振り返った。瞬間、この男は、警官ではないなと、千恵子は、感じた。

「ニセモノね」

と、千恵子は、断定するようにいった。

男は、いきなり、拳銃を抜き出して、銃口を、千恵子に、突きつけた。

「大人しくするんだ。騒ぐと、射《う》ち殺すぞ！」

と、男は、押し殺した、低い声でいった。

千恵子は、婦人警官として、拳銃は見なれてはいたが、それでも、銃口を向けられると、一瞬、足がすくんだ。

「あんたが、金曜日の男の佐藤弘ね」

たらしい。

千恵子がいうと、男の顔に、動揺の色が走った。まだ、わかっていないと、思ってい

「もう、何もかもわかってるのよ」

と、千恵子が、押しかぶせるようにいった。

「無駄なことは、止めなさい」

「うるさい！」

男は、ヒステリックに叫ぶと、銃口を、千恵子の胸に、ゴリゴリ押しつけてきた。

「殺されたくなかったら、向うの建売住宅に入るんだ」

と、男が命令した。

二階建の建売住宅が、三軒並んでいる。半年前に完成したのだが、高すぎて、買い手がつかずにいるものだった。

玄関のドアには、鍵《かぎ》がかかっていた。が、男は、拳銃の台尻《だいじり》で、叩きこわした。

「中に入れ！」

と、男が、いった。

入ったら、終りだと、千恵子は、思った。

警官の持つ拳銃は、六連発だが、五発しか装塡《そうてん》されていない。暴発を防ぐためで、引金をひいても、最初の一発は、発射されないようになっていた。

（この男は、それを知っているだろうか？）

知っていて、前もって、一回、引金を引いていれば、今度、彼が引金を引いたら、弾丸が飛んでくるだろう。

(一か八か、賭《か》けてみよう)

と、千恵子は、思った。

建売住宅の中に連れ込まれて、ロープで縛られてしまったら、もう、逃げようはない。

千恵子は、いきなり、胸に突きつけられている銃口を手で払って、逃げ出した。

「射つぞ」

男が、叫んで、引金をひいた。

だが、かちッと音がして、弾丸は出ない。

男は、いらだって、もう一度、引金をひいた。

だぁーん。

と、夜の静けさを引き裂いて、銃声がひびき、閃光《せんこう》が走った。

思わず、千恵子は、地面に突っ伏した。

犯人は、狂ったように、続けて、二発、三発と射った。

弾丸がなくなると、犯人は、「畜生!」と叫んで、拳銃を投げ捨てた。

千恵子の右足に、犯人の射った一発が命中して、血が噴き出した。

パトカーのサイレンが、狂ったように、近づいて来た。

大勢の足音が聞こえた。

足を射たれて、動けなくなった千恵子に、襲いかかろうとしていた犯人が、あわてて、逃げ出した。

そのあとを、亀井刑事たちが、追いかけて行った。

十津川警部が倒れている石山千恵子を抱き起こした。

「大丈夫か？」

「すいません。今、勝手に、アパートを出てしまって――」

「いいさ。救急車を呼んだからがまんするんだ」

と、十津川が、いった。

救急車が駆《か》けつけて、石山千恵子は、担架にのせられた。

それを、十津川は、見送りながら、

「多分、桜井刑事と同じ病院だろうから、彼に会ったら、よろしく、いってくれ」

と、笑顔でいった。

幸い、石山婦警の傷が、軽かったので、この男にしては、珍しく、軽口が出たのである。

亀井刑事が、ゆっくりした足取りで、戻って来た。

「佐藤弘を逮捕しました。石山婦警は、大丈夫ですか？」

7

取調室で向い合った時、十津川は、改めて、こんな男が——と思った。

金曜日の男として、警察を悩ませ、四人の女と、一人の男を殺した人間には見えない。

もちろん、身体つき、顔つきからして、凶暴な感じの殺人犯もいる。むしろ、そんな時の方が、十津川はほっとする。

何となく、納得できるからだ。

しかし、今、眼の前にいる犯人は、がっしりとした身体つきで、女ののどを絞める力はありそうだが、それをのぞけば、どこにでもいる平凡な男に見える。

しかも、この男は、妻もいれば、子供もいる。

ローンで、家も新築した。家族のためにだろう。

典型的なマイホーム・パパである。こんな男が、なぜ、金曜日の男に変身したのか。

なぜ、何人もの人間を、殺すことが出来たのか？

「まあ、煙草でもどうだね」

十津川は、佐藤に、マイルドセブンをすすめた。佐藤がくわえると、百円ライターで、火をつけてやってから、

「なぜ、殺したんだね？」

と、きいた。

佐藤は、眼を伏せて、黙り込んでいる。ふてくされているというより、自分でも、上《う》手《ま》く説明できず、当惑している感じがした。

「じゃあ、最初から話して貰《もら》おうか」

と、十津川は、いい直した。

「最初から？」

「そうだ。君が、ローンで家を建てたところから始めようじゃないか。あれは、やはり、家族のために建てたのかね？」

「ああ。そうだ。家内が、どうしても、一戸建の家が欲しいというので、無理して建てたんだ。子供が大きくなれば、子供の部屋だって、必要になるからな」

「水着写真を集めだしたのは、その頃からかね？」

「ああ」

「なぜ、そんなことをしたのかね？」

「おれのささやかな浮気だったんだ。最初は、決して、暴行したり、殺したりする気はなかった。信じてくれ。ローンの支払いで、遊ぶ金もなかったし、家内も、やかましい女だから、せいぜい、現像を頼まれた中から、水着の若い女の写真を、余計に引き伸して、ひそかに見て楽しむぐらいのことしか出来なかったんだ」

「陽焼けした女を選んだのは？」

「それは、おれが、ああいう全く陽の当たらない場所で働いているから、一種の憧《あこが》れからだよ」

「単なる楽しみで、君は、水着写真を集めて、君のハレムを作っていたんだな？」

「そうだ」

「それが、どうして、次々に殺したんだ？　やっぱり、奥さんの浮気が原因かね？」

十津川が、きくと、佐藤は顔色を変えて、

「なぜ、知ってるんだ？」

「君の子供の顔が、君に似ていないから、或《ある》いはと思ったんだよ。君も、疑っていたんだな？」

「ああ、そうだ。あの子の顔が、だんだん、おれに似ないで、ある男に似てきたんだ」

「君の知っている男なのか？」

「そうだ」

「奥さんを詰問したのかね？」

「怖くて出来なかった。だから、おれは、内緒で、血液型を調べてみた。そうしたら、やっぱり、おれの子じゃなくて、あいつの子だった。家内が、あいつと浮気をして出来た子だったんだ」

「それなら、その男を、なぜ、殺さなかったのかね？　関係のない若い女を殺すことはないだろう？」

「そいつは、殺したくても、去年の夏、病気で死んでしまっている」

佐藤は、吐き捨てるようにいった。

「しかし、それでも、浮気をしたのは、君の奥さんで、君が殺した女たちじゃない。それなのに、なぜ、彼女たちを殺したんだ？　理屈に合わんじゃないか」

「そんなことは、おれの知ったことじゃない」

「奥さんは、怖かったのかね？」

「怖い？」

「普通の男なら、浮気した妻を殴り倒すか、離婚するかする。その代り、無関係な人間を殺したりはしないもんだ。君は、なぜ、そうしなかったんだね？」

「おれだって、家内を殴るか、離婚したかったよ。だが、血液型で、息子が、おれの子供じゃないとわかった時、家内は、妊娠していたんだ。今度こそ、おれの子供なんだ。あいつが死んだあとで妊娠したんだからな。おれは、どんなことがあっても、おれ自身の子供が欲しかったんだ。だから、家内を傷つけたり、離婚したり出来なかった」

「それで、無関係な女たちを殺したというのかね？」

「おれは、家内にも、何もいわなかった。腹の中の子供のためだ。だが、会社が休みの金曜日になって、家にいて、家内の顔を見ていると、家内とあいつのことが、いやでも、眼先にちらつくんだ。家内は、四年前の夏、女高生時代の友だちと海に行った。ところが、それがあいつと一緒だったんだ。ビキニ姿で写してきた写真は、女友だちに撮って貰ったといっていたが、本当は、あいつが、ニヤニヤ笑いながら撮っていたんだ」

「それが、どうして、若い女の暴行殺人に結びつくのかね？」

「そんなこと、上手く説明できないね。とにかく、おれが、楽しみで集めていた水着姿の女たちも、家内と同じように、どうせ、浮気をしているんだろうと思ったら、無性に腹が立ったんだ。現像するとき、住所も書いてあったから、その中の一人のアパートの近くへ行って、待っていた。最初は、殺す気はなかった。ただ、乱暴したかったんだ。だが、騒がれて、思わず、首をしめて殺しちまった。その時、すごい興奮を感じたんだ。その瞬間だけは、家内の浮気のことも、あいつのことも、全て忘れてしまうんだ」

「だから、次々に、暴行と殺人をくり返していったのかね？　金曜日ごとに」

「――――」

佐藤は、黙ってしまった。もう、何も話すことはないという顔付きだった。多分、これ以上、喋《しゃべ》ったら、かえって、何もかもわからなくなってしまうと思ったのかも知れない。

十津川は、訊問《じんもん》を、中止した。

＊

金曜日の男が逮捕されたことは、警察内部に、一つの傷を作った。

それは、佐伯裕一郎の誤認逮捕を認めることにつながったからである。

責任をとって、三上刑事部長以下、十津川まで、減給処分を受けた。マスコミにも、しばらくは、叩《たた》かれ続けることだろう。

「しかし、これで、事件は、終りましたね」

と、亀井が、なぐさめ顔で、十津川にいった。

「ああ、金曜日の男に関する事件は、一応、これで解決したね」

「また、別の似たような事件が起きるとお考えですか？」

「ああ、今度は、月曜日の男が現われるかも知れないし、火曜日の殺人鬼が現われるかも知れない。際限《きり》がないみたいな気がしてくるよ。早く、事件のない世の中が来るといいんだが」

「しかし、警部。いろいろと、事件がある世の中が正常なんだという人もいますよ。そうでも考えないと、やり切れなくなりますが」

亀井が、苦笑したとき、彼の傍の電話が、けたたましく鳴りひびいた。

亀井が、素早く、受話器を取る。

十津川は、微笑しながら、彼の顔を見守った。

また、都内で、事件が起きたのだろう。何のかのといいながら、亀井は、また、張り切って、現場へ飛んで行くのだ。

「警部」

と、亀井が、受話器を置いて、十津川を見た。

「殺人事件です。場所は――」

その声は、相変らず、いきいきしている。

解説

山前　譲

普段何気なく使っている言葉でも、いざその語源を調べてみるとなんだか曖昧《あいまい》なことがよくある。たとえば〈十三日の金曜日〉だ。当日、カレンダーを見て気付く場合がほとんどだが、やはりなんだかちょっと不安な気持ちになる。一九八〇年に公開された映画『13日の金曜日』がヒットする前から、不吉な日として日本でも意識されていた。だが、調べてみると、そこに明確な根拠はないらしい。

だから〈十三日の金曜日〉をそれほど意識する必要はないのだが、金曜日に女性が殺される事件が連続すると、少なくとも金曜日は意識してしまうだろう。もしかしたら次の金曜日もまた……と。西村京太郎氏の『恐怖の金曜日』は、そんな不可解な連続殺人事件の捜査に十津川《とつがわ》警部が苦しんでいるのだ。

九月五日の夜、世田谷《せたがや》の芦花《ろか》公園に近い雑木林で、二十四歳のOLが殺される。絞殺で、暴行されていた。発見時は全裸で、現場に駆けつけた安井刑事には、白いビキニをつけているような陽焼けのあとが印象的だった。

一週間後の十二日、今度は西武池袋《いけぶくろ》線東長崎《ひがしながさき》駅近くの大学のグラウンドで、女子大生の死体が発見される。それは一週間前の事件に類似していた。合同捜査本部が設けられ、捜査一課の十津川警部が指揮をとるのだが――。

こうした女性が被害者となっての連続殺人から、〈切り裂きジャック〉を思い浮かべる人もいるだろう。十九世紀末のロンドン市民を震撼《しんかん》させた犯罪者だが、じつは『恐怖の金曜日』はその事件を意識して書かれているのだ。

「話のチャンネル」に連載（一九八〇・十・二十五～一九八一・十・十）されたのち、一九八二年一月にカドカワノベルズの一冊として刊行された際、西村氏は以下のような「作者のことば」を寄せていた。


昔から、私は、イギリスの「切り裂きジャック」に興味を感じていた。

一定の期間を置いて、定期的に殺人を繰り返す人間というのはいったいどういう性格なのだろうか。

それに対応する捜査陣は、どうやって、犯人に近づこうとするのだろうか。

金曜日の惨劇として、それを現代に再現してみたのがこの作品である。


一八八八年八月三十一日の未明、ロンドンの路地裏で無惨な娼婦《しょうふ》の死体が発見される。喉《のど》が切り裂かれ、腸が飛び出していた。それが〈切り裂きジャック〉事件の最初の被害者とされている。九月八日、やはり喉を切り裂かれた四十七歳の娼婦の死体が発見された。内臓の損傷はさらにエスカレートしていた。

九月三十日には一夜で二人の犠牲者が出てしまう。いずれもやはり娼婦であった。そして十一月九日、二十五歳の娼婦が自室で殺されたのが、〈切り裂きジャック〉の最後の事件とされている。ただ、この五人が殺されたのはいずれも週末だが、すべてが金曜日というわけではない。

その〈切り裂きジャック〉もまた、曖昧なところの多い犯罪者だ。迷宮入り事件なので、その正体はロンドンの霧の中に消えてしまったのだが、そもそも本当に彼（？）が手にかけたのが五人だけなのかどうかもはっきりしないのである。もっと被害者が多いのではないか。そんな異論が幾つもある。それだけ当時、類似の殺人事件がロンドンでは多発していたわけだ。

確定的とされる五人の被害者にしても、犯行の手口は必ずしも共通してはいない。そして殺人現場に〈切り裂きジャック〉と、すなわち「ジャック・ザ・リッパー」と記されていたわけでもないのだ。ただ、最初の二件の事件のあと新聞社に、「ジャック・ザ・リッパー」と署名された挑発的な手紙が届いたのは確かである。そこには犯行はまだ続くと予告されていた……。

この事件をベースにした小説には、服部《はっとり》まゆみ『一八八八　切り裂きジャック』や赤《あか》川次郎《がわじろう》『霧の夜の戦慄　百年の迷宮』などがある。また、犯人を特定するなど、ノンフィクションとして真相に迫ったものも、仁賀克雄《じんがかつお》『決定版　切り裂きジャック』ほか多数ある。そして今なお海外から、「真犯人を突き止めた！」というニュースが飛び込んでくるほどだ。

この『恐怖の金曜日』は、舞台こそ東京だが、事件の発生月日はほぼ〈切り裂きジャック〉と同じだ。そしてやはり、犯人からの犯行予告と思われるメッセージが届く。九月十七日、捜査本部宛に一通の封書が舞い込んだ。中身は便箋《びんせん》一枚で、

〈九月十九日　金曜日の男〉

とだけ書かれていた。

これは警察への挑戦なのだろうか。十津川警部らは事件の捜査に全力を尽くしたが、またもや九月十九日の金曜日に犠牲者が出てしまう。そして捜査本部には、〈九月二十六日　金曜日の男〉と書かれた手紙が再び……。

予告状は警察に手掛かりを与えるだけで、犯人にはなんのメリットもないように思えるのだが、ミステリー的には、連続殺人のサスペンスを高めていくのは間違いない。そしてこれまで西村作品のそこかしこに、犯行予告の趣向がちりばめられてきた。

トラベル・ミステリーとしては最初期の長編となる『夜行列車《ミッドナイト・トレイン》殺人事件』（一九八一）では、当時の国鉄の総裁宛にまず、「夜行列車」という四文字が書かれた手紙が届く。さらに、「午前三時」、「爆破決行」、「四月吉日」と書かれた手紙が届くのだった。

午前三時に夜行列車で爆破決行？　十津川警部ならではの大胆な捜査が展開されている。『殺人列車への招待』（一九八七）では犯人が、なんと十津川警部に「おれは、あんたと、ゲームがしたい」と電話をしている。しかも、東京駅発の寝台特急「さくら」の車内で、「ア」で始まる名前の女を殺すという挑戦状まで届くのだ。予告通りに殺人事件が起こり、さらに第二の挑戦状が……。

『祝日に殺人《ころし》の列車が走る』（一九八八）の予告はラジオ番組でのリクエスト葉書である。「今度の祝日に、殺人《ころし》の列車が走るから注意してくれ」と呼びかけられたのは、東京世田谷の十津川省三《しょうぞう》である。またもや警視庁捜査一課の敏腕警部に向けて、不気味な殺人の予告がなされたのだ。

妻の直子との休暇旅行で人気の寝台特急に乗った『豪華特急トワイライト殺人事件』（一九九二）では、十津川の携帯電話に殺人が予告されている。しかも直子が誘拐されてしまう。そして、予告通り最初の殺人が……。日本海沿いを疾走する密室同然の列車で、十津川の必死の捜査行が展開されていく。

『十津川警部の決断』（一九八九）の発端は、都営三田《みた》線の車内でＯＬが殺された事件である。凶器は千枚通しだった。男が自首してきたが、その後も同じ手口の犯行が続く。そして犯人は、捜査本部とマスコミ各社に挑戦状を送りつけるのだった。

コインロッカー内に放置されていた、没年が記された位牌《いはい》が犯行予告となっているのは『十津川警部　日光鬼怒川殺人ルート』（二〇〇七）である。予告通り、東武鉄道の特急「スペーシア」の車内で殺人事件が発生した。そしてまた、コインロッカーから犯行を予告する位牌が発見される。『房総の列車が停まった日』（二〇一五）は将棋の駒がキーワードとなっての事件だったが、これも捜査本部に犯行予告の手紙が届いている。

では、『恐怖の金曜日』の犯行予告の意図とは？　発表年代的に、まだ携帯電話は実用化されていないし、DNA鑑定も犯罪捜査には普及していなかった。だから十津川警部も犯人像をなかなか絞ることができない。苦渋の捜査がつづくのだった。しかし、無惨にも殺された被害者たちのためにも、絶対犯人を突き止めなければならないのだ。連続殺人事件の比類なきサスペンスと、十津川警部の必死の捜査が印象的な『恐怖の金曜日』である。

本書は一九八二年一月に刊行されたカドカワノベルズを文庫化したものです。

なお、この作品はフィクションであり、登場する人物・団体等はすべて架空のものです。

恐《きょう》怖《ふ》の金《きん》曜《よう》日《び》

西《にし》村《むら》京《きょう》太《た》郎《ろう》

昭和60年 2月25日 初版発行
平成28年 7月25日 改版初版発行
令和7年 1月20日 改版5版発行

発行者●山下直久

発行●株式会社KADOKAWA
〒102-8177 東京都千代田区富士見2-13-3
電話 0570-002-301(ナビダイヤル)

角川文庫 19861

印刷所●株式会社KADOKAWA
製本所●株式会社KADOKAWA

表紙画●和田三造

ISBN978-4-04-104462-9 C0193

角川文庫発刊に際して

角川源義

第二次世界大戦の敗北は、軍事力の敗北であった以上に、私たちの若い文化力の敗退であった。私たちの文化が戦争に対して如何に無力であり、単なるあだ花に過ぎなかったかを、私たちは身を以て体験し痛感した。西洋近代文化の摂取にとって、明治以後八十年の歳月は決して短かすぎたとは言えない。にもかかわらず、近代文化の伝統を確立し、自由な批判と柔軟な良識に富む文化層として自らを形成することに私たちは失敗して来た。そしてこれは、各層への文化の普及滲透を任務とする出版人の責任でもあった。

一九四五年以来、私たちは再び振出しに戻り、第一歩から踏み出すことを余儀なくされた。これは大きな不幸ではあるが、反面、これまでの混沌・未熟・歪曲の中にあった我が国の文化に秩序と確たる基礎を齎らすためには絶好の機会でもある。角川書店は、このような祖国の文化的危機にあたり、微力をも顧みず再建の礎石たるべき抱負と決意とをもって出発したが、ここに創立以来の念願を果すべく角川文庫を発刊する。これまで刊行されたあらゆる全集叢書文庫類の長所と短所とを検討し、古今東西の不朽の典籍を、良心的編集のもとに、廉価に、そして書架にふさわしい美本として、多くのひとびとに提供しようとする。しかし私たちは徒らに百科全書的な知識のジレッタントを作ることを目的とせず、あくまで祖国の文化に秩序と再建への道を示し、この文庫を角川書店の栄ある事業として、今後永久に継続発展せしめ、学芸と教養との殿堂として大成せんことを期したい。多くの読書子の愛情ある忠言と支持とによって、この希望と抱負とを完遂せしめられんことを願う。

一九四九年五月三日

角川文庫ベストセラー

出雲神々の殺人　西村京太郎

「これは神々の殺人の始まりだ」連続殺人の刺殺体の上には奇妙なメモが残されていた。十津川警部はメモを手がかりに出雲へ。そして無人島・祝島に辿り着き、島の神主の息子を容疑者と特定するが……。

十津川警部捜査行
北海道殺人ガイド　西村京太郎

函館本線の線路脇で、元刑事の川島が絞殺死体となって発見された。川島を尊敬していた十津川警部は、地道な捜査の末に容疑者を特定する。しかし、その容疑者には完璧なアリバイがあり……!?　傑作短編集。

無縁社会からの脱出
北へ帰る列車　西村京太郎

多摩川土手に立つ長屋で、老人の死体が発見される。無縁死かと思われた被害者だったが、一千万円以上の預金を残していた。生前残していた写真を手がかりに、十津川警部が事件の真実に迫る。長編ミステリ。

十津川警部「目撃」　西村京太郎

東京の高級マンションと富山のトロッコ電車で、いずれも青酸を使った殺人事件が起こった。事件の被害者に共通するものは何か？　捜査の指揮を執る十津川警部は、事件の背後に政財界の大物の存在を知る。

中央線に乗っていた男　西村京太郎

鑑識技官・新見格の趣味は、通勤電車で乗客を観察しスケッチすること。四谷の画廊で開催された個展を十津川警部が訪れると、新見から妙な女性客が訪れたことを聞かされる――十津川警部シリーズ人気短編集。